碧《へき》落《らく》の果《は》て

いとう由《ゆ》貴《き》

ILLUSTRATION：千《せん》川《かわ》夏《なつ》味《み》

碧落の果て

LYNX ROMANCE

CONTENTS

碧落の果て

§序

　村の中心を、木枯らしが吹きぬける。かさこそとした枯葉の舞う音が、秋枯れた村の情景をいっそう寂しいものにしていた。

　アシェリーは、痩《や》せた身体《からだ》をぶるりと震わせた。もうすぐ冬がやって来る。

　冬ともなれば、このサザルの村は、一面真っ白な雪で覆い尽くされた。けれども、そんな光景も、もう二度と見ることは叶わないだろう。

　アシェリーだけではない。村の中心に集まっている幾人かの少年、少女たちが、再びここに戻ることはない。幾人かの、幸運な者を除いて。

　しかし、それも仕方のないことであった。王国の北辺境に位置するサザルの村は、二年続きの飢饉《ききん》に見舞われていたのだ。

　冬には雪がどっさりと降るが、夏ともなれば雨はめったに降らない。降ってもほんの四半時ばかりのことで、田畑を潤すにはまるで足りない。そんな年が二年も続き、ただでさえ貧しいサザルの村は、もうこの年の冬が越せないところにまで追い詰められていた。

「……兄ちゃん」

　まだ幼い弟が、アシェリーの足にそっとしがみつく。骨と皮ばかりに痩せ細った手足、対照的にぽこりと突き出た腹をして、虚《うつ》ろな目にかさかさの乾いた肌をした弟は、誰に説明されなくともこれが兄との永遠の別れになることを悟っているのだろう。昨夜から、アシェリーに纏《まと》わりついて離れない。

　アシェリーは、自分も痩せた手を差し伸べ、弟の髪をそっと撫《な》でた。髪はぱさぱさに乾き、脂も浮いていない。サザルの大地と同様に、弟もアシェリーも、そして、村人たちも皆、からからに渇いていた。

　弟の髪を撫で、それから、アシェリーは天を仰いだ。この冬を越したら、春には、またかつてのような豊かな気候が戻って来てくれるだろうか。

　長く厳しい冬が明け、春の息吹で草木が芽吹くと、サザルの村は一気に目覚める。色鮮やかな花々が咲き乱れ、短い春を、そして夏を、人も大地も思い切り華やかに楽しむ。そうして、豊かな秋を迎え、冬には貯えと共に家の中で冬ごもりするのだ。

　この冬を越したら、そんな春が来てくれるといいのに。

　アシェリーは灰色の空を虚《むな》しく見上げた。

　去年の今頃《いまごろ》は、アシェリーの五歳年上の姉が売られていった。その代金で、残されたアシェリーたちは冬を越し、春に望みを託したのだ。

　しかし、その思いは裏切られ、今年はアシェリーが売られようとしている。姉と比べれば、アシェリーの値段はその半分だ。男で、その上、二年にわたる窮乏《きゅうぼう》生活で容貌《ようぼう》がひどく損なわれている。それでも、アシェリーの一家の中で女衒《ぜげん》が一番高い値をつけたのは、アシェリーであった。


「美味《うま》い物を食べて、綺麗《きれい》な着物を着て、館《やかた》の女将《おかみ》さんにも大事にしてもらえる。おまけに仕事は……だからな、ははは。楽しいことをして稼げるんだから、こんなにいい仕事はなかなかないさ」

　鼠《ねずみ》のような、小さな鋭い目をした女衒は、下卑《げび》た笑い声を上げながら、そう説明した。この辺りの、飢饉のせいで窮乏した村々で、同じように話しているのだろう。滑らかな口説に田舎の鈍重な村人たちは嘴《くちばし》を挟むことも出来ず、這いつくばって女衒に娘や、ことによったら息子を差し出し、わずかばかりの小金を受け取った。

　これでまた、この冬を越せる。

　アシェリーは、小さな弟の頭に目線を合わせ、膝《ひざ》を折った。

「ツェーノ、元気でな」

　そう言って頭を撫でると、ツェーノがアシェリーにしがみついてきた。

「兄ちゃん……」

痩せた身体を抱きしめ、アシェリーは目を閉じた。鼻の奥がつんとしてくる。

どうか来年こそは、かつての穏やかな気候が戻ってきて欲しい。そうでなければ、また子供を売り、木の根、草の葉を食べて、飢えをしのがなくてはならない。

いいや、その前にこの小さな弟は、これ以上の飢餓を耐えられないかもしれなかった。一家の誰よりも幼く、それ故に、弱い。まだ、たったの六歳だった。

アシェリーはそれより四歳年上の十歳だ。ツェーノ同様まだ子供であったが、女衒に売られたが故に、今日からはきっちりと食べ物を与えられるだろう。おそらく、娼館《しょうかん》に高い値で売るために、目的の町に着くまでの間、できるだけ太らそうとする筈《はず》だ。

だから、アシェリーはもう、食べ物の心配をしなくてもよかった。無論、それには辛い勤めがついてくるのだが、腹いっぱい食べられるのなら、少々の苦労くらい平気だ。

それよりも、村に残される両親と兄弟たちのことが心配であった。

「父《とう》ちゃん……母ちゃん……兄ちゃん」

ツェーノの後ろにいる両親と兄に、アシェリーはなにか言おうとして口を開いた。けれども、なんと言ったらいいのだろうか。

おそらく、もう二度と会えない。アシェリーの長くもない人生で、家のために売られていった少年、少女たちは、誰一人帰ってくる者はいなかった。

まだ子供のアシェリーには事情はわからなかったが、彼らが村に戻ってこないのには様々な理由があった。派手な生活が身についてしまい、今更村で田畑を耕す生活を送れない者。色を売っていた過去を白眼視する村人の視線に耐えられない者。あるいは、金持ちの旦那《だんな》に落籍《ひか》されて、そのまま旦那の庇護《ひご》の元での暮らしを余儀なくされた者。

そして、それよりもはるかに多い、辛い勤めに身体を壊し、望郷の思いと共に町の廓《くるわ》で果てた者……。

それら様々な事情と共に、村に戻ってくる者はいなかった。それはいずれ、アシェリーも娼館で知ることであった。

だが、事情はわからずとも、自分ももう二度とこの村に、懐かしい両親、兄弟の元に戻ることはないのを、アシェリーは知っていた。今日のこの日が、両親、兄弟たちとの永遠の別れだ。

とうとうかける言葉を思いつけず、アシェリーは、両親に黙って頭を下げた。

父と兄は憮然《ぶぜん》と俯《うつむ》き、母は涙ぐんでいる。アシェリーの肩から腕を何度も撫で、身体に気をつけるように、とそればかり繰り返す。アシェリーはそれに、うんうんと頷《うなず》くだけであった。

やがて、女衒の男が声を張り上げた。

「さあさあ、出発するぞ！　早くしなけりゃ、日が暮れっちまう」

男の濁声に、アシェリーは唇を噛《か》み、両親に向かって最後にもう一度頭を下げ、ツェーノの頭をやさしく撫でると、家族に背を向けた。

アシェリーばかりでなく、そこここから、売られていく少年、少女たちが男の元に集まっていく。総勢六人の少年、少女たちの数を数え、男は陽気に手を上げた。

「さあおまえたち、がんばってお勤めを果たすんだぞ。そしたら、親御さんたちにも仕送りをしてやれるし、美味いものを食わせてもやれる。がんばるんだぞ。さあ、出発だ！」

歩き出した男の後ろにつきながら、アシェリーはそっと後ろを振り返った。村人たちが粛然《しゅくぜん》と、アシェリーたちを見送っている。視線を落とすと、ツェーノが小さく首を傾《かし》げてアシェリーを淋《さび》しく見送っていた。

「ツェーノ……」

弟に向けて、ほんの少しだけ微笑《ほほえ》みを送る。それだけが、アシェリーにできる唯一のことであった。

他にはなにも、自分自身の身体ですら、もはやアシエリーのものではなかった。

それは、聖歴九八六年、王国でデル・イグネース一世が華々しく即位した年のことであった。

§第一章

「んっ……あ、あぁ……んぅ、ふ」

荒い息遣いと甘い声が、室内に満ちていた。部屋の四隅には灯火《とうか》が置かれ、室内を淡く照らしている。部屋の真ん中に大きな寝台があり、先程の声は、その寝台から聞こえていた。

絡み合う二つの身体は、それぞれ対照的だ。仰向《あおむ》けに押し倒された白い身体と、それを上から押し潰すてらてらと浅黒く日焼けした男。押し倒された白い身体からは、絶え間ない喘《あえ》ぎ声が上がっていた。

「ん……ん、ん……あぁ」

「いいぞ、よく締まる。……んぅっ」

上に乗った男は、激しく腰を突き動かしている。

よくある、娼館の一室であった。ランクとしては中堅どころといったところか。寝台の材質も、灯火を入れた籠《かご》も、月明かりを遮る緞帳《カーテン》も、かろうじて安っぽいと評されないだけの品を使っていた。四隅に灯火が置いてあるのも、庶民相手の安娼館より多少贅沢《ぜいたく》感を感じさせる。

主に、小金持ち程度の商人や下級貴族が利用する娼館であった。ただし、男娼専門である。

押し倒されている白い身体も、よくよく見れば少年であることがわかるだろう。胸のふくらみがなく、押し開かれた身体も、女性に対するより深く折り曲げられている。

喘ぐ少年に、男は満足げだ。せわしなく腰を振り、少年の中で欲望を膨《ふく》らます。

頃合いと見て、少年はいかにもな甘い囀《さえず》りをしがみついた男に囁《ささや》く。

「あ、もう……ダメです……イッちゃう」

「く……ふぅ……出すぞ」

夢中になってむしゃぶりつく男の呻《うめ》きを冷めた頭で聞きながら、少年はさらなる嬌声《きょうせい》を上げ、中の男を締《し》めつけた。

「……っ」

やがて、吐精した男の汗臭い身体の重みを受け止めつつ、少年は小さく溜息を洩《も》らす。

「――まったく、おまえはたいした淫売だ。いったい俺からどれだけ搾《しぼ》り取るつもりだ」

「旦那様がお上手だから……」

唇を吸いながら、また挑《いど》みかかってくる男に、少年は内心うんざりしつつ、甘い言葉で男の欲望を受け取める。

これが彼の――アシェリーの仕事だった。連日、数限りない男に身体を売る。
もう五年。そんな日々が続いていた。

「また来てね。待ってるから」

アシェリーは可愛《かわい》らしく手を振って、客を見送った。名残惜しげに、男は娼館を後にする。

その背中が見えなくなるまで、やさしい顔をして見送ると、あとは溜息をついて館の中に戻った。

明け方の白々とした朝日が、館内に差し込んでいる。

「アシェリー、ご苦労だったね。風呂ができてるから、入っといで」

「ありがとう、お母さん」

廓言葉で館の女将を『お母さん』と呼ぶと、アシェリーは湯殿に向かった。

今日の客は、随分しつこかった。地方に商売に行っていたらしく、久しぶりにここに来たせいだろうか。

湯殿に行くと、誰もいない。多くの少年たちはもっと早い時間に客を送り出し、今頃眠っているのだろう。

しどけなく着崩した寝巻きを脱ぎ、もうもうと湯気が立ち込める湯殿に入る。アシェリーは早速体内の汚れを綺麗にし、客に舐《な》め回された身体をゴシゴシと洗った。そうしてから、湯船に入る。

「ふぅ……」

深い溜息が零《こぼ》れ落ちた。

この娼館に来て、もう五年が経《た》っている。アシェリーは十代半ばになっていた。

サザルの村を出る時、骨と皮ばかりになっていた身体にも、程よく肉がついている。痩せた頬《ほお》もふっくらし、本来のやさしい顔立ちが表れていた。

しかし、豊かな生活を感じさせる身体つきと違い、その目は暗く、沈んでいた。どこか物思わし気で、虚ろな色が浮かんでいる。

五年の間に、いったいどれだけの男たちに抱かれてきただろうか。

好きでもない男に身体を開かれ、女のように喘いで抱かれる。偽りの睦言《むつごと》と、気持ちがいいと甘く囁く自分の声。時には本当に、快感を感じる瞬間もあり、それがいっそう、アシェリーには疎《うと》ましかった。

生きながらに腐っていく。そんな気がする。

それでも、この館に買われたアシェリーに、拒む自由はなかった。借金を返し終わるまで、まだ数年は働かなくてはならない。

アシェリーの借金は、最初に売られた時よりも倍以上に増えていた。最初の借金は、飢饉の年の冬を越すのに使い、その後、両親から新たな借金の無心が届いた。畑に蒔《ま》く種を買う金がない。

その次は、その一年後だった。二年ぶりに豊かな夏の季節が到来し、ホッとしたのも束の間、その年の冬はたいそうな大雪になった。その雪の重みに耐えかね、村の多くの家が倒壊したと言う。建て直すのに、また借金をしなければならなかった。

　更に、兄が嫁をもらうからと言って、その支度金を用意し、母親が病になったと言ってはまた借金を増やした。

　今ではもう、借金でがんじがらめである。おそらく、アシェリーの前の年に売られた姉のところにも、村長《むらおさ》に代筆を頼んだ両親からの無心の手紙は届けられているに違いなかった。アシェリー一家だけではない、村から売られていった者たちの元には、同じような手紙が村に残った家族から送られているのだろう。

　こんな具合にして借金が嵩《かさ》み、売られていった少年、少女たちは、村に戻れなくなり、いつ果てるともなく春をひさぎ続けるのだ。

「美味《おい》しいものを食べ、綺麗な衣装を着られる、か」

　村を出る時、アシェリーたちを連れ出した女衒がそう言っていた。

　たしかに、女衒の言うとおりであった。アシェリーは今、村にいた時には考えられないような食事をし、畑仕事にはまったく向かない綺麗な衣服を身につけている。

　だが、それがなんになるだろう。おなかいっぱい食事ができ、綺麗な服を着せてもらっていても、そんなものは幻にすぎない。アシェリーに商品価値がなくなれば、女将はさっさとアシェリーをもっと格の低い娼館に売り払うだろう。どんどん、どんどん堕《お》ちていけば、最後には食うにも困り、襤褸《ぼろ》を着る境涯《きょうがい》に堕ちる。ほんのはした銭で身を売り、それでようやく糊口《ここう》をしのぐようになる。

　最後に待っているのは……。

　アシェリーは、ぼんやりと湯殿の天井を見上げた。水滴が時折、天井から落ちてくる。

　見るともなしに、それを眺めているアシェリーの目は、ただ虚ろに開いているだけだった。

　この身体が朽《く》ち果てるのは、いつだろう。あと何

人の男を受け入れたら、抱かれなくてもいいように
なるだろうか。
早くそんな日がくればいいのに。
光のない未来を噛みしめるように、アシェリーは
そっと目を閉じた。

「さあさあさあさあ、ここがもっかのお奨《すす》めの娼館
だ。入った入った」
「おい。だから自分は、こういうところに興味はな
いと……」
「堅いこと言うなって。今日は俺の奢《おご》りだ」
悪友に、強引に背中を押され、ティエトゥールは
不機嫌そうに眉《まゆ》をしかめ、件《くだん》の娼館に足を踏み入れ
た。いわゆる中の上程度の娼館らしく、こざっぱり
として、置いてある調度も、極上品ではないけれど
もそれなりの品格を持った品を揃《そろ》えている。
しかし、なにも男娼専門の娼館に連れて来なくて
もいいではないか。ティエトゥールは、いかにも不
愉快そうな渋面を友人に向けた。
ここは、聖歴九九一年のナ・クラティス王国王都
クラティアである。五年前に新王デル・イグネース
一世が即位したばかりのこの国は、新王の若さに
相応《ふさわ》しく、青々とした期待と、華やかな明るさに溢《あふ》
れていた。
実際、ナ・クラティス王国は、前王デル・ザーレ
一世の御世から旭日昇天の勢いで国土を広げようと
している。先王即位当時には、ナ・クラティスは王
国ですらなく、沿岸諸王国内の一君侯国にすぎなか
ったというのに、である。
もともと、沿岸諸王国と呼ばれた国には多くの君
侯国が割拠し、国王はその君侯国の領主から選挙に
よって選ばれていた。当然、ナ・クラティス侯国に
もその権利はあった。
しかし、それが行使されたことは、一度もなかっ
た。ナ・クラティス侯国はまったく小さな君侯国で、

他の君候国から無視されても仕方のない弱小国だったからだ。

それを一変させたのが、先王デル・ザーレ一世であった。

デル・ザーレ一世は、独特の商工業育成政策でナ・クラティス候国の国力を飛躍的に高めると、そこから得た豊富な財力を背景に、謀略の末、沿岸諸王国国王の地位を得る。

沿岸諸王国の新たな首都となったナ・クラティス候国は、この英主の下《もと》、空前の成長を遂げた。デル・ザーレ一世は繁栄に高揚する国民と、着実に育て上げた国力を巧みに使い、沿岸諸王国内の他の君候国を次々に征服、ついに聖歴九六五年、王国を宣言するに至る。

諸君候国を切り取り、沿岸諸王国の三分の一を有するようになったナ・クラティス候国改め、ナ・クラティス王国と、残された他の君候国との間には、当然のことながら緊張が生まれた。

次は、自分の番かもしれない。疑心暗鬼が諸君候国領主を襲い、デル・ザーレ一世は巧みにその隙《すき》をつき、更に領土を増やしていく。

今や、かつての沿岸諸王国の半分が、ナ・クラティス王国の領土となっていた。

そこに登場したのが、デル・ザーレ一世の孫であるデル・イグネース一世であった。長きに及んだ祖父デル・ザーレ一世在世中に父アグレシアを亡くし、王太孫として立てられたデル・イグネース一世は、幼少の頃から英邁《えいまい》な資質を垣間見せ、その即位は、衆目の期待を担ってのものであった。

それから五年、祖父デル・ザーレ一世の野望をデル・イグネース一世は着実に実行に移している。すでに、二君候国をナ・クラティス王国の足下に跪《ひざまず》かせていた。

ティエトゥールは、その新王に仕える貴族である。といっても、身分は低い。前王デル・ザーレ一世によって叙任された新貴族で、かろうじて貴族の末席に連なっている一人であった。

当然、昔からの貴族のように、世襲財産というものはほとんどない。他の平民と同様、自分の口を養う為《ため》には自身で働かなくてはならない身分だった。

しかし、その選択の幅は広くない。末端であっても貴族であるという身分にこだわる母ミリンダは、息子であるティエトゥールに軍人か官僚以外の職業を許さなかったからだ。

とはいえ、やむなく選択した軍務であったが、ティエトゥールの性に合っていたのだろう。現在二十三歳になるティエトゥールは順調に昇進を重ね、現在はナ・クラティス軍に七人いる将軍のうちの一人、スピティア伯爵ニェツェル・レイ・アルトゾルの副官を務めている。これは、下級貴族にすぎないティエトゥールにとって、他人に誇ってもよい地位であった。スピティア伯爵家は世襲で将軍位を賜《たまわ》る軍部の名門であったし、その副官となれば、いずれは伯爵の引き立てで一軍を預かる地位を得るのも夢ではない。

ティエトゥールの将来は、洋々と開けていた。

ところが、そんな彼にも欠点がある。長所と背中あわせになったそれは、一言で言えば『堅物』であった。

生来の性格なのか、それとも、母ミリンダに厳しく躾《しつ》けられたのが原因であるのか、ティエトゥールはどうしようもなく真面目《まじめ》であった。嘘《うそ》や、ちょっとした企《たくら》みなどというものは、まずできない。生活態度も、遅刻せずに出仕し、ごく生真面目に仕事をこなし、必要があれば夜中までも軍務をこなし、仕事が終われば真《ま》っ直《す》ぐに帰宅する。稀《まれ》に、数少ない友人と町の酒場に行くことはあっても、酔って羽目を外すことはけしてない。

もちろん、女性関係も、まったく綺麗なものであった。そもそも、女性に想いを寄せた経験があったかどうかも定かではないくらいだ。

そんな、堅物すぎる友人の姿を見て、ティエトゥールの悪友たちは考えた。

これは少しくらい、遊ぶことを教えてやるのが親切だろう。もしかしたら、恥ずかしくて娼館にも行けないのかもしれない。

たしかに、二十三歳にもなっての娼館デビューは、この階層の男にしてはいかにも遅かった。今更行くのも、からかわれそうで気が進まないという気分になってもおかしくない。

しかし、である。

ここで、友人たちは首を捻《ひね》った。娼館に連れて行くにしても、嗜好《しこう》というものがある。ここ、ナ・クラティス王国のある東大陸一帯では異性婚と同様、同性婚も認められており、当然娼館も、女性ばかりの娼館と、男性ばかりの娼館に分かれていた。そして、その両方が同じくらい賑《にぎ》わっているのだ。

ティエトゥールの嗜好は、一体男女どちらであろうか。女しかダメなのか、それとも、男がいいのか、あるいは、男女どちらでもいける口なのか。

これは、間違えればなかなか気まずい。

そうした観察の結果、友人たちは、ティエトゥールを男娼専門の娼館に連れてきたのであった。

もっとも、観察といっても随分乱暴だ。

まず、職業が軍人であること。遠征の多い職のせいか、行軍中は特に側仕えの少年などでそちらの用を足すことが常態化している。

そして、二十三歳という年齢にもかかわらず、まったく女性関係の噂を聞かないこと。娼館に行かないどころか、宮廷で見かける貴婦人の品評会にも参加したことがないのだ。悪友たちでそんな話題が始まると、ティエトゥールはいつも無言でいるか、席を立ってどこかに行ってしまう。

そんなところから、これは女よりも男の方が好きに違いない、と結論づけられたのだ。

今、こうして苦虫を嚙み潰しているティエトゥールにとって、まことに迷惑な話である。悪友たちは知らないが、ティエトゥールにも女性経験くらいあるのだ。殊更そのような話を余人にするのを好まないため言わないだけで、女性を知らないわけではない。それなのに、そんな話をしないというだけで、「では、男が好きなんだよな」と決めつけられ、このような男娼専門の娼館に連れて来られても、迷惑極まりない。

　自然、ティエトゥールの表情は険しくなっていた。

　しかし、親切をしていると思い込んでいる悪友たちは、それをティエトゥールの照れと解釈して、まったく気にしない。それどころか、重い足取りのティエトゥールを急《せ》かして、この娼館に押し込んでしまう。

『マーシアの館』で知られるそこは、ティエトゥールのような下級貴族や、小金を稼いだ小商人などを客層とした男娼館だが、王都でも評判となる男娼イェニスを囲う館として知れ渡っている。イェニス以外にも、囲っている男娼たちの粒が揃っており、その点でも評判のよい娼館であった。

「さあ、エティ、今日は俺たちの奢りだ。好きな子を選んでくれ」

　と、悪友の一人フューズリー・レイ・ライックが言う。彼が言うエティとは、ティエトゥールの愛称だ。ちなみに、フューズリーはフューと呼ばれている。

　ティエトゥールはうんざりした気分で、館のロビーに勢揃いしている少年たちを眺めた。どうしても、この中の一人を選ばなくてはいけないのだろうか。

　いや、しかし、選んでしまえば、ますます自分の嗜好が男であると思われるのではないか。

「あのな、フュー」

　ティエトゥールは口を開いた。やはりここは、帰らせてもらいたい。

　だが、そう言いかけたティエトゥールをフューズリーを始めとする友人たちが遮った。

「遠慮するな。ここならばっちり！　なんの心配もない。若くして一軍の副官にまで出世したおまえに相応しい相手ばかりだ」

と、フューズリーが言えば、

「その通り。見てみろよ、こんなに美少年を集めた館は、そうそうないぞ」

と、ボアロー・アンティティスが言う。

さらに、ディアノス・レイ・ペロネも、

「大丈夫だって。俺たちがついてるじゃないか」

と、なにか勘違いした慰めをティエトゥールに言った。

両腕と背中、三方からがっちりと周囲を固められ、逃げるに逃げられないティエトゥールは溜息をついた。仕方がない。誰か適当な子を選んで、お茶を濁そう。

しぶしぶと顔を上げたティエトゥールに、少年たちがそれぞれに手を振ったり、投げキスをしたりしてくる。ティエトゥールのような若い威丈夫の相手なら、喜んで立候補したい様子であった。

それらを、うんざりと眺める。こんな積極的な少年ばかりでは、適当に選んでお茶を濁すことはできそうにない。

内心困ったティエトゥールは、上手《うま》くここを抜ける言い訳がないかと頭を捻った。

そこに、一人の少年が、目に留まる。めいいっぱいティエトゥールたちにアピールをしている者たちの中、その少年は唯《ただ》一人、隅のほうで小さくなっていた。他の少年たちの陰に隠れるように佇《たたず》み、視線を床に落としている。綺麗な金色の髪が、異国の血を感じさせた。

ナ・クラティス王国、そして、沿岸諸王国では、黒髪黒瞳《くろかみくろめ》が普通だ。現に、ティエトゥールも黒い髪に黒い瞳《ひとみ》をしている。フューズリーもボアロー、ディアノスも同様だ。

しかし、その少年は透きとおるような金色の髪に、初夏に芽生えたばかりの若葉のような透明感のある翠《みどり》の瞳をしている。それは、ナ・クラティス王国の隣国にあたるジュムナ王国人の特徴であった。もしかしたら、彼はジュムナ王国から売られてきたのかもしれない。あるいは、ジュムナ王国との国境沿いの村に住むのか。

どちらにしろ、ナ・クラティス王国ではめったにみることのない髪と瞳の色であった。

その上、顔立ちも悪くない。娼館に売られてきたのだから貧しい家庭の子であろうが、どこかの貴族の子弟といっても通用するような、そんな品のある顔立ちをしていた。わずかに線が細いが、それがよけい、彼の容貌を引き立てている。頼りなげに俯く様が、例えようもなく儚《はかな》く、支えてやりたい気持ちをかきたてた。

そんな、唯一人、この娼館に順応していない様子が、ティエトゥールの関心を引いた。

「あの子は?」

指を指すと、この館の女将がすかさず擦り寄ってくる。

「はい、旦那様、あの子はアシェリーと申します。綺麗な金髪でございましょう。肌も真っ白で、それはそれは肌理《きめ》の細かい、極上の身体をしております。あちらのほうも充分仕込んでございますから、きっと旦那様のお気に召しましょう。あの子になさいますか?」

饒舌《じょうぜつ》な女将にいささか辟易《へきえき》しながら、ティエトゥールは頷いた。

「そうしてくれ」

「はい、かしこまりました。アシェリー! 旦那様がお決まりだよ!」

女将に呼ばれ、少年がティエトゥールの元に足を運んだ。そして、恭しく頭を下げる。

「アシェリーでございます」

浮かべた微笑は、このような商売をしている者とは思えぬほどにやさしく、清げに澄んでおり、ティエトゥールは意外な感にうたれた。

そっと、ティエトゥールの腕に手をかける様子もたおやかで、少年というよりも少女のように見える。

「あ……ティエドゥール・レイ・グラフィーという。よろしく」

らしくもなく、声音がやさしくなっている。

そのティエトゥールの肩を、悪友たちが陽気に叩《たた》いた。

「気に入ったのがいて、よかった。今夜はしっぽり、楽しんでこいよ！」

「あ、いや、その……」

さらに、へどもどするティエトゥールに畳みかける。

「なかなか美人じゃないか。おまえも面食いだったんだなぁ、ははは」

「がんばれよ、エティ。あ、女将、俺はあっちの子な」

「俺はそっちの、髪の長い子だ」

「じゃ、俺はその亜麻色の髪の子にするか」

と、次々に敵娼《あいかた》を決めていく。嬉々《きき》として指名する友人たちの姿に、もしや自分は口実に使われただけなのではないかとティエトゥールは呆《あき》れたが、今更もう帰るとは言えない。

仕方なく、腕を摑《つか》むアシェリーを見下ろした。アシェリーは控え目に笑みを浮かべる。

「こちらです、旦那様」

そっと、ティエトゥールを館内の小部屋に誘ってくる。

「がんばれよ、エティ！」

明るく声をかける友人たちを背中に、ティエトゥールは内心溜息をつきながら、小部屋へと至る階段を昇るのだった。


アシェリーは、共に階段を昇るティエトゥールをそっと窺《うかが》った。整った顔立ちをしているが、あまり表情がない。

ティエトゥールは、今までアシェリーが相手をした客たちの中で、最も若く、風采《ふうさい》のよい男であった。

どうしてこんな人がアシェリーを指名してくれたのか、さっぱりわからない。だいたい若い客は、今巷間《こうかん》で評判のイェニスか、そうでなければ、もっと派手な容姿の少年を指名するのが常だった。

アシェリーのように、美しくはあっても地味な少年を指名するのは、もっと落ち着いた年齢の老人や、派手な少年に気後れを感じるような中年の男がほとんどだ。

今、アシェリーの隣にいるような、自分自身にしてから容色に恵まれたような男は、自信をもって、美しく華やかな少年を指名するものだ。

それがどうして、とアシェリーは思ったが、深く詮索《せんさく》したところでいいことはない、と考えることを止《や》めた。とにかく、今夜はこの男と枕《まくら》を共にするのだ。相手が誰であろうと、することはいつもと同じだ。

――それにしても……一軍の副官をしておいでだとの仰せだったけれど。

アシェリーは、おずおずと隣を歩くティエトゥールを盗み見た。ナ・クラティス人らしからぬ長身だ。堂々と逞《たくま》しく、軍人らしい肩の張りと胸板を持っている。日に焼けた浅黒い肌が、ティエトゥールの男らしさをいっそう強めていた。鋭い目つきに、高い鼻、しっかりと引き結ばれた唇がいかにも軍人らしい。

その力強い体軀《たいく》に任せて、長々と楽しまれる方でないといいのだが、とアシェリーが思った時だった。不意に、こちらを向いたティエトゥールと目が合う。いけない。顔をじろじろ見るなんて、不躾《ぶしつけ》だと思われてしまう。

アシェリーは慌てて、ティエトゥールに微笑みかけた。客を不快にさせてはいけない。男たちは、この館に夢を買いに来るのだ。現世《うつしよ》では見られぬ夢を、ここで叶えてやるのがアシェリーの務めだ。

「こちらです、旦那様」

扉を開け、ティエトゥールを誘う。美しく装飾された部屋には、大きな寝台が用意されている。充分に楽しめるように、通常の寝台の二倍は大きく作られていた。

ティエトゥールは、あからさまに大きな寝台に少し怯《ひる》んだように、歩みを止める。

そんなティエトゥールに、アシェリーは困惑する。こんな客は初めてだった。たいていの客は、部屋に入った途端アシェリーを抱き竦め、性急にことを運ぼうと寝台に押し倒すのだ。それなのに、ティエトゥールは、部屋の入り口で立ち尽くすだけだ。

ティエトゥールと友人たちとの会話から、彼が娼館に来るのが初めてらしいことは知れていたが、それにしてもこれは、どうしたことだろう。ティエトゥールが上手くコトを運べるように、アシェリーから誘うべきなのだろうか。

そこまで考えて、アシェリーは困惑した。どうやって誘えばいいのだろう。

考えてみれば、今まで一度も、アシェリーから客を誘ったことはない。いつでも客のほうが待ちきれないように、アシェリーを押し倒すからだ。

しかし、これが初めてらしいティエトゥール相手では、アシェリーが上手く彼を導くしかないのかもしれない。

仕方なく、アシェリーはティエトゥールの腕を取った。意を決し、口を開く。

「旦那様……あの……」

しかし、その先が続かず口ごもる。いかにも潔癖そうなティエトゥールの目を見ると、寝台に行きましょうとは言いにくくなる。情交をせがむのも失礼なようで、アシェリーはティエトゥールの腕を摑んだまま、まごまごと言い淀《よど》んだ。

おまけに、鋭いティエトゥールの眼差《まなざ》しに、アシェリーは耳まで赤くなってしまった。こんなに潔癖で、生真面目な顔をした相手に、情交を誘いかける自分が恥ずかしくてたまらなくなる。

「……すみません」

とうとう、小さな声でアシェリーは謝ってしまった。元々ここが娼館で、アシェリーが男娼であることを考えれば謝る必要などないのだが、いかにも清潔そうなティエトゥールの雰囲気に気圧《けお》されてしまったのだ。アシェリーのほうが悪いことをしている気になってしまう。

アシェリーは、ティエトゥールの腕を摑んだまま、真っ赤な顔をして俯いてしまった。

「なにを謝っている、あー……その」

「……アシェリーです」

「ああ、すまん。アシェリーだったな」

自分は一回でティエトゥールの名前を覚えたというのに、それよりはるかに簡単な自分の名前を覚えてもらっていないことに、アシェリーはほんの少しがっかりした。大勢の少年たちの中から選んでもらえたと思ったのに、ティエトゥールにとってどうでもよいことだったのだろうか。

唇を嚙みしめ、アシェリーはティエトゥールを見上げた。ほんの少し、悔しい。

悔し紛れに、アシェリーは抱きついてやった。元元、こうする目的の場所なのだ。ティエトゥールができないというのなら、アシェリーからどんどん誘ってしまえばいい。どうせ、アシェリーは卑しい男娼なのだ。

「アシェ……んっ」

背伸びして、無理矢理口づける。

「ちょっ、アシェリー！　待ってくれ」

いきなり積極的になったアシェリーに、ティエトゥールは狼狽《ろうばい》する。

「待て、待つんだ」

力任せにアシェリーを引き離してくる。

アシェリーも必死でティエトゥールに抱きついていたのだが、いかんせん体格が違った。やわなアシェリーの腕力では、鍛え上げられたティエトゥールにかなわない。

「これが目的でいらしたのでしょう？　なにを待つ

必要があるんです」

この期に及んで「待ってくれ」などと戯言《たわごと》を言うティエトゥールが恨めしい。どうせ名前を覚えてもいない男娼なのだ。さっさと抱いてしまえばいいではないか。

しかし、慌ててアシェリーを離したティエトゥールは、申し訳なさそうに頭を下げた。

「すまん！」

「え？」

思ってもみなかった行動に、今度はアシェリーが言葉を失う番だった。いったい、ティエトゥールはなにを謝ってきたのだろう。

「申し訳ない、アシェリー。実はここに来たのは、行きがかり上、やむを得なくしたことで……つまり、その」

ティエトゥールがしどろもどろに語り出す。

「行きがかり上、やむを得なく？」

不審な思いで眉を寄せる。娼館というところは、やむを得なく来るところだろうか。男だったら、喜んで来る所ではないのか。

しかし、ティエトゥールは困りきったように、アシェリーを見下ろしている。

「実はその……浮いた話のないわたしのことを、友人たちが心配してだな。それでその……ここに」

「連れて来られたっていうわけですか？」

ティエトゥールの説明に、アシェリーは呆れて目を見開いた。そんな馬鹿な話があるのか。

「旦那様は、もう子供じゃありませんよね」

「むろんだ」

胸を張るティエトゥールに、アシェリーは疑わしそうに質問した。

「でも、娼館は初めてなのでしょう？」

「ああ……まあ」

「来たいと思ったことはないのですか？　一度も？」

「……ああ」

思わず、アシェリーは声を張り上げた。

「男でしょう！　旦那様は」

十歳の時から娼館暮らしをしているアシェリーには信じられない。男はすべからくすけべで、コレがなくてはいられない獣《けもの》だと思っていたのだ。

それなのに、まだ若い男が、一度も娼館に行きたいと思ったことがないとは、信じられない。

「それじゃあ、娼館には来たことがないのでしょうけど、恋人くらいはいたのですよね」

気を取り直して質問すると、これにもティエトゥールは「否」と答えた。

「信じられない！　それじゃあ、今まで一度も誰かを抱いたことがないのですか、旦那様は」

もしもそうなら、これは新手の病気なのではなかろうか。男の欲望にうんざりしているアシェリーであっても、時折ははしたない情欲を感じることがあるのだ。ティエトゥールのように健康な身体を持っていて、なんの欲望も感じないわけがない。

しかし、アシェリーのこの質問は、ティエトゥールも否定しなかった。

「まあ、何度かは」

アシェリーはホッとして、息をついた。少なくとも、変な病気ではないらしい。

「それじゃ、まったくできないってわけじゃないんですよね。よかった」

「ああ、しかし、その……」

もごもごと、ティエトゥールは口を濁す。

アシェリーは、くすりと笑った。

「わかりました。ぼくとはしたくないのでしょう？」

「いや、けして、君がどうこういうわけではないんだ。ただ……その」

慌てるティエトゥールに、アシェリーは苦笑を浮かべた。なんとなくだが、ティエトゥールの言いたいことがわかってきた。多分、ティエトゥールは男娼に手を出したくないのだ。男娼だけではない、女の娼婦にも手出ししたくない。

つまり、そういう理由で、地味なアシェリーをあえて指名したのだろうと理解できた。積極的に自分を売り込む男娼相手では、まんまと押し倒されかねないが、おとなしく立っていただけのアシェリーならば、上手く言いくるめてコトにおよばずに済むかもしれない、そう考えたのだろう。

——やっぱりね。

若い偉丈夫がわざわざ自分を指名するなど、おかしいと思ったのだ。

やっと腑に落ちた思いで、アシェリーは苦笑した。仕方がない。

「いいですよ。一人くらいはそういうお客様がいてもいいでしょう。なにもせずにお代が貰《もら》えるなら、ぼくだってそのほうが身体が楽ですし」

明るくそう言ってやると、ティエトゥールが嬉しそうに笑みを浮かべた。

「ありがとう。そう言ってもらえると、助かる」

そして、思いついたように声を上げた。

「そうだ！　これがお礼になるかわからないが、今夜一晩、君を買いきることにしよう。そうしたら今夜は、もう客を取らなくてもいいだろう？」

「その代わり、旦那様は好き者だって、お友達に誤解されますよ」

悪戯《いたずら》っぽくそう言うと、ティエトゥールは気にするなと笑った。

「そう思わせておけばいいさ。それに、そこまで君が気に入ったと思わせておけば、今後奴らに別の娼館に連れ込まれなくてもすむ」

一石二鳥だ、と笑った。

アシェリーも、軽く肩を竦めて返事した。

「そういうことなら、遠慮なく。あ、それならせめて、肩でもお揉《も》みしましょうか。なにもしなくてお代を頂くのもなんですし」

「わかった。それじゃ、お願いしよう」

クスクス笑いながら、アシェリーはティエトゥールの肩に手を伸ばした。

夜はまだ始まったばかりだ。

しかし、今夜はいつもより、楽しい夕べになりそうだった。変わった客と、肩の凝らない話をしながら、アシェリーは久しぶりに楽しく笑ったのだった。

§第二章

季節はゆっくりと巡っている。ついさっきまで冬だと思っていたのに、もう日差しが柔らかさを増していた。朝起きても、痛いほどに冷たい空気は消え、寒さは残るが、どこかぬるい。

館玄関の窓際に腰かけ、アシェリーは外を眺めていた。

政府から許可を得て娼館が建ち並ぶ通りなだけに、行き交う者たちも男が多く、時折見かける女も、もはや盛りを過ぎ娼館の女将や取次ぎの婆になっている者が多かった。たまに妙齢の美人が通っても、店の者に手を引かれ、どこかに連れて行かれる途中のようだった。

しだいに日が落ち、通りのそこここに建てられた灯籠《とうろう》に明かりが灯される。いよいよ、この通りが活気づく時間だ。

アシェリーのいるマーシアの館でも、春をひさいでいる少年たちが、それぞれの部屋から玄関に降りてき始めた。

「あれ、アシェリー、もう来てるんだ」

同じ男娼仲間に声をかけられ、アシェリーは振り向いた。

「うん。そろそろ店が開く時間だから」

しかし、相手はニンマリと笑った。

「あれから十日だもんな。そろそろ、例の人が来る頃だし？」

少年のからかいに、皆が一斉に笑う。アシェリーは頬を赤くして、声を張り上げた。

「違うよ！　別に、あの人を待ってるわけじゃない！　もう時間だから、だから、ここにいるだけだよ！」

「嘘、嘘。昨日はこんなに早くいなかったじゃないか」

「そうだよ。それに、あのお客さんときたら、判で押したみたいに十日ごとにアシェリーに会いに来るんだからな」

「あ〜あ、俺もあんな格好いいお客さんだったら、幾らでも早く来て待っているんだけどなぁ」

口々に言われ、アシェリーはますます赤くなった。

「待ってないってば！」

しかし、本当は待っていた。最初にティエトゥールに買われてから今日まで、ちょうど一ヵ月半が経っていた。その間、少年の一人が言ったように、判で押したような几帳面《きちょうめん》さで、十日に一度、ティエトゥールはアシェリーの元に通って来ていた。

そのたびにアシェリーを一晩買いきるが、なにもしない。部屋に食事を運ばせ、ゆっくり風呂につかり、一緒の寝台で眠りにつく。

身体を繋げない代わりに、ティエトゥールはアシェリーに様々な話をしてくれる。きらびやかな王宮の様子、クラティア独特の季節の行事。

王都に五年もいながら、娼館の外に出たことのないアシェリーには、ティエトゥールのしてくれる話はなにもかもが新鮮だった。

そうして気づけば、彼の訪れを楽しみにするようになっていた。

今宵《こよい》は、前回の訪れからちょうど十日目だ。多分、いやきっと、ティエトゥールはやって来る。

早く来ないだろうか。

しだいに通りが暗くなり、街灯に明かりが灯ると、アシェリーは気が揉めだす。そろそろ最初の客が来る頃だ。もしその客が、数少ないアシェリーの馴染みの男だったらどうしよう。指名されれば、ティエトゥールと過ごす時間が減ってしまう。

マーシアの館に来て五年、アシェリーがそんなふうにして客を待つのは、ティエトゥールが初めてであった。だから、よけいに他の少年たちのからかいに、むきになってしまうのだろう。

ティエトゥールと身体の関係がまったくないのも、よけい他人にからかわれたくないと思う理由かもしれなかった。ティエトゥールとの関係は、ここで少年たちに勘ぐられているような、そんないかがわしい関係ではないのだ。まるで弟か、年齢の離れた友人のような、まったくいやらしいところのない清らかな間柄なのだ。

もっとも、そんな事実を誰一人知らないだろうが。

しかし、それでも、ティエトゥールはアシェリーにとって大事な人であった。その大事な人を、誰にも汚されたくない。

あんなに純粋で真っ直ぐな人を、アシェリーは知らない。

それは、アシェリーのように穢《けが》れきった少年には、眩《まぶ》しいほどのきらめきであった。

そんな人が、友人たちのお節介をしのぐ口実とはいえ、アシェリーの元に通って来てくれる。

それがどれほど嬉しいことか、館の少年たちには、ましてやティエトゥールには、けしてわからないだろう。

アシェリーは、まだからかおうとする少年たちに背を向け、じっと窓の外を見つめた。

早く来てくれないだろうか。それとも、今日は来ないのだろうか。

女や、あるいは男を買うために行き交う、どこか本能を剝《む》き出しにしたいやらしい顔をしている男たちの流れを見つめながら、アシェリーは今ではもう見知った長身を探した。

どうか、アシェリーの馴染みの客が来ないうちに来てほしい。

「……あ」

アシェリーの目が見開かれた。次の瞬間、ごく自然に嬉しそうな笑みが零れ落ちる。

それは、アシェリー以外の他人の目には歴然とした、恋の喜びに溢れた微笑であった。

窓越しに、アシェリーは嬉しそうに手を振る。それに応《こた》え、通りをゆっくりと渡ってきた男が、軽く手を振り返した。

やがて、男が館の扉を開ける。

「ティエトゥール様！」

その声に、ティエトゥールが穏やかな微笑をアシェリーに向けた。

「元気そうだな、アシェリー」

「はい。ティエトゥール様もお変わりなく」

これればかりは変わらない、おずおずとした仕草で、アシェリーはティエトゥールの腕にそっと指を置いた。その指を、ティエトゥールが力強く握り返す。

嬉しそうにティエトゥールを見上げ、笑みを浮かべるアシェリーは、これがいつものくすんだ印象を与える少年だろうかと見まごう程に、自身の内側から人目を引きつける光を放っていた。

ティエトゥールもわずかに目を細めながら、手にした土産《みやげ》を差し出す。

「街で評判の菓子を買ってみた。おまえにどうかと思ってな」

「ありがとうございます、ティエトゥール様」

きらめくような笑みを浮かべながら、アシェリーは大切そうに、ティエトゥールからの土産を押し戴《いただ》く。そっとその腕に摑まりながら、部屋への階段を上がった。

部屋に入ると、早速菓子を勧められる。少し面映《おもは》ゆそうなのは、ティエトゥールのような武張った男が、こんなに可愛らしい菓子を買うのが恥ずかしかったからだろうか。

けれど、わざわざアシェリーのためにしてくれたというのが嬉しい。

精一杯感謝の気持ちを込めて微笑み、アシェリーはそっと菓子を口に運んだ。

「甘い……。それに、口の中ですぐ溶けて」

ふわっと蕩《とろ》ける食感に目を丸くし、それからアシェリーはうっとりと口元を綻ばせた。甘いお菓子はクラティアに来て時々食べることができたが、これはそんなものと比べものにならないくらい美味しい。

「ありがとうございます、ティエトゥール様。こんなに美味しいお菓子を食べるのは、初めてです」

「気に入ってもらえてよかった。たくさんあるから、好きなだけ食べるといい」

「はい」

頷きながら、しかし、アシェリーばかりが食べるわけにはいかない。

「ティエトゥール様は、いつもの御酒とおつまみでよろしいですか？」

そう訊《たず》ね、廊下に控えている小僧にいそいそと仕《し》度《たく》を頼む。ティエトゥールは甘味よりも塩味のほうを好む。何度か逢瀬を重ねるうち、そうした好みも、アシェリーはしっかり飲み込んでいた。


酒とつまみが運ばれれば、隣に座って酌《しゃく》をする。通常の客ならば、ここから抱き寄せられたり、唇を吸われたりなどが始まるのだが、ティエトゥールはそんなことはしない。穏やかに微笑みながら、王都クラティアの様子を教えてくれたり、軍務中の面白い話をしてくれたりする。

先日は、ちょっとした絵草子を買ってくれたため、その感想をアシェリーが語ったりもする。

「絵がたくさんありましたから、読むのが楽しかったです」

「読む？　字のほうも読めたのか、アシェリー」

少し驚いたように、ティエトゥールが言う。それにアシェリーは恥ずかしそうに答えた。

「少し……ですけど。時々、お客様にお手紙を出したりすることもあるので、ここに来た時に教えてもらったんです。そんなに難しいのは……わからないんですけど」

「手紙。そうか、手紙の遣《や》り取りもするのか」

意外そうに、ティエトゥールが呟《つぶや》く。

客の気を引いたり、好き心をかき立てたりするためにちょっとした手紙を書くのは、アシェリーのいる娼館では当たり前のことであったが、男娼を買うこと自体初めてだったティエトゥールにはわからなかったのだろう。

「手紙の他にも、歌やリュートの演奏を教わったりもするんですよ」

ちょっとした楽器や歌も、この館のような中程度の娼館では技能のひとつとして仕込むことだ。一応、閨《ねや》のことばかりではない、というところが、程度の低い娼館との差らしい。

「ほお、歌やリュートまでもか。少し聴いてみたいな。いいか、アシェリー」

そう問われ、アシェリーは控えめに頷く。リュートの腕は並だったが、歌はいい声だと、皆がよく褒《ほ》めてくれる。

ティエトゥールには金ばかり払わせて、男娼としての奉仕はまったくしていないから、せめて身についた芸事で楽しんでもらえたら……とアシェリーは思う。もちろん、大金と引き換えにできるほど優れたものではないけれど。

「お耳汚しですが……」

すぐにリュートを用意し、アシェリーは小さく息を吸う。やさしい、甘やかな歌が、狭い室内に漂い始めた。ティエトゥールはそれを肴《さかな》に、美味そうに酒を味わう。

少しでもティエトゥールに楽しんでほしくて、アシェリーは心を込めて歌った。

初めて、ここで芸事を仕込まれてよかったと思った。


「あの……また来て下さると、とても嬉しいです」

翌朝、はにかんだ微笑を浮かべて、アシェリーはティエトゥールを見送った。本当に、また十日後、来てくれると嬉しい。とても嬉しい。

十日といわずに、本心を言えば、連日来てくれるとなお嬉しかった。

しかし、そんな我《わ》が侭《まま》を言うわけにはいかない。

この娼館は、それほどお安いわけではない。軍人の給料がいくらなのかは知らないが、連日ここに通えるほどのものは貰っていないだろう。

その上、ここに来たからといって、ティエトゥールにはなんの得もないのだ。ただアシェリーと話をして、眠るだけで、それ以外のなにもしようとしない。それなのに、毎日来て欲しいなどと、言えるものではなかった。

——昨夜は歌をお聴かせできたけど……。

けれど、その程度のものがここの代金と釣り合うわけがない。

いっそのこと、本当に手を出して下さってもいいのに。

そんなふうに思いかけ、アシェリーは顔を赤くした。なんということを考えてしまったのだ、自分は。

アシェリーは慌てて部屋に戻り、扉を閉めた。一人になり、ずるずると床に座り込む。頬が真っ赤に火照っていた。

——ティエトゥール様……。

寝起きに、自分をゆるく抱きしめて寝入っていた姿が思い浮かぶ。淫《みだ》らな欲望のない、やさしい抱擁《ほうよう》だった。他の客たちとはまったく違う。

それは、五年前にサザルの村から王都クラティアに売られた時に失った、人のぬくもりそのものだった。それを、ティエトゥールはアシェリーにくれたのだ。

それほどに立派で清い方に対して、自分はなんという不埒《ふらち》なことを考えたのだ。男たちに抱かれるうちに、心の底まで男娼に染まってしまったのか。

アシェリーは自分を責めた。

けれど、ひとたび浮かび上がった願望は、打ち消そうとしてもじわじわと胸の奥から湧き上がってくる。ただやさしくしてもらえるだけで満足するべきなのに。穏やかな夜を過ごせるだけで幸せであるべきなのに。

それなのに、アシェリーは思うのだ。もし、もっとそれ以上を、ティエトゥールがくれたのなら――。

アシェリーは唇を噛みしめた。馬鹿な願望だ。こんなことをティエトゥールに知られたら、もう二度とここには来てくれなくなるだろう。あのやさしい目で、アシェリーを見つめることはなくなるだろう。

「……そうだよ。馬鹿な望みを持っちゃダメだ」

ティエトゥールはやさしい。ティエトゥールはぬくもりをくれる。

それ以上のなにかを求めてはいけない。持ってはならない願望を知られてはならない。

それは、アシェリーを信頼し、情けをかけてくれるティエトゥールに対する裏切りだ。

アシェリーはただ、ティエトゥールが与え、振る舞ってくれるものだけをありがたく受け取るべきだ。それで充分なのだ。

アシェリーはそれを固く自分に言い聞かせた。生まれかけた願望に、必死に蓋《ふた》を被せた。


更に十日、また十日。十日ごとの逢瀬《おうせ》を、アシェリーは緊張を隠しつつ迎えた。会うと苦しいが、会えなくても苦しい。特に、ティエトゥールが来るまでの間、他の男に抱かれ続けるアシェリーは、会えない時間がいっそう辛かった。

だが、アシェリーは男娼だ。苦しい気持ちを押し隠し、男たちの欲望に身を晒すしかない。

後三日、後二日我慢すれば、ティエトゥールに会える。それだけが、アシェリーの希望であった。

そうして、ようやく訪れた十日ごとの逢瀬を、アシェリーは朝から胸躍らせて待ちわびた。今日お会いしたらなにを話そう。そんなことを考えるのも楽しい。

しかし、今日という日、アシェリーはまったくついていなかった。

「まあ、いらっしゃいませ！」

女将の声に、玄関へと視線を向けると、アシェリーは息を飲んだ。なんだって、こんな日に来るのだろう。

「おお、アシェリー、元気だったか」

数少ないアシェリーの馴染みの客、小商人の親爺《おやじ》が下卑た笑いを浮かべている。

思わず、アシェリーは身震いした。身体中を舐め回すようにアシェリーに触れるその親爺に、今日だけは触れられたくない。せめてティエトゥールが来る日だけは、まっさらな身体でいたかった。

しかし、女将にしてみれば、金払いのいいその小商人は大事な客だ。揉み手をして、喜び勇んで迎え入れる。

「アシェリーでございますね。はい、もちろん、空いておりますとも」

仕方なく、アシェリーは立ち上がった。いやだと言える身分ではない。意を迎えるように、男に向かって笑みを浮かべた。

「いらっしゃいませ、旦那様。お待ちしておりました」

心にもない歓迎をすると、男はだらしなく相好を崩す。長年働き続け、この年でようやく男娼を買えるようになった男は、アシェリーの言葉が偽りだと見抜けない。使い古した妻からは聞かれない殊勝げな言葉に、手もなく眦《まなじり》を下げた。

「おお、おお、アシェリー。いい子で待っていてくれたかい。本当におまえは、可愛いなぁ」

腕を摑まれると、身震いがする。だが、そんな気持ちを表すことはできない。

代わりにアシェリーは物慣れた作り笑いを浮かべ、嬉しそうに男にしなだれた。

「可愛いなどと言ってくれるのは、旦那様だけです。おやさしい旦那様、もっと頻繁《ひんぱん》に来て下さいね」

来られては困るくせに、儀礼的にアシェリーの口は言葉を紡いだ。もうここから、睦言は始まっている。

早々に、女将が男を促した。

「さ、旦那様、お部屋の準備はできておりますから、どうぞ、お上がり下さい」

「さすがに手回しがいいな。さあ、行こうか、アシェリー」

腰に回った手が、尻に触れる。その感触を楽しむように揉みしだくと、男はアシェリーを促した。早く、馴染みの若い身体を味わいたくてたまらないようだ。

淫靡《いんび》な色を浮かべたその目に、アシェリーは内心、嫌悪しか感じない。すけべじじい、ティエトゥール様とはえらい違いだ、と罵《のの》しりながら、男と一緒に階段を昇ろうとした。

その時、玄関の扉が開く音がした。扉につけた鈴が、チリチリと涼やかな音を発している。

思わず、アシェリーは後ろを振り返った。

「……っ」

息を呑《の》む。しかし、喘ぐように開いた唇を、アシェリーはぐっと引き結んだ。

ティエトゥールであった。しかし、一歩遅い。ティエトゥールは、男に腰を抱かれ、階段を昇ろうとしているアシェリーに、驚いた顔をしている。

そこから無理に視線を剥がし、アシェリーは隣の男に向かって微笑みかけた。これが、アシェリーの仕事だった。

男はアシェリーの微笑に相好を崩し、いやらしく腰を抱きながら、階段を昇る。

背中にティエトゥールの視線を感じながら、アシェリーも一歩ずつ階段を上がった。男に抱かれ、男を迎え入れる為の自分の部屋に向かう。

この小商人との情交は、小一時間ほどで終われるだろう。しつこくアシェリーの身体を嬲るわりに、年齢のせいか、男の行為は長くは続かなかった。一回、アシェリーの中で達すれば、それで男の精力は潰《つい》えてしまう。

その代わりというように、何度かアシェリーをイかせ、身体中を舐め回すのだ。

部屋の扉を閉めると、早速男が挑みかかってくる。待ちかねたようにアシェリーを寝台に押し倒し、身を包む薄物を剝ぎ取った。

「おお、綺麗な身体だ」

感嘆の溜息をつき、むしゃぶりつく。

目を閉じ、アシェリーは甘い声を上げた。

「あ、あぁ……旦那様」

しかし、思うのはティエトゥールのことばかりだ。男にしなだれかかって階段を上がった自分に呆れて、帰ってしまわないだろうか。待っていてくれるだろうか。そんなことばかりを思う。

ひそめる眉は、快楽の為ではない。伸《の》しかかる男に対する嫌悪だ。

しかし、男は自分に都合のいいように解釈するだろう。

早く終わって欲しい。そう願いながら、アシェリーは男の背中に腕を回し、足を開いた。

§第三章

階段を上がるアシェリーを、ティエトゥールは呆《ぼう》然《ぜん》と見上げていた。

先客がいたのか。ひどい男ではないか。腹は突き出て、頭もまだらに禿《は》げている。

いや、そんなことよりも、今からアシェリーは、あの男と寝るのか。

そう考えたとたん、ティエトゥールの胸は重い衝撃を受けた。

男娼は、アシェリーの商売だ。そのことは、充分にわかっていた。アシェリーは男娼で、男娼の仕事は男と寝ることだ。

だが、実際に客を取る場面を目の当たりにし、ティエトゥールは思いがけないほどの衝撃を受けていた。

同時に、アシェリーが複数の男たちに抱かれているということの意味を、初めて実感した。ただ言葉だけで理解していた『抱かれる』という言葉の意味を、現実のものとして見る。

あの腹が突き出た、皺《しわ》の多い老年の男に、たった今、アシェリーが抱かれている。

身震いが走った。

あの男だけではない。娼館に来る種々雑多な男たちが、アシェリーの買い手だ。見目の良い者は、むしろ少ないだろう。さっきの男のような、金でも貰わなくては抱かれたくもない、そんな容姿の男がほとんどに違いない。

そんな男たちに、アシェリーは……。


あの愛らしい唇を吸い、口の中まで舌を這《は》わせ、真っ白い身体をまさぐる。一緒に風呂に入った時に見た桜色の可憐《かれん》な乳首を玩《もてあそ》び、その下の少年らしい小振りの性器を嬲《なぶ》るだろう。アシェリーはこらえきれず、男たちの手淫に精を迸《ほとばし》らせるかもしれない。

そして、それだけでは終わらない。彼らは、アシェリーの唇に自身の性器を咥《くわ》えさせるだろう。思うさま唇を犯し、下卑た男たちの汚らしい白濁を飲み込ませる。

だが、一番の欲望の的は、口腔《こうこう》ではない。アシェリーの下肢で密《ひそ》やかに眠っている可憐な蕾、普段は人目に晒されることのないそここそが、男たちの尽きせぬ欲望をそそってやまないに違いない。

赤黒い性器でアシェリーの慎ましやかな蕾を犯し、その中に欲望の白蜜を吐き出す。たっぷりと。

「……っ」

不愉快な想像に、ティエトゥールは知らず、拳を握っていた。

これが、現実であった。ティエトゥールが呑気に、少年に休日を与えているつもりでいる間にも、アシェリーは男たちの欲望に蹂躙《じゅうりん》され続けている。拒否する権利など、彼にはない。

それらを実感したとたん、強烈な独占欲が、ティエトゥールの中に生まれていた。誰にもアシェリーを渡したくない。こんな娼館に置いておかず、自分の側に——。

焼けつくような欲望と、焦燥だ。

これはなんだ。まさか、自分もあのいたいけな少年に、雄の欲望を感じていたのか。いい兄貴分ぶって、十日に一度の休みを与えるくらいの気持ちで通っておいて、その実、こんな欲望を隠し持っていたのか。

いや……いや、そもそもただの同情で休みを与えるためだけに、毎回それなりの大金を使っていたのか、自分は。

——それは……あの子がこんな場所にいるにはあまりに……いじらしかったから……。

慎《つつま》しくて、可愛かった。ロビーで最初に並べられた時にも、隠れるように佇んでいるのが目を引いた。この子ならきっと、わずらわしく媚《こ》びてこないだろうと思った。

実際、アシェリーは男娼らしくない子だった。誘い方も不器用で、どこか純な風情《ふぜい》があった。

そうだ。さっきも男にしなだれかかっていたが、なんともいえずぎこちなかった。精一杯男娼らしく振る舞おうとして、しかし、失敗しているような、そんなたどたどしさがあった。

そういうアシェリーだから、ティエトゥールもつい助けたくなったのだ。時に目の下に隈《くま》を作り、疲労しているだろうに微笑む姿に、いろいろしてやりたくなった。

そこにまったく下心はなかったのか。

ティエトゥールは奥歯を嚙みしめた。汚らしい下心があったわけではない。それははっきり言える。

だが、アシェリーがああして春をひさぐ様子を目の当たりにして、己の欲望に気づかされた。あの男に――それ以外の多くの男たちに――抱かれるアシェリーを思うと、目眩《めまい》がする思いだ。自分こそが彼に――。

なんという欲望。なんという焦燥《しょうそう》だ。

こんなティエトゥールをもしアシェリーが知ったら、どう感じるだろうか。恐ろしいと怯えるかもしれない。

ティエトゥールは、アシェリーが消えた階段上を見上げた。いつになったら、下りてくるだろう。

「女将、待たせてもらうぞ」

放たれた声は、自分のものとは思えないほど冷えていた。それに女将がビクリと肩を揺らすのが見える。

それを無視して、ティエトゥールはロビーにあるクッションにドカリと腰を下ろした。

「旦那様、まだ、その、お時間がかかりましょうから、どうぞ、あちらのお部屋にお越し下さいませ。御酒などお召しになり、ゆるゆるとお待ち下さいませ」

揉み手をして勧める女将に、ティエトゥールは不機嫌そうに頷いた。

「いいだろう」

と、立ち上がる。たしかに、待つ時間は長くなるだろう。その間、せめて酒でも飲まなくては、この苛立《いらだ》ちの持って行き場がない。アシェリーに他の男が触れるのは不愉快だ。だが、本心に気づかないままぼんやりしていた自分には、もっと腹が立つ。

ティエトゥールは不機嫌に黙って、酒を口に運んだ。

「ん……ふ」

最後に、名残惜しげに唇を吸われる。玄関のホールで身体をまさぐられながら口づけられ、アシェリーは泣きたい気持ちでそれを受け止めていた。

こんなところを、ティエトゥールに見られていたらどうしよう。

けれども、しつこい老年の客はねちっこくアシェリーの唇を味わい、さんざんに口腔を舐め回してから離れる。

アシェリーは最後の気力を振り絞って、客に微笑みかけた。

「また来てね。待ってるから」

来てなどほしくない。ティエトゥール以外の誰も、もうアシェリーを買ってほしくなかった。

だが、それは身のほど知らずということを、今ほど思い知ったことはなかった。

ティエトゥールも、他の男にしなだれかかるアシェリーを見て、『男娼』というのがどういう仕事を指すのか実感しただろう。きっとアシェリーに幻滅している。

所詮は、夢だったのだ。珍しく、男娼を買っても抱こうとしない男に、見果てぬ夢を見てしまった。

誰かに大事にされる夢。肉欲の対象としての身体でなく、ただのアシェリーを大事にしてくれる誰かの夢。

サザルの村を出る時、もう自分を無条件に愛してくれる人はいないと覚悟してきたはずなのに、思いがけないティエトゥールのやさしさに、身のほど知らずな夢を見てしまった。

アシェリーは慣れた微笑を浮かべて客を見送り、その後、肩を落として踵《きびす》を返した。

身体中が汚れている。客に舐め回された全身と、男のモノを咥えさせられた口腔と、秘孔が気持ち悪い。口の中は、いまだに男の放った精の味が残っていた。そして、尻のあわいからは客が放ったモノが滴り落ちようと、秘孔の入り口を濡らしていた。

次の客を取る前に、身体の汚れを始末しておかなくてはならない。

「アシェリー」

名を呼ばれ、アシェリーは顔を上げた。心配顔の女将が、アシェリーを見つめている。

その顔を見てアシェリーは、やはりティエトゥールは帰ってしまったのだな、と思った。

帰ってしまっても、仕方のないことだ。アシェリーの仕事の現実を見れば、いくら人のよいティエトゥールでも、情けをかけるのがいやになるだろう。穢らわしい男娼と、身震いしたかもしれない。

この娼館に来て五年、数え切れないほどの男たちと寝てきた。そもそも、とてもティエトゥールに差し出せるような綺麗な身体ではない。

仕方のないことだった。

しかし、女将の心配顔は、アシェリーの想像とはまったく違うことからだった。

足早に近寄った女将は、早口でアシェリーに囁いた。

「アシェリー、早く風呂に入っといで。ティエトゥール様がお待ちかねだよ」

「……え？」

アシェリーの顔が上がった。ティエトゥールがまだ待っている。本当に？

女将は苦笑のような笑みを浮かべ、アシェリーに向かって頷いた。

「お酒を飲んで、お待ちだよ。早く風呂に行って、身体を綺麗にしといで」

嬉しそうな笑みが、アシェリーの顔を輝かせた。ティエトゥールが待っていてくれた。それだけで、アシェリーの心が弾む。

だが、駆け出そうとした腕を、女将が摑む。ひそ、と囁かれた。

「いいかい、アシェリー。勘違いしてはいけないよ。ティエトゥール様は客だ。金を出しておまえの身体を買う、客の一人なんだからね」

「え……？」

アシェリーはきょとんと目を瞬いた。女将はなにを言っているのだろう。ティエトゥールが客なのは、当たり前ではないか。

それも、うんと上等な客だ。他の客のような欲望に塗《まみ》れておらず、アシェリーを気遣い、やさしくしてくれる、一等立派な客だった。

あんな方は他にいない。

アシェリーはにっこりと頷いた。

「もちろんです、お母さん。あの方ほどいいお客様はおりません」

そう言って、待たせてはいけないと急いで浴室に向かう。一刻も早く、ティエトゥールに会いたかった。

そんなアシェリーの背中を、女将が気遣わしげに見つめていた。


早く、早く行かなくては。

気の急くアシェリーは、朋輩たちが声をかけるのにも生返事をして、性急に身仕舞いを整えると、息せき切って、ティエトゥールが待つ小部屋に駆け込んだ。

「ティエトゥール様！」

酒を口に運ぶその顔を見つけると、アシェリーの頰に満面の笑みが浮かぶ。待っていてくれたことの嬉しさ、十日ぶりにまた会えた喜びに、アシェリーの表情は輝いた。

ティエトゥールが一瞬、眩しげに目を細めた。

「アシェリー、もういいのか」

「はい！　お待たせしてしまって……。でも、待っていて下さって、本当に、本当に、嬉しいです」

一心に、ティエトゥールを見つめるアシェリーは、内側から不思議なきらめきを発していた。想う相手に会えたが故のきらめきに、同じ待ち合いで馴染みの男娼を待っていた他の男たちも目を奪われる。こんなに綺麗な子がここにいたのか、と口々に囁いた。

だが、ティエトゥールだけを見つめるアシェリーに、その囁きは聞こえない。男たちの視線を遮るようにティエトゥールがアシェリーを抱き込んだ意図も、気づかなかった。ただただ、ティエトゥールを見つめていた。

「早く行こう」

いつにない熱い囁きに、我知らず頰《ほお》が熱くなる。ティエトゥールも待っていてくれたのだろうか。そうだといいのに。

浮き上がる気分のアシェリーは性急に、ティエトゥールの手でいつもの部屋へと連れ込まれた。ついさっきまで他の男との房事に使われていたはずの場所は短時間の間に片付けられ、まるで何事もなかったかのように整えられていた。

「アシェリー」

扉を乱暴に閉めると、ティエトゥールがアシェリーの両肩を摑んだ。

常と違う乱暴さに、アシェリーは不審そうにティエトゥールを見上げた。どうしたというのだろう。やはり、さっきの客のことが不愉快だったのだろうか。

しかし、ティエトゥールは、アシェリーの思いとはまったく違うことを口走った。

「アシェリー、わたしのうちに来るんだ」

「え？」

いったいなにを言っているのかわからず、アシェリーは首を傾げた。遊びに来いと言っているのだろうか。だが、それなら、館の女将に許しを得なくてはならない。それに、自宅に男娼を呼ぶとなると、いつも以上の料金を請求されるはずだ。そんな大金、もったいなくて使わせられない。

アシェリーはここでこうして、例え十日に一度でも会えれば、幸せなのだ。

いや、それ以上を望んではならない。

「ティエトゥール様……」

「君を身請けするのに、いったいいくらかかるのかはわからない。だが、必ず君を請け出す。わたしのうちに、来てほしい、アシェリー」

「え……?」

なにを言われたのか、一瞬アシェリーはわからなかった。『遊びに』ではない。ティエトゥールはなんと言ったのだ。

——身請け……?

アシェリーは目を見開いた。遊びに呼ばれたのではない。ティエトゥールは、アシェリーをこの娼館から請け出そうと言ったのだ。

「う……そ……そんな御冗談を」

だって、自分たちの間柄はそこまでのものではない。たしかに、ティエトゥールはアシェリーに同情して——それから、友人たちへの手前もあって——十日に一度、来てくれているが、本当にただ来てくれるだけだ。男娼らしく抱かれたこともなければ、いとしいなどといった睦言を囁かれたこともない。

それがどうして、いきなり身請けなどと言い出すのだ。訳がわからなかった。

しかし、戸惑うアシェリーに、ティエトゥールは力強く頷いた。

「本当だ。もうこんな仕事をさせられない。わたしの家に来るんだ、アシェリー」

「ど……して……そんなこと」

信じられなかった。今になってなぜ、ティエトゥールがこんなことを言うのか、わからなかった。

ぎこちなく首を左右に振るアシェリーに、ティエトゥールが唇を噛み、項垂れた。躊躇《ためら》いがちに、手に触れてくる。

「……わたしの我が儘だ。君に身を売らせたくない……これ以上」

震えるような、囁きだった。

ああ、とアシェリーは思った。さっきの光景を見て、このやさしい人は考えたのだろうと気づいた。アシェリーが男に身体を売る姿を見て、気の毒だと思ったのだろう。こんなアシェリーに親切にしてくれる人だから、きっと。

だが、とアシェリーは潤《うる》みそうになる瞳をぐっとこらえた。

　ティエトゥールのもとに行けたら、どれだけ幸せだろう。もう身を売らなくてよいとしたら、どんなに嬉しいだろう。

　けれどそれは、あまりに過ぎた好意だ。ただの同情でしていいことではないし、同情と知っていて受けていい話ではない。

　ティエトゥールのためにも、これ以上は甘えてはいけない。

　アシェリーはそっと、握られた手を外した。頭を下げる。

「――ありがとうございます、ティエトゥール様。お申し出はとても、口では言い表せないほど嬉しゅうございます。でも、これ以上ティエトゥール様にご迷惑をおかけするわけにはいきません。今まででも、随分たくさんのお金を使っていただいたのに、これ以上、ぼくのために無駄なお金を使わせることはできません。だから、お申し出は、お断りさせていただきます」

「アシェリー！」

　ティエトゥールにとっては、思いがけない拒絶だったのだろう。顔色を変えて、アシェリーを見つめてくる。さらになんとかして説得しようと、続けてきた。

「アシェリー、どうか断らないでくれ。わたしがしたくてやることなんだ。もう君に、こんな稼業を続けさせたくない。だから」

「いいえ！　いけません。これ以上のご親切は、あまりに過ぎるというものです。卑《いや》しい男娼のことなど、どうかもうお捨ておき下さい。今までして下さったご親切だけで、ぼくは充分に……」

　アシェリーは唇を噛みしめた。これ以上口を開いたら涙が出そうだ。しかし、こんなところで泣いたりしたくない。よけいにティエトゥールの同情を引くような真似を、絶対にしたくなかった。

　だって、好きだから。

言葉が胸に落ちてくる。それでアシェリーは、ようやく自分がなにを思っていたのか理解した。

ティエトゥールの訪れが嬉しかったのも、触れて欲しいとはしたない欲望を持ったのも、いつの間にか、やさしいティエトゥールを好きになってしまったから。

これが、『好き』という気持ちなのかと、アシェリーは淋しく思った。好きになった相手から同情をかけられるのは、無視されているよりも、ずっと淋しい。相手が好意を持ってくれていることがわかっているだけに、その好意の方向が違うことが、どうしようもなく淋しかった。

だからいっそう、ティエトゥールの善意を受け取るわけにいかない。それくらいなら、ここで死ぬまで客を取り続けたほうが、はるかにましだ。

アシェリーは毅然《きぜん》と、顔を上げた。

「お断りします。同情はしないで下さい」

今こうして拒むのが、アシェリーの精一杯の誇りだ。塵芥《ちりあくた》に等しい男娼にでも、誇りはある。好きな相手に同情をかけられて安楽な暮らしをするよりも、辛くても一人で生きたほうがずっといい。

同情なんて、いらない。

厳しく、アシェリーはティエトゥールを拒んだ。

「同情など……」

眉間《みけん》に皺を寄せ苦悩するティエトゥールを、アシェリーは見上げた。こんなに苦しむことはないのに。れっきとした貴族のティエトゥールが、アシェリーごとき数ならぬ身の男娼のことなど、忘れてくれてかまわない。

そっと、アシェリーはティエトゥールの腕を取った。背中に手を回し、その身体を扉のほうに向けようとする。

「アシェリー？」

「帰って下さい。そして、もう、ここに来てはいけません。ここは、ティエトゥール様のような方が来る所じゃないんです。帰って、ね」

しいて、笑みを浮かべる。ティエトゥールは、もうここに来てはいけない。こんな、堕落した男娼風情に、心惑わしてはいけない。

「さ、お帰り下さい、ティエトゥール様」

やさしく、アシェリーはティエトゥールの背中を押した。帰って、もう二度とここに来てはいけない。

しかし、アシェリーの思いに反して、ティエトゥールは慌てたように弁明しようとする。

「待ってくれ、アシェリー。違うんだ、同情なんかじゃない。そんなんじゃないんだ」

「無理をしなくてもいいんです。ぼくはもう、慣れています。この仕事だって……そんなに辛くはないし。ひどいこと……するわけじゃないし。き、気持ちいいことばかりでしょ？　ティエトゥール様が想像するより、辛くはないんですよ。……本当に」

「アシェリー……」

辛くはない。そう言う声が、震えていた。少しでも気を緩めたら、涙が出そうだった。ティエトゥールに頼ってしまいたい。

しかし、振り返ろうとしたティエトゥールを、アシェリーは強引に止めた。頼ってはダメだ。縋るのもダメだ。ここでティエトゥールを拒むのが、この方のためだ。

そう思って、ぐっとこらえる。

ティエトゥールが小さく溜息をつくのが聞こえた。しばらくして、静かな声が振ってくる。

「——辛くはないのなら、アシェリー、なぜ顔を見せてくれない。わたしの顔を見て、今言ったことをもう一度言ってみろ」

「そん……な」

アシェリーは言葉を詰まらせた。ティエトゥールの背中を押す手が、震えている。

だが、これでティエトゥールが納得するというのなら、もう一度言わなくては。ここにいるのは平気だと、笑わなくては。

何度か唇を開こうとするが、震えが止まらない。

声が震えては、本心だと信じてもらえない。どうしよう。

俯くアシェリーに、背中を向けたままのティエトゥールの声が響く。穏やかな、やさしい声だった。

「アシェリー、本当のことを言おう。アシェリーに同情したから、身請けしたいと言ったのではない。わたしが、いやだったからだ」

背中に当たるアシェリーの指が、ピクリと震えた。ティエトゥールはなにを言おうとしているのだろう。アシェリーになにを言うつもりなのだ。

凍りつくアシェリーに、ティエトゥールが続ける。深い覚悟を感じさせる声だった。

「わたしがいやだったから、身請けしたいと思った。他の男に、これ以上、アシェリーを好きにさせたくなかった」

「……ティエトゥール様、そんな」

思ってもみない言葉に、アシェリーはどうしたらよいか戸惑う。期待してはいけないことを期待してしまいそうで、混乱した。

「アシェリー」

力の抜けたアシェリーの手を外し、ティエトゥールが振り返った。そして、その両肩をしっかりと摑んでくる。覗き込まれた瞳は、戸惑い、揺らめき、涙で濡れていた。

「アシェリー、どうかわたしの言うことを信じてほしい。これは、本心からの言葉なのだ。お願いだ。わたしのために、身請けの話を受けてほしい。君を、いとしく思っているんだ」

「……う……そ」

アシェリーは耳を疑った。今、なんとティエトゥールは言ったのだ。いとしいと、本当にそう言ったのか。

力強く、ティエトゥールが頷いた。

「アシェリーがいとしい。ずっと側に置いて、誰にも君に触れさせたくない。だから、ここから請け出したいんだ。もう借金のために、他の男に抱かれてほしくない。だからだ」

「本当に……？」

アシェリーは目を見開いた。

信じられない。ティエトゥールも、アシェリーをいとしく思ってくれていたなんて。そんなに嬉しいことが、本当にあってもいいのだろうか。

アシェリーの瞳が揺れ動いた。自分の願望が言わせた、夢ではないだろうか。

けれども、ティエトゥールにこんなふうに見つめられ、どうしてアシェリーに抵抗することができるだろう。

好きになった人が、自分をいとしいと言ってくれるのだ。心が欲しいと、望んでくれるのだ。

「信じても、いいんですか？」

気がつけば、アシェリーの口はそう動いていた。

ティエトゥールはやさしく微笑み、しっかりと頷いてくれる。

「もちろんだ。信じてもらえたなら、わたしのほうが嬉しい。だがな、アシェリー」

と、ティエトゥールは続けた。その続きの言葉こそが、なによりアシェリーを信じさせてくれた。

「わたしが君をいとしく想っているからと言って、必ず君が応えなくてはならないわけじゃない。そのことは忘れないでくれ。嘘偽りで、君の言葉を聞くほうが辛い。いい返事ではなくても、本当のことを聞かせてほしい。それでわたしの気持ちが変わることはない。ただ、真実の気持ちだけが知りたいんだ。そして、身請けの話を受けてくれ。もしも君が、誰かと抱き合うのならば、その相手は、君が好きになった相手であってほしい。そう願うわたしのために、この話を受けてくれ」

アシェリーの眦から、涙が零れ落ちた。嘘偽りのない真実ならば、決まっている。アシェリーだって、自覚するずっと前からティエトゥールが好きだったのだ。だから、好きな相手から同情をかけられるのが辛かった。

でも、ティエトゥールもアシェリーを想ってくれているのなら、話は違う。こんなふうに大切に気持ちを告げられて、拒もうなんて思えない。

「ああ……ティエトゥール様、お許し下さい。本当はもう、ずっとずっと、ティエトゥール様をお慕いしておりました。一緒に眠りながら、何度も……手を出してほしいと、はしたないことを。でも、そう言ってしまったら、あなた様を汚してしまうような気がして、どうしても、言うことができなかった。でも、本当は、ずっと……」

それ以上は、胸が詰まって言葉が出ない。代わりに涙が溢れ出た。

嘘ではなく、恩を感じたからでもなく、真実の気持ちから、アシェリーもティエトゥールを慕っていたのだ。

泣きながら本当だと言い続けるアシェリーに、ティエトゥールも息を飲んだ。

「わたしのことを……本当に？」

「本当です……ずっと……ずっと……」

「アシェリー！」

言葉の出ないアシェリーを、ティエトゥールがたまりかねたように抱きしめてくる。強い抱擁は、そのままティエトゥールの気持ちの表れのようだった。

熱く、ティエトゥールがアシェリーを求めてくれる。

「アシェリー、一緒になってくれるね」

「……はい。喜んで」

幸福感で、胸がいっぱいになった。

そっと、顎《あご》を摑まれ、仰向けられる。アシェリーは下りてくる唇を、目を閉じて迎え入れた。

「……んっ」

ティエトゥールとの初めての口づけは、ほんの少し、涙の味がした。

「ティエトゥール様……ん……ふ」

しだいに、口づけが深くなる。口腔内に入り込んだ舌を、アシェリーはうっとりと吸い、舌を絡めた。

ただそれだけで、下肢に甘い痺《しび》れが走る。

「……アシェリー」

ティエトゥールの声も掠《かす》れていた。

なにも言われずとも、アシェリーは黙って頷いた。今すぐにでも、ティエトゥールが欲しい。

淫らな自分が、アシェリーは恥ずかしくなる。だが、ティエトゥールから透けて見える欲望が、アシェリーから躊躇いを取り去る。

いとしい相手と身も心もひとつになりたい。それは、愛し合う者同士が誰でも思う望みだった。

頷いたアシェリーの身体を、ティエトゥールが軽軽と抱き上げる。今まで散々、ただ眠るだけに使用してきた寝台にそっと下ろし、腰紐《こしひも》に手をかけてくる。

「あ、自分で……」

思わず申し出たアシェリーを、ティエトゥールが軽く制してくる。

「今夜は、わたしになにもかもをさせてくれ」

深みのある黒い瞳が陶然と、アシェリーを見つめて言ってくる。そうして、大切な宝物を扱うようにやさしく、身を包む薄物を剝いでいく。

壊れ物を扱うような手つきに、アシェリーは恥ずかしそうに頰を赤らめた。大事にされているのが、よくわかる。もうさんざん、男たちに抱かれてきた身体を大事に扱われるのが、恥ずかしくてたまらない。

しかし、ティエトゥールは男娼としてのアシェリーではなく、いとしい者として触れてくれる。大切に、丁寧に、薄物を脱がしていった。

薄物の下に、アシェリーは下着を身につけていない。袷《あわせ》を開くと、すぐに素肌が現れる。その真っ白な肌に指を這わされる。しかし、そこにはそこかしこに、鬱血《うっけつ》した痕《あと》が散っていた。

「あ……それは」

アシェリーの顔が、泣き出しそうに歪んだ。せっかくティエトゥールに愛してもらえるのに、他の男の痕跡《こんせき》が散らばる身体が厭《いと》わしい。綺麗な身体のままで、ティエトゥールに会いたかった。

しかし、ティエトゥールはやさしく笑った。

「全部、わたしの痕にしてやろう」

そう言って、まずは首筋に唇を寄せてくる。

「……あ」

強く吸われ、アシェリーは声を上げた。それから、次々に、先の客が残した鬱血に唇を這わされる。そのひとつひとつを丁寧に吸い上げられ、新たな印を刻みつけられた。

「ほら、これで全部、わたしのものだ」

身体中を唇で吸われ、息を荒らげているアシェリーに微笑みながらそう言ってくる。

ティエトゥールの視線の下で、アシェリーの果実がユラユラと実っていた。男たちに玩弄《がんろう》され続けてきた性器は、奇跡的に淡い桜色を保っていた。

その可憐な揺らめきに、ティエトゥールの下肢もドクリと膨れる。いまだ着たままの衣服を、ティエトゥールはゆっくりと剝ぎ取った。

「……あ、すご……い」

現れた裸身に、アシェリーは息を飲んだ。どれだけ逞しい身体をしているかは、何度か一緒に入った風呂で知っている。しかし、今はその中央で、猛々《たけだけ》しい欲望が目を覚ましていた。

アシェリーの身体を口づけるだけで、こうなってくれたのか。そう感じると、アシェリーの性器もフルフルと震え、一段と成長する。

己の裸身に興奮したらしいアシェリーの様子に、ティエトゥールも悦びを深めたように目を細めた。改めて、アシェリーに覆い被さってくる。唇を吸いながら、空いた掌《てのひら》でプクリと勃《た》ち上がった胸の実をまさぐる。

「ん……んう、ふ」

唇を塞がれたまま、アシェリーは鼻から甘い吐息を零れさせた。絡められた舌と、愛撫《あいぶ》される乳首から、鈍い快感が全身に広がる。

その上、ティエトゥールの膝が、アシェリーの果実を揉みしだいている。

「んっ、んっ……ふぅ…っ」

ティエトゥールに触れられている。それだけでも感じているのに、敏感な果実を嬲られては、たまらない。

蕩けた雫《しずく》が、アシェリーの下生えと、ティエトゥールの膝を濡らし始めた。

「アシェリー……可愛い」

囁かれ、アシェリーの頬が赤く染まった。呆気《あっけ》なく先走りの雫を垂らすアシェリーは、はしたなくないだろうか。こらえ性のない身体だと、失望されやしないだろうか。

しかし、それは杞憂だった。自分の愛撫で簡単に昂ぶってしまうアシェリーに、ティエトゥールは陶然となっていた。もっとアシェリーを感じさせたいと、触れてくる。

ティエトゥールの手で、アシェリーの足は恥ずかしいほどに広げられた。

「あ、ティエトゥール様……っ！」

欲望を晒す恥ずかしさに、アシェリーは声を上げた。それにかまわず、ティエトゥールがアシェリーの足の間に跪く。

「あ……あぁぁっ！」

アシェリーが悲鳴を上げる。濡れた、温かい感触が、昂ぶった花芯を包み込んだ。ティエトゥールが、アシェリーの果実を口に含んでいる。

こんなこと、今までどの客もしたことなどなかった。男娼としてのアシェリーは常に奉仕させられるばかりで、こんなふうに自身の昂りを愛されることなどなかった。

「いけませんっ、ティエトゥール様！」

咄嗟にアシェリーは身をよじろうとするが、ティエトゥールにしっかりと下肢を摑まれているため、果たせない。

——こんなこと……ティエトゥール様にさせるな

んて……！

申し訳なさにもがくが、ティエトゥールは逃がしてくれない。それどころか、より深くまでティエトゥールの口腔に含まれ、吸われ、唇で扱《しご》かれ、先端から滲《にじ》み出る雫を啜《すす》られ、アシェリーは悲鳴を上げ、背筋を仰け反らせた。

ティエトゥールの口腔が、アシェリーの最もはしたない部分を愛撫してくれている。

その事実だけでもどうにかなりそうなのに、ティエトゥールの舌は巧みに、アシェリーを追い上げる。舐めては吸われ、口腔全体で扱かれ、アシェリーは今にも達しそうだった。

「いやっ……いけませ…ティエ……あぁっ」

声をこらえることはできない。愛され続ける下半身も、しだいに感覚がなくなってきた。このままでは、ティエトゥールの口に粗相をしてしまう。

「ティエ…トゥー、ル……様、ダメ……お願い」

切れ切れに哀願するが、ティエトゥールは離してくれない。

「ダメだ。このままイッてしまえ。すべて飲みたい」

「い、や……ダメェ……」

アシェリーは啜り泣いた。ティエトゥールの口に吐精するだなんて、申し訳なさすぎて頭がどうかなりそうだ。

いや、いや、とアシェリーは泣き喘いだ。ティエトゥールの口でイきたくない。アシェリーの不浄のものを飲ませるなんて、できない。

それになにより、初めてティエトゥールに触れられての悦びを、自分一人で味わうなんて……寂しい。

「……んっ……一緒に……一緒に、ティエトゥール……様……っ」

初めての悦びを味わうのなら、ティエトゥールと共に味わいたい。

その思いで、懸命に訴えた。ティエトゥールと共に、高まり合いたい。

その必死の思いが通じたのだろうか。下腹部で、ティエトゥールが苦笑する気配がした。いとしげに果実を舐め上げながら、口中から解放してくれる。

「わかったよ、一緒だな、アシェリー」

嬉しい。許してくれた。

アシェリーは潤んだ瞳でティエトゥールを見つめ、頷いた。

「はい……」

微笑みながら、アシェリーはティエトゥールの興を醒まさないよう気をつけつつ、枕元をまさぐった。いつも使う潤滑剤を取り出す。

「それは……」

しかし、使おうとするアシェリーの手を、ティエトゥールが押し留《とど》めた。

「濡らすのだったら、わたしがやろう」

「え？」

問い返す間もなく、身体をひっくり返される。驚くアシェリーの腰をティエトゥールは持ち上げ、四つん這いに体勢を変えさせた。

「ティ、ティエトゥール様っ」

アシェリーは慌てたが、否やは許されない。

「……あぁっ…っ」

濡れた柔らかいものが蕾に押し当てられ、アシェリーは声を上げた。いったいなにを、と思ったのも一瞬で、すぐにそれがなにであるのか思い当たる。

「ひっ……やぁっ…いけませ、ん…っ」

舌だ。ティエトゥールの舌が、アシェリーの蕾を舐めているのだ。

いや、ダメだと、アシェリーは必死で抵抗した。そこは、本当に汚い。本来性器ではないという意味の他に、多くの男たちを受け入れてきた、アシェリーの中で最も不浄の部分なのだ。

「いけませんっ……ティエトゥール様が……あ、汚れてしまうぅ」

「馬鹿な。おまえのどこに、汚いところがある。どこもかしこも綺麗だ」

ティエトゥールは鼻で笑う。

クチュ、と舌の這う音がアシェリーの耳を犯した。

「いや、いや……やめ、て」

恥ずかしさに、アシェリーは死んでしまいそうだ。

けれども、ティエトゥールは執拗《しつよう》にアシェリーの蕾を濡らし、舌での愛撫を続けた。

すると、男を受け入れることに慣れたアシェリーの後孔が緊張を解いてくる。ひくひくと震え、クチュと口を開いた。

「ああ……なんて可愛らしい」

ティエトゥールが吐息交じりに呟く。

可愛いわけがない。たくさんの男たちを受け入れた、厭わしい場所だ。ティエトゥールに舐められていいところではない。

それなのに、呟きと共にティエトゥールは唾液をたっぷりとのせた舌を、口を開き始めた蕾に這わせてきた。

「……ひぅっ……んん…ぁ」

身体の中に、舌が入り込む。初めての未知の感触に、アシェリーは声を裏返した。果実を舐められたのも初めてなら、後孔を舌で愛撫されるのも初めてだった。いつでもアシェリーが自分でそこを解し、客の性器を舐め上げ、自身の体内に導いたのだ。

それなのに、ティエトゥールは躊躇いもなく、アシェリーのそこに唇を這わせ、何度も何度も舐め解《ほぐ》そうと舌を蠢《うごめ》かす。

恥ずかしい部分を舐められる羞恥《しゅうち》と、そこまで愛される嬉しさに、アシェリーの身体は蕩けて、ティエトゥールに向かって自然に身体を開いていた。これ以上愛されたら、気が変になってしまうのではないだろうか。

しかし、まだ、もっとティエトゥールを求める場所がある。

舌ではない。もっと、ティエトゥールを感じ取れるモノが欲しい。

「ティエ、トゥール様……も、いいから。もぅ……早く」

「アシェリー」

「……欲しい」

あからさまな要求に、ティエトゥールの牡《おす》がドクリと脹《ふく》らんだ。興奮したように、呼吸が乱れる。

ティエトゥールもアシェリーを欲しがってくれている。それが、アシェリーをよりいっそう昂ぶらせた。

ティエトゥールにならなにをされてもかまわない。そんな思いのアシェリーを、ティエトゥールがそっと、仰向けさせる。

仰向いたアシェリーに、ティエトゥールの欲望がさらにはっきりと目に入った。

「すご……い」

「アシェリーだけで、こんなになってしまった。これを鎮められるのは、アシェリーにしかできない」

熱い求める言葉に、アシェリーの呼吸も弾む。

アシェリーはうっとりと手を差し伸べた。アシェリーを鎮められるのも、ティエトゥールだけだ。

「ん……」

両足が押し広げられる。身体を二つに折り曲げられ、さっきまでティエトゥールに舐め解されていた蕾が、再びティエトゥールの視線に晒された。そこは恥ずかしそうにヒクヒクと震え、いとしい人の牡を待ちわびている。

「アシェリー……」

ゆっくりと、口を開閉させている襞口に、ティエトゥールは昂ぶりきった雄芯を押し当てた。

「……んぅ」

クチュリ、と蕾が花開く。

「あ、あ、あぁ、ティエトゥールさ、ま……」

灼熱《しゃくねつ》の欲望が、アシェリーの体内を開いていく。繊細な肛壁を強く抉《えぐ》られ、先へ先へと犯される。

それは、この上ない悦びであった。今まで大嫌いだった行為が、初めて、特別の意味を持つ。大好きな人を身体の奥深くに受け入れる喜びに、アシェリーの胸は震えた。

これがこんなに、これほどまでにいいものだなんて、五年も他人に抱かれていながら、アシェリーはずっと知らなかった。

「あ……あぁ……ティエトゥ……っっ！」

「くっ」

男の侵入を許す肛壁が、怪しく蠕動《ぜんどう》した。と思う間もなく、最奥にティエトゥールが到達すると同時に、アシェリーの果実が蜜を吹き上げる。声にならない悲鳴を上げ、アシェリーは欲望を弾《はじ》けさせていた。

「アシェリー……」

言葉もなく息を荒らげているアシェリーを、ティエトゥールはうっとりと抱きしめる。アシェリーの身体全体が、ティエトゥールの侵入を悦んでいた。

達したばかりの身体がまだ怪しく蠢き、身体の中を犯すティエトゥールの雄芯に絡みついている。

その締めつけに、ティエトゥールの腰が、自然に動き出した。

「ティエトゥール様っ……あ、あ、んぅっ」

「アシェリー、アシェリー……すまない。止められない……っ」

興奮に掠れたティエトゥールの声が、アシェリーの喜びをくすぐる。もっともっと悦ばせたくて、アシェリーはイッたばかりの腰を懸命に蠢かし、ティエトゥールの快楽に奉仕した。

それは同時に、アシェリーの快楽も生み出す。内壁を突き、抉られる心地好さに、アシェリーが腰を回す動きが加わる。身体ごと怒張を愛され、ティエトゥールが呻き声を上げれば、揺れる下肢を強引に抽挿されるアシェリーから嬌声が迸った。

また、蜜が吹き零れそうになる。

「ティエッ……トゥール、さ、ま」

切迫したアシェリーの声に、ティエトゥールもアシェリーの限界を知ったのか、今度は素早く、アシェリーの花芯を縛める。

「……ひぅっ」

声を裏返すアシェリーを間断なく穿ちながら、ティエトゥールが囁いた。

「まだダメだ。我慢しろ、アシェリー。今度は一緒にイくんだ」

「ん……は、い……あぁ、あぅ」

必死で、アシェリーも返事をする。ティエトゥールの欲望を受けて達したいのは、アシェリーも同じだ。

――一緒にイきたいと思ったのに……。

それなのに、結局最初の蜜は一人で放ってしまった。二度目はさせない。ティエトゥールと一緒に、イく。

ティエトゥールの抽挿が激しくなった。欲望に強く抉られ、アシェリーの肛壁も、襞口も悦び勇んでティエトゥールに絡みつき、吸いつく。

「……うっ」

荒い声が、耳につく。ティエトゥールも感じてくれていることが、アシェリーをも感じさせる。

いとしい人に愛されている。共に悦びを感じている。

溢れるような幸福感に、アシェリーは包まれた。

そうして、愛する人と一緒に一気に階《きざはし》を駆け上がった。

「イ……くぞっ、アシェリー……っ！」

思いきり最奥を抉られる。アシェリーの体内で、ティエトゥールの怒張が大きく膨れた。

間髪をいれず、最奥で、昂ぶりきった雄芯が弾けた。

「あああぁ――っっ……！」

奥の奥まで、ティエトゥールに愛される。その衝撃で、アシェリーも、縛めを外された果実から蜜を迸らせた。

――ティエトゥール様と、一緒に……！

一瞬、気が遠くなる。

カクリ、と脱力した身体を、ティエトゥールがしっかりと抱き留めた。

「……もう離さない、アシェリー」

抱きしめる温もりに、アシェリーは蕩けた。

もうこれで大丈夫だ。二人の未来に、なんの不安もない。

アシェリーはうっとりと、ティエトゥールを見上げた。愛し合いされる喜びが、アシェリーの人生に用意されているなんて、今の今まで信じられなかった。

しかし、今は信じられる。この腕の温もり以上に確かなものは、この世にない。

「ティエトゥール様……こんなに幸せになったことは、今までありませんでした。嬉しい」

「わたしもだ。これは、アシェリーがくれた幸福だな。愛している、アシェリー」

アシェリーの眦から、涙が零れ落ちる。幸せすぎて、涙が出る。

「ぼくも……お慕いしております。一生……」

この時、アシェリーは幸福だった。間違いなく、幸福だった。

§第四章

「あたくしは反対ですからね」

硬質な拒絶の声音に、ティエトゥールは溜息をついた。半《なか》ば予想していたとはいえ、母親の頑《かたく》なな反対には溜息が出る。

しかし、だからといって諦める気はない。ティエトゥールはもうアシェリーに客を取らせたくなかったし、その姿を人目に晒したくもなかった。

ようやく想いの通じ合った相手だ。

最初はまさか、アシェリーとこんなふうになるとは、夢にも思っていなかった。友人たちの勘違いで男娼館に連れて行かれ、仕方なく選んだ敵娼であったのに、いつの間にかティエトゥールにとってなくてはならない恋人になっていた。

ナ・クラティスでは珍しい繊細な金髪も、いじらしく見上げる翠の瞳も、少し線の細いやさしい顔立ちも、なにもかもがいとしい。早く、ティエトゥール一人だけのものとして、大事に屋敷の中で守っていたい。

それが、現在《いま》のティエトゥールの願いであった。

しかしそのためには、母親であるミリンダを説得しなくてはならない。

ミリンダの、体面を気にする口煩《くちうるさ》さには、ティエトゥールもうんざりしているが、それを無視するわけにもいかなかった。無視して、アシェリーの落籍《ひか》を強行すれば、結局苦しむのはアシェリーになる。軍務で家を空けることの多いティエトゥールよりも、ミリンダとの時間のほうが、アシェリーにとっては圧倒的に長いのだ。

だからこそ、ティエトゥールはミリンダの説得に時間を割いているのだが、母親の反発は予想以上に強かった。

ミリンダは、元々は貴族階級の出身であった。それも、ただ貴族に任ぜられているだけの階層でなく、爵位をもつ上級貴族の出である。

ラグデュリー伯爵令嬢ミリンダは、清楚《せいそ》な美貌で社交界に知られていた。

それが、一応貴族に叙せられているとはいえ、一介の商人にすぎないタンサ・レイ・グラフィーと結婚するにいたったのには、お定まりの事情がある。

ラグデュリー伯爵家は、あまり裕福でなかった。ミリンダの美貌を頼みに、なんとか彼女を社交界にデビューさせたものの、美貌だけが頼りの持参金のない娘に、結婚を申し込む男性は現われなかった。

それどころかミリンダは、結婚を餌《えさ》にさる侯爵に玩ばれ、良家の未婚女性にとってなにより大切な純潔を失ってしまったのだ。

こうなってしまっては、もはやミリンダを裕福な貴族に嫁がせることはできない。侯爵に手折《たお》られた娘であることは、澱《よど》んだ湖の底に広がる澱《おり》のように静かに、しかし確実にナ・クラティス社交界に広がり、ミリンダの評判にとどめを刺した。まともな男たちは、ミリンダを遊び相手として見ても、家名を継がせる子供たちの母親にしたいとは考えなかった。

こうしてミリンダは、娘の不始末を知った両親によって半ば売られるように、ラグデュリー伯爵家に出入りしていた商人タンサ・レイ・グラフィーに嫁がせられたのである。

先王デル・ザーレ一世によって貴族に叙せられたとはいえ、一介の商人にすぎなかったタンサは上級貴族の令嬢であるミリンダを、その芳《かんば》しくない評判を知りながらも彼女の身分故に喜び、伯爵家への幾ばくかの支援と引き換えに、彼女を妻に迎え入れた。

伯爵家の面目を潰した娘を一刻も早く片付けたかったミリンダの両親は喜んで、娘を正式な妻にしてくれるタンサにさっさと片付けた。

そしてそのタンサの資金で、ミリンダの妹の衣装を支度し、今度こそはと望みを賭けて、妹を社交界に送り出したのだ。

彼女は、見事両親の期待に応えた。姉よりもわずかに落ちるとはいえ、やはり美貌に恵まれていた妹は、ミリンダよりも利口だったのか。それとも、心ばえが優れていたのか。

爵位は伯爵であったが、古い家柄を誇り、また富裕でもあった独身の伯爵に見初められ、その伯爵の第一夫人の地位を射止めたのだ。

複数の、男女を問わない夫人を持つことを認められているナ・クラティス社会において、第一夫人の地位は特別の重みを持っている。多くの妻たちの中で最も位が高く、一家の主宰者として采配を振るえる地位であった。

姉は一介の商人の妻となり、妹は名流の伯爵夫人となる。それも、第一夫人の格式を与えられて。

そのことに、ミリンダの誇りはずたずたに傷つけられた。美貌では立ち優《まさ》っていたはずの自分が商人の妻で、馬鹿にしていた妹が伯爵夫人になるとは！

その上、本来ならミリンダの夫になどなれるはずのない身分であるタンサも、生娘《きむすめ》でなかったミリンダを出自の点では尊重しても、ふしだらな女として見下していた。

ミリンダは何度娼婦のように、惨めに身体をまさぐられたことだろうか。

亡夫タンサはミリンダを正夫人として遇したが、愛さなかった。ミリンダもまた、夢に描いていたものよりはるかに身分の低い夫タンサを蔑《さげす》んだ。そして少しでも、自身の自尊心を満足させるべく、ミリンダが上品と感じる生活様式を求めた。

一人息子のティエトゥールを軍人にしたのも、体面を重んじてのことだ。

そんなミリンダにとって、息子が男娼風情を家に迎えたいという申し出は、到底受け入れるわけにはいかないものだった。


「この家の女主人として、あたくしはそのような愚かな真似など、絶対に認めませんよ」

話し合いの余地すら許さない厳しい口調に、ティエトゥールも口元を引き締めた。

今までであれば、母と争うことは極力避けていた。面倒だったというのが主な理由であったが、それだけ真剣でなかったということだろう。

だが、アシェリーの件だけは退《ひ》くわけにいかない。こうして母と言い争っている間にも、アシェリーは意に添わない客を取らされ、男たちの欲望を叩きつけられているのだ。

ティエトゥールは、ミリンダを見下ろした。母は、まだ充分に美しい。

若い頃は濡れたように黒々とした髪であったがさすがに白いものが混じりだし、目尻にも小さな皺が見えるが、それがかえって、ミリンダに、年若い女性にはない落ち着いた魅力を与えていた。

しかし、その眼差しは厳しく、女としては薄い唇がヒステリックな性情を示している。

思えば、この母が微笑みを見せることはめったになかったことを、ティエトゥールは思い出す。今は亡き父タンサに、唇を震わせて抗議する様子ばかりを憶えている。

昔から、口を開けば不満ばかりの女性《ひと》であった。そして、ことあるごとに自らの出自の高さを誇りたがる。

「本当だったらあたくしは、侯爵夫人になっていたのよ」

それが、ミリンダの口癖だった。そしてそれに、何故か父親は冷笑を浮かべていた。

幼い頃はそれが不思議であったが、成長してからはおおよその事情を摑んでいる。この先も知っている事実を母親にぶつけようとは思っていないが、母がさる侯爵に玩ばれ、傷物になった末にタンサに嫁がせられたことを、ティエトゥールは知っていた。だからこそいっそう、品位や体面を気にするのだろう。

もちろん、ミリンダの妹が七将軍職を世襲で賜る名家クヴェンス伯爵夫人となっていることも、彼女の矜持《きょうじ》を傷つけているのだろう。

ここでティエトゥールが男娼を正夫人として迎えれば、ミリンダの親族になんと陰口を叩かれるかわかったものでない。

しかし、ティエトゥールはそれでいっこうにかまわなかった。たとえどれほど身分的には良しとされる組み合わせでも、そこに愛情がなければ、結婚生活は虚しいものに変わる。

ミリンダとタンサの結婚は、周囲に祝福された縁組みであったが、その家庭生活は新婚当初から崩壊していた。

ティエトゥールも、もしもアシェリーと出会わなければ、ミリンダの望む家柄の令嬢を妻に迎えただろうが、愛することを知ってしまった以上、自分の気持ちを誤魔化すことはできない。

ティエトゥールは口を開いた。

「母上、なんと仰《おっしゃ》られようと、アシェリーと正式に結婚することは諦めません。必ず、アシェリーをこの家に迎えます」

「ティエトゥール！　あなたという人は、どうしてそのような愚かなことを口にするのです。いいですか。もし、そんなことをしようものなら、我が家に相応しい家柄との御縁を失うばかりか、上流階級の晩餐会にすら招かれなくなるかもしれないのですよ。気に入った男娼を身請けしたいというのなら、あたくしは反対いたしません。娼婦を別宅に囲う殿方は、珍しくはありませんからね。でも、娼婦と正式に結婚する愚か者は、あたくしたちの社会ではありえないことですよ。それくらい、あなただってわかっているでしょう？　どうしてもその男娼が欲しいのなら、妾になさい。それなら、あたくしも反対しません。もちろん、諸手《もろて》を上げて賛成というわけではないけれども」

冷ややかなミリンダに、ティエトゥールは拳を握りしめた。

何故、母はわかってくれないのか。ティエトゥールは、ただの遊び心でアシェリーを求めているのではないのだ。一時の楽しみのために、アシェリーを身請けしたいのではない。

生涯を共にするべき相手なのだと、そう感じたからこそ、アシェリーのすべてを求めるのだ。

そして、このような気持ちには、正式な婚姻関係こそが相応しい。妾など、二人の関係を穢すだけだ。

「アシェリーを愛しているのです、母上。愛する者に、妻の名を与えたいと思うのは、当然のことではありませんか。わたしはアシェリーに、わたしの名を与えたいのです」

「なんということを……。あなたはこの母の名誉を、地に落とすつもりですか。あたくしと同じ名前を男娼に与えるなど。お父様がお聞きになったら、なんと仰るか！」

ティエトゥールは苛立たしげに息を吐いた。

「父上はもう墓の下です。どんな反対もできっこありません」

吐き捨てた息子に、ミリンダは大袈裟《おおげさ》な嘆きの声を上げて、突っ伏した。

「この歳《とし》になって、どうしてこんな目にあわなければならないの。お父様にも散々苦労させられたのに、息子にまで裏切られるなんて！　きっとお父様の下品な血が出たのだわ。あたくしの、本当の貴族の血だけだったら、ティエトゥールもこんな情けないことを言わなかったでしょうに。ああ、なんてことでしょう！」

「……母上」

苦々しい思いで、ティエトゥールは溜息をついた。

「あなたたちはいつだってそう！　まるであたくしが悪いみたいに溜息をついて。あたくしは、あなたのためを思って言っているのよ。せっかく順調に昇進を重ねているのに、あなただったら最年少の七将軍位も夢ではないと言われているのに、こんな愚かなことをして。男娼など正夫人に迎えたら、どんなに寛大な方だってあなたに愛想を尽かすわ。陛下だって、社会の秩序を乱すようなことをしたあなたを、お許しにはならないでしょう。社交界からも爪弾《つまはじ》きにされて、そんな惨めなこと、とっても耐えられません！」

言い募るうちに感情が昂ぶってきたのか、ミリンダの声が甲高くなっていく。泣き喚《わめ》く前兆を感じ取り、ティエトゥールは眉をひそめた。

「母上、今だって、社交生活を楽しんでおられるとは言えないでしょう」

ミリンダが望む上流の社交界は、しがない下級貴族の夫人にすぎないミリンダを受け入れていない。ミリンダが属すべき階層は、もっとはるかに下の位置であった。

そしてその位置を、ミリンダはひどく不満に思っている。伯爵令嬢である自分には相応しくない、と彼らの招待をめったに受けようとしなかった。

そんな母の口から、爪弾きだの惨めだのと言われても、納得できない。

しかし、そういうティエトゥールの皮肉に、ミリンダはとうとう泣き出した。

「たった一人の母親に、あなたはどうしてそんな冷たいことを言うの。ああ、昔はこんな冷たい子じゃなかったのに。あたくしの可愛いティエトゥールはどこに行ってしまったの。こんな目にあうとわかっていたら、もっと早くにあの世に逝っていればよかった。神様はなんて残酷な方なんでしょう。あたくしの寿命をこんなにも長くなさるなんて。親不孝な息子を見るまで生きさせるなんて、あんまりだわ！」

そう叫ぶと、芝居がかった仕草で手巾《ハンカチ》を目元に当てる。

「母上……」

ティエトゥールはまたしても溜息をついた。ミリンダの目には、本当に涙が滲んでいる。今にホロホロと溢れ出すことだろう。そうなってはもう、お手上げだ。

ミリンダは泣き、嘆くことでいっそう感情を昂ぶらせてさらに涙を出すだろう。声を上げて、泣き伏すに違いない。そして、恨みがましい眼差しで、ティエトゥールを見つめるのだ。

「あたくしが早く死ねばいいと思っているのでしょう。男娼風情に心を奪われて、母にこんなひどい仕打ちをするなんて！　卑しい男娼にそそのかされて、母を傷つけることなど、なんとも思っていないのだわ！」

「母上！　アシェリーはそんな子ではありません」

「あたくしが悪いって言うの？　ええ、ええ、そうでしょうとも。お父様もあなたも、いつでもあたくしを悪者にするのだわ。こんなにあなたたちのことを思っているこのあたくしを、邪魔者扱いにするのだわ。ああ、生きているのではなかった。こんな情けない目にあうのなら、生きているのではなかったわ！　もしもあたくしが息絶えたなら、それはあなたのせいよ！　ティエトゥール」

　そのまま号泣する。

　ティエトゥールは苦虫を嚙み潰した。泣きたいのはこっちのほうだ。理非などあったものではない。自分の思い通りにいかなくなれば、すぐさま感情を爆発させ、大声で泣き喚く。そんなミリンダに渋い顔をしたものの、結局父も妻の思う通りに振る舞わせた。要求が通らなければ、ミリンダはいつまででも泣き喚くのだから、男としてはかなわない。

「邪魔者扱いなどしておりませんよ、母上」

「いいえ、しているわ。その卑しい男娼を屋敷に入れるのに、あたくしが邪魔だと思っているのでしょう。でも、あたくしはあなたのためを思って反対しているのですよ。それなのに、あなたときたら……」

　唇を震えさせ、涙を溢れさせる。

　その態度に辟易《へきえき》しつつも、これ以上泣き喚かれるのが嫌さに、ティエトゥールは譲歩する他なかった。

「母上がわたしのためを思って言って下さっていることは、ちゃんとわかっております。感謝しておりますよ」

「それなら」

　と、ミリンダはすかさず畳み込む。

「それなら、あたくしに黙って、男娼をこの屋敷に入れるなんてことはしないわね？　勝手に結婚などしないと約束して。あたくしの許しもなしに、そんなことはしないって。ね、ティエトゥール」

「もちろんですよ、母上。お許しをいただきたいと思ったから、こうしてお話をしたのです。母上に無断で、アシェリーを身請けしたりはいたしません」

「おお、よかった！」

　ミリンダは胸の前で両手を組む。泣き腫《は》らした顔で、にっこりと息子を見上げた。その息子が渋い顔をしていても、少しも気にした様子もない。

　敗北を覚えつつ、ティエトゥールは虚しい一言をつけ加えた。

「ですが、母上、アシェリーのことはけして諦めませんから。必ず、母上にもわかっていただきます」

今日のところはここまでにする他ない。これ以上の説得を、母は聞かないだろう。

しかし、諦めるつもりなどティエトゥールにはなかった。常ならば、感情的になる母に辟易して譲ってきたが、今回ばかりは譲れない。

どれほど時間がかかっても、必ず説得する。

ティエトゥールはそう心に誓うのだった。


重い溜息が、愛しい人から零れ落ちる。

アシェリーは溜息を洩らすティエトゥールの横顔を、心配そうに見上げた。

灯火だけが光源の室内でも、アシェリーの金の髪は美しくきらめいている。芽生えたばかりの若葉のような、透明感のある翠の瞳はひどく気遣わしげだ。

そっと、アシェリーはティエトゥールの腕に指をかけた。

十日と云《い》わず、ティエトゥールは足繁く、アシェリーのもとに通ってきている。今ではまるで、アシェリーのいるこの『マーシアの館』がティエトゥールの家のようだった。

それほど頻繁に、ティエトゥールはここに通っていた。

それが嬉しくもあり、また、よけいな金を使わせているのが申し訳なくもあり、アシェリーは遠慮がちにティエトゥールの肩に頰をすり寄せる。そうすると、ティエトゥールがやさしく、アシェリーの肩を抱いてくれた。

「……ティエトゥール様」

名前を呼ぶと、それだけでアシェリーの胸が苦しくなる。大好きな人の名前を呼べることが、こんなに切なく嬉しいものだということを、アシェリーはティエトゥールによって教えられた。

「どうか、あまりご無理をなさらないで下さい。ぼくはこうして、ティエトゥール様にお会いできるだけで、それだけでもう充分幸せなんです」

ティエトゥールが、落籍《ひか》することに苦労していることは、アシェリーにもよくわかっていた。金銭面はもちろんのこと、家族の存在も、大きな障害になっているはずだ。

誰が、卑しい男娼を屋敷に入れることに賛成するだろう。反対されるのが当たり前だ。

ティエトゥールは、ただアシェリーを身請けしたいと言っているのではない。アシェリーと正式な婚姻関係を結びたいと、そう言っているのだ。

その申し出は泣きたくなるほどに嬉しく、しかしそれ故に、ティエトゥールに負担をかけるだろうと想像できた。

ティエトゥールを案じるアシェリーに、逆にティエトゥールは申し訳なさそうだ。やさしく頰を包み込み、力づけるように強く言ってきた。

「大丈夫だ。きっとおまえを、ここから請け出すからな」

「でも……」

本当に、無理などして欲しくない。『マーシアの館』にいれば、ティエトゥール以外の客に抱かれる苦行も受け入れなければならないが、アシェリーの身請けのためにティエトゥールが苦しむのを見るよりはずっとましだ。

だから、アシェリーはなんでもないことのように微笑んだ。

「こうして頻繁に会いに来ていただけるのですから、どうか本当に、ご無理をなさらないで下さい。ティエトゥール様にご無理をおかけしていると思うと、ぼくは……」

「アシェリー」

思わずといった様子で、ティエトゥールがアシェリーを抱きしめてくる。いとしげに髪を撫でられた。

「馬鹿なことを、アシェリー。たとえどんなことがあろうとも、必ずおまえをわたしの妻として請け出してみせる。それはおまえのためだけでなく、わたしのためでもあるんだ。おまえだけが、わたしに本当の愛情というものを教えてくれた。純粋な想いも捧げてくれた。それに応えたいと思うのは当然のことで、無理でもなんでもない。むしろ、もっと我儘を言ってもいいくらいだ。おまえこそが、わたしの伴侶に相応しいのだから」

「……ティエトゥール様」

抱きしめてくれる肩に頬を埋《うず》め、アシェリーは幸福な吐息をついた。そっと顔を上げると、ティエトゥールと眼差しが合う。アシェリーは、うっとりと目を閉じた。

「…………ん」

やさしい唇が、アシェリーの吐息を奪う。鼻から抜けるような声を洩らし、アシェリーはティエトゥールの後頭部に腕を回した。とたんに、口づけが深くなる。

「ん……ふ……」

「……アシェリー…」

唇が離れ、また近づき、口中深くまで吸われ、息が上がる。身体の熱が、酔うように上昇していった。

「あ……ティエトゥール様」

寝台に、やさしく横たえられる。伸しかかってきたティエトゥールは、またアシェリーに口づけた。腕を回すと、ティエトゥールの身体も熱くなっている。

アシェリーの胸が、いとしさでいっぱいになった。求められ、求める悦びに、身体の奥から蕩けてくる。もっとティエトゥールを感じたい。

アシェリーはもどかしげに、ティエトゥールの着衣に指をかけ、帯を解く。

ティエトゥールも笑って、アシェリーの薄物の帯を解いた。

二人して、互いの着衣を剝いでいく。

「……すごい」

現れた裸体に、アシェリーは息を呑んだ。ティエトゥールの下肢で、逞しく雄芯が漲《みなぎ》っている。

　小さく唇を喘がせるアシェリーに、ティエトゥールが笑った。

「アシェリーも……可愛いな」

「……あっ」

　はしたなく勃ち上がった果実を握られ、アシェリーは鋭く声を上げた。じんわりと先端が濡れる。ティエトゥールはその潤いを、やさしく親指の腹で押し広げてやる。

「いやっ……あっ」

　アシェリーは恥ずかしそうに顔を背け、目を瞑《つぶ》った。

　しかし、逃げない。恥ずかしさをこらえるように震える裸身を寝台に横たえたまま、ティエトゥールの手の動きを従順に受け入れている。

　そっと胸に唇を落とされて、小さく息を呑むが、大人しくティエトゥールのなすがままに裸身を晒している。

「……んっ……あぁ…っ」

　恥ずかしい性器を指で育てられ、桜色の乳首を唇で吸われ、こらえ切れない喘ぎが立ち昇りだす。

　こんなに淫らに感じてしまって、恥ずかしい。けれど、ティエトゥールに愛されると、なにもかもが蕩けてどうしようもない。

　愛しいと思う気持ちが、いっそう身体を過敏にさせているようだった。

「ああ……なんていとしいんだ、アシェリー」

　ティエトゥールが声をわずかに上擦らせ、アシェリーの雫で濡れた指で、小さく喘ぎ始めている蕾をくすぐる。蕾は、指の求めにおずおずと口を開いた。

「ぁ……ん」

　ティエトゥールの指を食《は》み、アシェリーは小さく喉《のど》を仰け反らせた。

　ティエトゥールはいつでも、ゆっくりとアシェリーの身体を慣らしてくる。そんなことをしなくても、もっと乱暴に貫いてくれてかまわないとアシェリーは思うのだが、ティエトゥールはまるで初めての身体を扱うかのように、やさしく時間をかけて、アシェリーを蕩かしていく。

そんな時、大事に扱ってもらえることを嬉しく思いながら、同時に、もっと乱暴な扱いを求めそうになる自分に、アシェリーは嫌悪を感じてしまう。

抱かれることに、けして慣れたわけではない。いつでも、客を取ることは苦痛であった。

それなのに、気がつかない間に、身体は抱かれることに慣れている。

ぬるい愛撫を物足りなく感じるのは、汚《けが》れた男娼であるアシェリーの罪だ。ティエトゥールは、男娼に与えるには申し訳ないほど丁寧に、やさしく抱いてくれているのに。

体内を指で穿《うが》たれながら、アシェリーは小さな声を上げ続けた。もう来て欲しいなど、口が裂けても言えない。

言えないが、ティエトゥールが欲しい。


そうして、どれほど身の内の狂おしい熱をこらえただろうか。三本の指でアシェリーの蕾を開き、さらに、その指で散々喘がせてからようやく、ティエトゥールはアシェリーの膝を抱え上げた。

「……あぁ」

ようやくの悦びに、アシェリーの声が掠れる。待ち望んでいた逞しい雄芯はたらたらと蜜を零し、勃ち上がっていた。

思わず、アシェリーの喉が鳴る。

「アシェリー……」

「……あん」

怒張の先端が、指で蕩かした蕾を開く。グチュ……という粘着音にアシェリーは耳を赤くしながら、しかし、ティエトゥールのために大きく足を開いた。

「あぁ……んっ」

ゆっくりと、深くまでティエトゥールが挿入《はい》ってくる。指とは比べ物にならない硬く、熱い肉棒に焦れったいほどゆっくりと肛壁を擦《こす》り上げられ、たまらずアシェリーは背筋を仰け反らせ、最奥まで雄芯を迎え入れると同時に、蜜を弾けさせた。

「んっ……アシェリー」

達した時のきつい締めつけを感じたのだろう。ティエトゥールが、甘い吐息を耳元に吐き出す。

「ふ……ぅ……ゃ」

熱い吐息に、アシェリーの身体の奥が、じくじくと疼《うず》いた。

「どうしよう……ティエトゥール様……ぼく、あぁ」

内壁が自らティエトゥールに絡みつくのを、アシェリーは感じ取る。自分の身体の淫《みだ》らさが、たまらなく恥ずかしかった。

「ティエトゥール様……ティエトゥール様……お許し下さい……あぁ、んっ」

「大丈夫だ、アシェリー……う、すごく……いい」

ティエトゥールが安心しろとでもいうように、アシェリーの額に口づけてくる。そしてやさしく、下肢を揺さぶった。

「あ、あん……あっ」

「気持ちがいいか、アシェリー……んっ」

逞しい怒張に体内を抉られ、アシェリーの腰も蠢きだす。ティエトゥールの動きに合わせるように揺れ、肛壁を抉る雄芯を締めつけた。

耳元で吐かれるティエトゥールの呼気が、早くなる。

「あ、あ、あ……ティエトゥールさ……ま」

「アシェリー……っ」

再び勃ち上がっていたアシェリーの花芯が、ふるふると震える。そこを、強い力で最奥を突かれ、アシェリーは背筋を仰け反らせた。

「くっ……！」

耳元で、ティエトゥールの低い呻き声が聞こえる。あぁと思う間もなく、深奥を熱い飛沫《しぶき》が突き上げた。

「あぁぁあっっ……っ！」

深い悦楽に身体が震え、花芯から蜜が飛び散る。

「……アシェリー」

脱力した身体が、アシェリーの上に頽《くずお》れた。それをいとしく抱きしめる。

耳を熱くする乱れた呼気が、いっそうアシェリーのいとしさをかきたてた。

「あぁ……ティエトゥール様……」

いとしくていとしくて、頭がどうかなってしまいそうだった。この方がいれば、他にはなにもいらない。

妻になるなど、過ぎた望みなのだとわかっている。だが、そんな夢を見てしまうほど、今のアシェリーにはティエトゥールがすべてだった。


「……ん」

夢見心地で口づける。

辺りはシンと、空気までもがひっそりと静まりかえっている。この世のなにもかもが眠りについている時間だ。


二人は名残惜しげに、幾度も口づけを繰り返した。最後に甘く唇を啄《つい》ばみ、ティエトゥールが身を起こす。ほとんど毎晩のように会っているというのに、別れる時はいつも胸が痛い。

「今夜はもう休めるのか」

「はい、大丈夫です」

アシェリーはコクリと頷く。さすがにもう、虫たちも起きていない時間だ。明け方までは、もう数刻といった頃だろう。

夜の商売とはいえ、この時刻ともなれば、客を取らされることはない。客自身が、もう休む時間だ。

火灯す頃から今まで、ティエトゥールが全部買い切ってくれた。ほんの少しだけ睦み合うつもりだったのがつい長引いて、あともう少し、ちょっとだけと名残を惜しむうちに、とうとう一夜になる。

「……ごめんなさい。また大金を使わせてしまって」

アシェリーは俯き、小さな声で謝った。男に抱かれるのはもう倦《う》むほどに慣れきった行為であるのに、ティエトゥールに触れられると、まるで初心《うぶ》な小娘のように身体がぐずぐずに蕩けてしまう。蕩けて、なにもかもがわからなくなる。

ティエトゥールは微笑み、やさしくアシェリーの頬を両手で包み込んだ。

「いいんだ、アシェリー。わたしがおまえを欲しかったのだから」

そして、そっと熱を冷ますように、アシェリーの額に口づける。

「おまえをここから請け出したら、しばらく休暇をとって、二人だけで鄙《ひな》びた別荘に籠《こも》ろうか。そこで、互いしかない時間を過ごそう。飽きるまで」

アシェリーの頬がうっすらと赤く染まる。

「ティエトゥール様がお望みでしたら、いくらでも」

「望むままにといったら、きっと一生でも足りなくなる」

「それでもティエトゥール様と二人でしたら、きっととても楽しくて、幸せな一生だと思います」

他になにがなくても、互いの存在さえあれば幸せになれる。

「そうだな」

温かな声が、頭上から降ってくる。

はにかんで、目尻を赤くしながら、アシェリーは小さく頷いた。

それから、最後の名残にもう一度ティエトゥールの胸に頬を寄せる。ティエトゥールも、小柄なアシェリーをすっぽりと腕の中に囲い、その髪に頬を埋める。

しばらくそうして抱き合った後、そっと身体を離し、寝間を出た。廊下はひっそりと静まり、ついさっきまで聞こえていた喧騒《けんそう》が幻のようだった。

ティエトゥールが、最後の客だろうか。

誰もいないのを幸い、時折微笑み合いながら、ゆっくりと廊下を、それから、階段を下りる。微《かす》かに軋《きし》む二人の歩く音以外、館の中はひっそりと静まり返っていた。

宵の口は、男娼たちの顔見世の場となっている玄関広間には、今は誰もいない。

「アシェリー、また来る」

「はい。でも、あまり無理をなさらないで下さいまし。お気持ちだけで、ぼくは充分に嬉しいので」

大事にしてもらっているとわかっているから、ほんのわずかの別れも辛くない。それに、いずれ遠くない将来、アシェリーはティエトゥールのものになる。

笑みを浮かべたアシェリーに、ティエトゥールは屈《かが》み込んだ。軽く、その唇に口づけ、抱きしめる。

抱きしめられ、アシェリーも腕をティエトゥールの背中に回し、抱きついた。

「ティエトゥール様……」

うっとりと囁くアシェリーの髪に、ティエトゥールの口づけが降ってくる。何度も軽く口づけられ、アシェリーは頬を、抱きつく胸に押しつけた。

そうしてしばらく名残りを惜しむと、ようやく身体を離す。

「アシェリー……」

「……ぁ……ん」

また口づけが降りてくる。ゆるく開いた唇に舌が触れ、口内に滑り込む。吸って、絡めて、舐められる。

「ん……」

チュ、と小さな音を立てて、唇は離れた。

「また来る」

「はい」

しばし見詰め合い、ティエトゥールは微かに頷いてから、娼館を後にした。

「ティエトゥール様……」

窓に縋《すが》りつき、姿が見えなくなるまで、アシェリーはティエトゥールを見送った。

見えなくなってもなおティエトゥールが消えた方向を見つめ、最後の深い吐息をつく。頬が上気し、潤んだ瞳は幸福感に輝いていた。

「……あっ。すみません」

くるりと振り向き、アシェリーは声を上げた。背後で、品の良い口髭《くちひげ》を生やした初老の男がアシェリーを苦笑して見ている。

「羨《うらや》ましい男だ。君のような可愛い子に、こんなに熱く見送ってもらえるとは」

「そんな……」

アシェリーの頬が赤くなる。恥ずかしいくらいティエトゥールに甘えた様子を、この客はずっと見ていたのだろうか。

「わたしの敵娼は眠ってしまってね。君が代わりに、わたしの見送りをしてくれないだろうか」

「はい、ぼくでよろしければ」

男の指が、軽くアシェリーの頬に触れる。そのまま微笑んだ男は、軽く触れただけでアシェリーから指を離し、玄関の扉を開いた。

出しなに、身軽く振り向く。

「そうそう、君の名はなんというのか」

「アシェリーと申します、旦那様」

「アシェリー……よい名だ」

目を細めてやさしい笑みを浮かべると、男はそのまま立ち去った。

もしかしたら、ティエトゥールにしたのと同じ口づけを求められるかもしれないと身構えていたアシェリーは拍子抜けした。趣味のよい身なりに相応しく、男はこんな娼館では場違いなほど紳士的であった。いったい、誰の客だろうか。

そんなことを思いながら、アシェリーは約束したとおり、男の姿が見えなくなるまで、窓越しにずっと男を見送った。

§第五章

小さく伸びをする。アシェリーの目が、ぼんやりと開いた。

薄い緞帳《カーテン》越しに、日の光が透けて見える。ぬるい空気が室内に漂っていた。おそらく、日はすでに中天にかかっているだろう。

もう一度伸びをし、アシェリーは寝台から起き上がった。窓辺に向かい緞帳を開けると、春の日差しが明るく差し込む。すべてを曝《さら》す太陽の光を浴びると、夜には灯火の中、美しく見える室内がどこか安っぽく、色褪《いろあ》せて見えた。

アシェリーは溜息をついた。娼館の昼は空《むな》しい。どれだけ夜が華やかであっても、所詮それは作り事だと思い出させる。

だが、とアシェリーは窓辺に腰掛け、そっと自身の身体を抱きしめた。身体の奥に、まだ、ティエトゥールの存在が残っている。

うっすらとした微笑が口元に浮かび、アシェリーは目を閉じた。愛された幸福感は、夜の魔法が解けた後も消えはしない。その喜びに、アシェリーはしばしの間、漂っていた。

だが、その夢想を破る扉を叩く音がした。

「アシェリー、お母さんが呼んでいるよ」

朋輩の少年が大きな声でアシェリーを呼ばう。『お母さん』つまり、この館の女将だ。いったい、どんな用があるのだろうか。なにか厄介な用件でなければいいのだが。

アシェリーはひとつ息をつくと立ち上がり、女将の部屋に向かった。控え目に、扉を叩く。

「お母さん、アシェリーです。お呼びと伺いましたが」

「ああ、お入り」

そっと扉を開けたアシェリーに、女将は機嫌よく笑いかけている。

「さあさあ、早くお入り。ああ、いい顔色だね。今日はよく休めたようだ、よかったよかった」

そう言って、手招きする。

妙に機嫌のよい女将の様子に首を傾げながら、アシェリーは室内に足を踏み入れた。

女将の前のクッションに座ると、早速彼女が口を開く。

「今日はね、おまえ、店に出なくてもいいよ」

「え？」

アシェリーは首を傾げる。休みなどないのが、この家業だ。

女将は笑って手を振った。

「ああ、もちろん休みなんかじゃないさ。おまえに屋敷に来てもらいたいというお客がいるんだよ。一晩ゆっくり、お相手してくるんだよ」

「一晩……ですか」

それでは、もし今夜もティエトゥールが来てくれても、空振りをさせてしまう。

視線を落としたアシェリーを、女将は軽い口調で窘めた。

「いつもの旦那ばかりが、おまえの客じゃないだろう。まだあの旦那がおまえを買い取ったわけじゃないんだ。この館にいる限りは、しっかり働いておくれ」

肩を叩かれ、アシェリーは顔を上げた。

「……はい」

返事は、にぶい。ティエトゥールに会えないばかりか、他の客に一晩中奉仕しなくてはならないのかと思うと、アシェリーの気持ちは暗く落ち込んだ。

しかし、これがアシェリーの仕事だ。この身を支配するために、女将は大金を払っている。その金で、アシェリーの家族はなんとか糊口をしのいだのだ。

アシェリーはのろのろと立ち上がった。

「出かけるのは、夕方からですか？」

「ああ、そうだよ。日が落ちた頃に迎えをよこすそうだ。それまでに、しっかりと支度をしておくんだよ。なにしろ、おまえについた客の中では、一番の金払いのよいお客だ。しっかりご奉仕して、気に入ってもらうんだ、いいね」

「はい……わかりました」

女将はいたって上機嫌だ。

これはよほどの大金を払った客なのだろう。そんな金払いのよい客は、アシェリーの客の中では、ティエトゥールを除いてなかったことだ。

そのティエトゥールにしたところで、下級貴族の軍人では、惜しげなく大金をばら撒《ま》くというわけにはいかない。

それだけに、女将の力の入れようがわかろうというものだろう。

「お名前はタフナー様。手広く商売をやってらっしゃった方で、今は気楽なご隠居暮らしだそうだ。粗相のないようにね」

「はい……」

念を押した女将に小さく頭を下げる。上客などつかずともよいのに……。

溜息が、つい零れてしまう。

アシェリーは俯き加減のまま、静かに部屋を後にした。


夕刻、街路に灯が燈《とも》る頃、娼館の前に地味な茶色に塗られた馬車が停《と》まった。

「アシェリー、お迎えだよ！」

女将が呼ぶ大きな声が聞こえる。

アシェリーは眼差しを沈ませて、鏡台の前から立ち上がった。着ているものは、普段の寝衣ではない。外出するに相応しく、ゆったりとした下穿《したば》きと水色の上衣、その上には上衣よりもさらに濃い色の深青の長衣を羽織っている。深い青にアシェリーの金髪が映え、線の細い容貌が上品に引き立てられていた。

部屋を出て、ゆったりと玄関へと到る階段を下りると、皆の視線は自然、アシェリーに惹きつけられた。

手を出してはならない清冽《せいれつ》な空気に、見上げる男

たちの喉がコクリと鳴る。穢してはならないと思うからこそ、いっそう穢してやりたい。そんな欲望をかきたてられる。

さらには、ティエトゥールに愛されたことから来る無意識の充足感が、アシェリーに馥郁《ふくいく》たる余情を与えていた。

「女将、あの子は……」

「今日はいけませんよ。先約が入っておりますからね。また明日にでもお願いします」

そんな囁きが聞こえる。

アシェリーはゆっくりと階段を下りると、ポカンと口を開けてアシェリーを見ている迎えらしい男に頭を下げた。

「お待たせしました。よろしくお願いします」

「は……はい。ど、どうぞ、こちらです」

中年の男が、アシェリーを馬車へと誘《いざな》う。

アシェリーは見送る女将に軽く頭を下げてから、男の手を借りて馬車へと乗り込んだ。

その姿が馬車の中に消えると、玄関口の広間にいた男たちから溜息が洩れる。

「いや、あんな子がここにいたとはな」

そんなことを口々に言い合いながら、男たちは夢から醒《さ》めたように、今宵の各々《おのおの》の敵娼選びを再開するのだった。

小一時間ほども走った馬車は、閑散としたひと気のない路地で停まった。

中からそっと外を覗くと、街灯もない通りはシンと静まり返っている。

アシェリーが見守る中、屋敷の扉が静かに開いた。中から、灯《あか》りを手にした従僕がやって来る。

アシェリーを案内した御者が、馬車の扉を開いた。従僕が、無言で礼をする。その灯りに足元を照らされ、アシェリーはそろそろと馬車を降り、屋敷へと案内された。

日の落ちた、暗い路地にはまったく人の気配が感じられない。どの屋敷にも灯りがついている様子がなく、ただアシェリーが案内されたそこだけが、ぼうと人の住む光を燈らせていた。

なんとなく、背筋がゾクリとする。

ここは、王都クラティアのどの辺りなのだろうか。五年もクラティアに住んでいながら、ほとんど娼館から出たことのないアシェリーには、今いる場所がどの辺りなのか見当もつかない。

それでも、女将が送り出したのだから、怪しいところではないはずだ、とアシェリーは気を取り直し、従僕が開く扉をくぐった。

内部は、煌々《こうこう》と明かりがついている。

広い玄関は床を絨毯《じゅうたん》で、壁をタペストリーに覆われ、いかにも豊かさを感じさせている。

おまけに、灯りはランプではなく、ほとんど一般では見ることのできない念灯だ。神官たちによって力を込められたその光は、普通のランプと違って熱い火も、煙も生み出さない。そして、はるかに明るい。

だが、信じられないほど高価な品物で、よほどの貴族か王宮、あるいは大きな神殿でなくては見られないものだった。

それが、昼のように明るく玄関を照らしていた。ただの商人の家に、何故こんな高価なものがあるのだろう。

生まれて初めて見る念灯を、アシェリーは呆然と見上げていた。

その背後で、静かに扉が閉められる。カチリと扉が閉まる音に、アシェリーは思わず後ろを振り返った。従僕が、無表情に立っている。

わけのわからない不安が、アシェリーの喉元に込み上げた。場違いに高価な品々、ただの商人とは思えない調度の数々。それなのに、通りはシンと静まり、さびれた様子で、どう見ても裕福な人々の住まう地区とは思えない。

それに、アシェリーのいる娼館は、いわゆる中程度の館で、けして高級娼婦を揃えた娼館ではない。こんな念灯を惜しげもなく使える屋敷の住人なら、アシェリー程度の男娼の相手などするはずがない。

理に合わないのが、不安であった。

「やあ、待っていたよ、アシェリー」

いきなり声が聞こえ、アシェリーはビクリと肩を震わせた。

慌てて正面を向き直ると、アシェリーのすぐ前に男が立っていた。まるで足音がしない登場に、動悸《どうき》が激しくなる。同時に、目を見開いた。

「あなたは……！」

思わず、声が上がる。目の前には、品のよい口髭を生やした初老の男が立っていた。昨夜、というより今朝、ティエトゥールを見送る時に会った男だ。

「朝の出会いが印象的だったからね。君に、わたしの相手をしてほしかったのだよ」

男は、やさしくアシェリーの腕を取る。

「先に夕食をご馳走《ちそう》しよう。夜は長い、ゆっくり楽しもうか」

「……はい」

腰を抱かれ、すでに食事が用意されている部屋に案内された。男はアシェリーをクッションの上に座らせると、その向かい側に腰を下ろす。

けして強引ではない、あくまで紳士的な態度に戸惑いながら、アシェリーは男の用意した夕食を共に摂った。

その後は、湯を使わせられる。だが、男は共に湯殿に入る様子を見せない。通常の客なら、食事の最中から前戯が始まるところだし、少なくとも、湯殿には共に入り、行為になだれ込むものだった。

しかし、男はどこまでも紳士的で、アシェリーは一人で湯を使う。

戸惑いながらも念入りに身を清め、用意された寝衣に腕を通した。

終わるのを待っていた従僕が、アシェリーを寝室に案内する。しんとした屋敷に、アシェリーはかすかな恐れを感じていたが、買われた男娼に選択権はない。

「……お待たせいたしました」

窓辺に佇んでいた男に、アシェリーはゆっくりと頭を下げる。

男は、人のよい紳士の顔をして微笑んだ。

「おいで、アシェリー」

差し招き、袖《そで》を通したばかりの寝衣を脱ぐよう指示をする。

アシェリーは無言で寝衣の帯を解き、男の視線を意識しながら、肩から寝衣を滑り落とした。下着は身に着けていないため、するりと寝衣が落ちると、清めた裸身が露《あら》わになる。

男はアシェリーの裸身を、じっくりと眺め渡していた。鑑賞するように、いや、観察するように、だろうか。

ややあって、後ろを向くように指示され、背中を向けたアシェリーの姿をまた、仔細《しさい》に眺めているようだった。

ピクリとアシェリーの身体が震える。腰に、男の手が触れていた。

「滑《なめ》らかな肌をしているな、美しい」

腰を這った手が、今度は胸に回される。背後から男に抱きしめられ、アシェリーはこんな商売をしていてもまだ可憐な桜色をしている胸の実を摘《つま》まれた。

「無垢《むく》な乙女のような淡い色をしているな」

「……んっ」

男の指は、荒事などしたことがないのであろう。初老の男にしてはやさしい、がさついたところのない指をしていた。

その指が、アシェリーの乳首をそっと摘み、やわやわと押し潰す。

それから、硬くなった胸の実を、指の腹でくすぐるようにまさぐった。

アシェリーが思わず声を上げると、満足気な笑い声が耳元で聞こえる。

「なかなか敏感だ。少し、硬くなってきたか」

「あ……」

片方の指で乳首を摘んだまま、もう片方の手が下肢に滑り降りる。下りた手は、乳首への刺激に反応して少しばかり硬くなりだした花芯を握った。男の手は温かく、サラリと乾いていた。

「ん……ふ」

男の指は、絶妙の加減でアシェリーの花芯を握っている。その形、大きさを確かめるような触れ方であったが、逆に、そのそっけなさがアシェリーの官能を刺激した。

心の中で、激しい自己嫌悪が湧き上がる。

確かめるような男の手が今度は柔らかく揉みしだく動きに変わると、アシェリーのはしたない花芯はビクビクと震えながら硬さを増していった。

ティエトゥールでなくとも、相手が誰であれ、こうして感じてしまう自分の身体が厭わしい。ことに今宵の客の指使いは、アシェリーが今まで抱かれた誰よりも巧みであった。ティエトゥールが愛情で感じさせた快楽を、この初老の男は巧みな指使いで感じさせてしまう。

五年にわたり男たちに玩弄され続けていたアシェリーの肉体は、与えられる官能に従順であった。またそうでなければ、あの娼館で生き残ってはいかれなかっただろう。

「あ……ん……」

アシェリーが喘ぐのを、どの男も悦んだ。

だから、自己嫌悪を感じつつ、アシェリーは甘い声を我慢しようとしない。男の指が与える快楽を、甘い喘ぎにのせて外に出した。

「うんうん、声もいい」

満足そうに、男が頷く。そして、アシェリーは寝台に横たえられた。

男は寝台の脇《わき》に用意されていた香油を手に取ると、それを指にたっぷりとつける。それから、アシェリーの足を押し広げ、香油に濡れた指を蕾に這わせた。

「……ん」

試すように襞を刺激される。

男はゆるくアシェリーの襞口を愛撫しながら、それが自分から口を開くのを待った。

さらなる愛撫をねだるように襞口がゆるむと、指先をそっと咥えさせてくる。

「あ……旦那様」

男はけして急がなかった。アシェリーに無理を強いることはなく、その身体が自然と男を受け入れるまでゆったりと指を食ませる。一本、二本と蕾を丹念に開きながら、アシェリーのそこを指で愛撫した。

焦れったいほどやんわりとした手淫に、アシェリーは小さく声を上げながら、首を振る。

ティエトゥール以外の誰も、男娼にすぎないアシェリーにこんな風にやさしく触れることはなかった。誰もが、己の欲望を遂げることに夢中で、アシェリーが感じているかどうかなど、気にする者はまずいない。気にしてくれたのは、ティエトゥールだけであった。

それなのに、今宵アシェリーを屋敷まで呼んだ男は、アシェリーの欲望を優先させるかのように、その身体の呼吸を計りながら愛撫をくわえてくる。

だが、その穏やかな手は、ティエトゥールとは明らかに違っていた。

目だ。

アシェリーをまさぐり、その快楽に奉仕するかのように手淫を施している男の目が、ティエトゥールとは違っていた。アシェリーを抱いた数多くの男たちとも違っている。

男の目は、欲望に濡れてはいなかった。情欲に曇ってもいない。ただ冷静に、淡々と、アシェリーの身体を開かせていく。

そうして、時間をかけてじっくりとアシェリーを蕩かせると、男は下肢をくつろがせた。

ゆっくりと、アシェリーに伸しかかる。

「あぁ……んっ」

男の欲望が、ぬるりと体内もぐり込んだ。奥まで挿入《はい》ると、さすがに男の口から深い溜息が零れる。

「……よい身体だ。なんと心地よく、男を包み込むことだろう」

「あぁ……あぁぁ、旦那様」

男がゆるく、腰を回してくる。試すように回し、時折ゆったりと、奥を突いた。

アシェリーの背筋が、ビクビクと跳ねる。

男の唇に、深い微笑が浮かんだ。

「男を咥え込むのが好きか、アシェリー」

「あぅ……っ」

ズルリと欲望が引き出される。中を擦られ、アシェリーは仰け反った。続けて突かれると、花芯がふるふると震えた。奥を小刻みに突かれると、花芯の先端が蜜で濡れ始める。

男はその蜜を、指で拭った。唇に近づけ、ひと舐めすると、満足そうに微笑する。

「なかなかよい味だ。甘露だな」

「あ、あん……んっ」

言いながらも、ゆったりとした抽挿は続いている。抽挿しながら、男は巧みに、アシェリーの花芯に愛撫を与えた。絶妙な手淫と、穏やかながらも的を心得た抽挿に、アシェリーの喘ぎもしだいに甘く濡れていく。

そうして、巧みにアシェリーを煽《あお》りながら、やがて小さく呻くと、男はアシェリーの内部で雄芯を震わせた。

果てたのだ。

ほとんど同時に、男の手淫に導かれ、アシェリーも蜜を放っていた。ピクリと背筋を震わせ、吐息を弾ませる。

アシェリーの内部に放ち終わると、男は萎《な》えた雄芯を蕾から抜く。

目蓋《まぶた》を開けると、男はもう呼吸を整えていた。今の今までアシェリーを抱いていたとは思えない、紳士然とした顔で微笑んでいる。

たしかに今、この初老の男に抱かれていたのだろうか。

そんな思いで見上げるアシェリーに、男は床に落ちていた寝衣をかけた。

「とてもよかったよ、アシェリー。お休み」

「え……？」

そっと髪を撫でると、男は部屋を出て行ってしまう。

呆気にとられ、アシェリーは半身を起こし、男が出て行った扉を凝視した。

アシェリーを一晩買い切ったというのに、たったの一回でいいのだろうか。まだ一度しか、男はアシェリーの体内で果てていない。それも、しごくあっさりとした情交で、その上、アシェリーは素人の少年のようになにもせず、ただ寝台に横たわっていただけであった。むしろ喘がされ、奉仕されたのは、アシェリーのほうだ。

それなのに、この小半時ばかりの情交のみで、男は満足してしまったというのか。

「……そんな馬鹿な」

アシェリーは額に手を当て、首を振る。一晩、自分の屋敷に買い取るのだ。もっとねちっこく、それこそ夜中、客の欲望に奉仕するのが当然であった。

しかし、男はあっさりとアシェリーを解放している。あまつさえ、「お休み」と声をかけ、つまりアシェリーはもう眠ってもいいのだと、許しを与えていた。

本気にしていいのだろうか。腑《ふ》に落ちない。

困惑して、アシェリーは首を振る。

そこに、扉を叩く音が聞こえた。

やはり、男が戻ってきたのだ。そう思い、アシェリーは応《いら》えを返す。

だが、入ってきたのは従僕で、アシェリーは困惑して眉をひそめた。

「湯殿の仕度ができております。どうぞ」

湯殿から出れば、また寝室に案内され、休むように無言で示唆《しさ》される。

困惑しながら、アシェリーはふんわりとした布団に埋まるようにして眠りにつくしかなかった。


翌朝になると、男の姿は屋敷から消えており、アシェリーは丁重に、馬車で娼館に送られた。狐《きつね》につままれたような、不可思議な一夜であった。

「ただいま帰りました」

「お帰り、アシェリー。どうだった、お気に召していただけたかい？」

女将の問いかけにも、首を傾げるしかない。たった一度のあっさりとした閨《ねや》で、男はアシェリーを「いい身体だ」と褒めたが、あんなに簡単な情交しかないのでは、それが本心からの言葉とは思いがたい。

はっきりしない返事で誤魔化し、アシェリーは娼館の中の自室に逃げ込んだ。


妙な客であった。いい身体だと言ったわりに、アシェリーとの情交にのめり込んだふうを見せない。むしろ冷静で、高みからアシェリーを味見したような雰囲気であった。

それとも、初老という年齢を思えば、あれがあの年齢には相応しい情交であったのだろうか。若者、あるいは、壮年の男性のような激しい行為を想定するのが間違っているのかもしれない。

「……そうだな、多分」

呟く。不可思議な客であったが、たった一回の行為で済ましてくれたのは、アシェリーにとっては思わぬ骨休めになってくれた。ぐっすりと眠ったおかげか、朝だというのに頭の芯が重くない。

「今日は早く来て下さるといいな、ティエトゥール様……」

寝台に寝転がり、ひっそりと呟く。こんなに体調のよい日は、ティエトゥールのために使いたい。昨夜は会えなかったから、よけいに、アシェリーはティエトゥールを思った。

ティエトゥールもきっと、今宵来てくれる。

シーツに俯せたアシェリーには、微笑みが浮かんでいた。

§第六章

馬から下り、手綱を馬丁に手渡すと、ティエトゥールはふぅと息をついた。新兵の訓練はどうしても手間がかかる。しかし、軍にとって必要な手間であった。

だいたいが、貴族や裕福な平民の子弟だ。他人から命令されることに慣れていないし、実力はないくせに自負心だけは強い。

そういう若者たちを使える兵士として訓練するのは、いささか以上の骨折りであった。

だが、騎兵はナ・クラティス軍の華だ。下層の、食い詰めた連中が志願するような歩兵と違い、騎兵は長靴《ちょうか》を履いた制服姿も凜々《りり》しく、女性たちの視線も熱く注がれる。それだけに志願者も多かったが、制服を誂《あつら》える費用、また、馬の購入、飼育も自費で賄《まかな》わなくてはならないため、どうしても富裕層の出身者が多くなる。

ティエトゥールも、亡父の資産を元手に、騎兵から軍務をスタートさせていた。今では、新兵の訓練を任されるほどに地位を上げていたが、地位が上がるごとに責任の比重も重くなる。それに相応しい人間になっているかと自問自答しながら、ティエトゥールは軍務をこなしていた。

額に浮かんだ汗を軽く拭いながら兵舎へと向かう。訓練の間に、部下から提出された書類が溜まっているだろう。それを検討し、承認のサインを与え、あるいは再検討を促し、部下からの報告を聞く時間もとらなくてはならない。

娼館が開くまでの時間に、兵舎を出られるだろうか。いや、なんとかして行かなくては。

昨夜は、行ったはいいが、アシェリーを先客にとられてしまった。一晩、自家の屋敷にアシェリーを買い取った客は、ずいぶん羽振りのよい男だったようだ。型通りに頭を下げる女将の目が、満足そうに笑みを浮かべていた。

今日は、その男の先を越さなくてはならない。

だが、アシェリーを想って気を急かせるティエトゥールを、兵舎の手前で引き止める男がいた。

「フューズリー！　どうしたんだ？」

怪訝そうに、ティエトゥールが眉をひそめる。さらに、フューズリーの背後から友人たちが現れ、目を見開いた。

「ディアノス、ボアローまで……。なんの用なんだ？」

「……ちょっとこっちに来い、エティ」

渋い顔をした友人たちは、ティエトゥールの腕を引っ張ると、兵舎の手前の林に連れて行く。

深刻な様子の友人たちに不審を覚えながら、ティエトゥールは彼らの後に従った。

「どうしたんだ。そんな顔をして」

周囲を木々に囲まれた空間に身を隠すと、ティエトゥールが問い質す。三人とも、ただ事でない顔色だ。

友人たちは、互いに顔を見合わせた。代表するように、フューズリーが口を開く。

「エティ、おまえ、マーシアの館の男娼を落籍《ひか》しようとしているって、本当か？」

「なんだ、そのことか」

拍子抜けし、ティエトゥールはあっさりと頷いた。

「それがどうかしたのか？」

友人たちはまた、顔を見合わせる。

そして、フューズリーがティエトゥールの肩を摑んだ。

「このとおり！　謝るから、そんな馬鹿な真似はやめてくれ」

「馬鹿な真似って……なにを言っているんだ、フューー」

「馬鹿な真似に決まっているだろう。おまえ、自分の立場がわかっているのか？　おまえの年齢で、スピティア伯爵の副官を任じられるのは、破格の待遇なんだぞ。伯爵だって、おまえの将来には期待しているんだ。それなのに、よりにもよって男娼に嵌《は》まるとは、くそっ」

フューズリーは、忌々《いまいま》しげに地面を蹴り上げる。

「そうだぞ、エティ」

続けて、ディアノスが口を開いた。

「いいか、ここだけの話だが、スピティア伯爵は想像以上に、おまえのことを買っているんだ。伯爵家には跡取りがいないだろう？　おまえを娘婿にと、そう話しているのを聞いたんだ。娘婿だぞ！　このままおとなしく伯爵に仕えていれば、いずれは、おまえがスピティア伯爵だ。男娼風情にかまっている場合じゃないだろう」

「娘婿だって……？」

ティエトゥールは、唖然《あぜん》と口を開けた。聞いたこともない話に、驚くしかない。

たしかに、ティエトゥールが副官として仕えるスピティア伯爵には、息子がいない。数多くの寵妾《ちょうしょう》を抱えていたが、生まれたのは娘がたった一人きりであった。

だが、その娘婿になど、聞いたこともない。

「なにを馬鹿馬鹿しいことを」

ティエトゥールは笑い飛ばした。

しかし、友人たちは真剣な表情だ。

「本当に、聞いたんだ。俺のところのラトゥーヤ将軍が伯爵と話していたんだ。伯爵家は、代々将軍位を世襲で預かる軍の名門だろう。その名家の名を辱めないためにも、伯爵は、家柄よりも能力をとると言ったんだよ。おまえなら身持ちは堅いし、誠実な男だ。その上、伯爵も認める軍人としての能力も持っている。伯爵令嬢にとっても、伯爵自身にとっても、願ってもない相手だ」

「わかるだろう、エティ。スピティア伯爵は、本気でおまえを後継者にしようとしているんだ。それなのに、くだらない男娼ごときで、絶好の機会を逃すつもりか」

ティエトゥールの肩を、ガクガクと揺さぶる。

ティエトゥールは口を噤《つぐ》み、視線を落とした。まさか、スピティア伯爵がそんなことを考えていようとは、夢にも思わなかった。伯爵家の後継者問題は知ってはいたが、いずれ相応しい名門の次男、三男を婿に迎え、それをもって伯爵家の安泰を図るものとばかり思っていたのだ。

それなのに、ティエトゥールを婿候補に入れていたとは。

「遠からず、おまえにも伯爵から話があるはずだ。令嬢の婿に、と」

「スピティア伯爵になれるんだぞ、エティ。俺たちのような下級貴族には、望外の大出世じゃないか」

「断るなんて馬鹿なこと、考えないだろう？」

「自分は……」

思いがけない話だ。母ミリンダが聞けば、狂喜するだろう。

ほんの少し前のティエトゥールだったら、同じように誇らしく、嬉しく感じたに違いない。父親が元商人であった下級貴族には、過ぎた話だ。それだけ、伯爵がティエトゥールの能力を買ってくれたことの証明に、どれほど誇らしく感じたかしれない。

だが、令嬢を選んで、アシェリーを捨てるのか。

あの寂しい目をした、控え目にそっとティエトゥールを愛してくれる少年を、捨てられるのだろうか。

ティエトゥールは、口元に微笑を浮かべた。

いいや、できはしない。誰かを愛することを知ってしまった以上、いくら誇らしくとも、愛してもいない伯爵令嬢を妻とすることなどできなかった。

「フューズリー、ディアノス、ボアロー、心配してくれてありがとう。心遣いには感謝する」

「それなら、エティ……」

しかし、ティエトゥールは首を振った。

「だが、たとえその話が本当だったとしても、自分は受けない」

「エティ！」

「わたしの妻は、アシェリーだけだ」

「たかが男娼じゃないか！　そんなものと伯爵位を引き換えにするのか！」

フューズリーが叫んだ。彼らには、考えられない選択なのだろう。

しかし、ティエトゥールにとっては、ごく当たり前の選択であった。愛情を犠牲にしてまで作った家庭の惨めさは、両親を見ていればよくわかる。家柄で迎えられた母は、けして父を愛さなかったし、父が母の傷に目を瞑ったのは、母が伯爵令嬢だったからだ。だが、家柄を愛しても、母自身のことは蔑んでいた。

寒々とした、家庭であった。

今でもそうだ。

こうなってすら、家柄に固執する母には、形骸化《けいがいか》した矜持しか感じられない。それは、なんの糧にもならない矜持であった。

アシェリーを知らなかった頃ならともかく、知ってしまった今では、とても伯爵令嬢に誠意を尽くせる自信がない。アシェリーも、伯爵令嬢も、二人して泣かせることになるだろう。

ならば、令嬢を選ばず、アシェリーと共に生きることを選ぶのが、ティエトゥールの誠意だ。

ティエトゥールは、友人たちに向かって微笑んだ。

「愛する気持ちがなかったら、どんなに家柄のいい相手と結婚をしても、惨めなだけだ」

「エティ！……俺たちのせいだな」

フューズリーが呟いた。

「おまえにあの娼館を紹介したばかりに……くそっ」

「フューズリー……」

「おまえは免疫がないから、だから、男娼の手管に嵌められているだけなんだ。目を覚ましてくれ。連中にとっては、おまえに媚《こび》を売るのは仕事なんだ」

「違う」

ティエトゥールは首を振った。

「アシェリーはそんな子じゃない。心からわたしを愛してくれているんだ」

「だからそれが、奴らの手なんだよ！　娼婦って言うのは、みんなそうなんだ」

「違う」

ティエトゥールは、肩を摑む友人の手をそっと外した。そして、三人に向かって、頭を下げる。

「自分を心配してくれる気持ちはありがたいと思っている。だが、アシェリーはおまえたちが思っているような、そんな子じゃないんだ。わたしは、出世よりもあの子を選ぶ。もう決めているんだ。わかってくれ」

「ば……かやろう」

ディアノスが呟く。

「花街遊びに免疫のないエティを連れて行った俺たちが、馬鹿だったんだ、ディアノス」

ボアローが、ディアノスの肩を叩いた。そして、ティエトゥールに向き直る。

「俺たちを友人だと認めるんだったら、現実を見るんだ、エティ。男娼は、所詮は男娼だ。客を放さないためには、どんな嘘でも平気でつく。娼館で囁かれる睦言は、すべて偽りの幻だ。騙されるな、エティ」

しかし、ティエトゥールは微笑を浮かべた。

「あの娼館に連れて行ってくれて、感謝している。心からでなければ、アシェリーには会えなかった。あの子を落籍《ひか》して、愛する相手に出会えたんだ。もう決めたんだ。自分にだって、あの子と結婚する。もう決めたんだ。自分にだって、人を見る目くらいある。あの子は、他の男娼とは違う。わかってくれ」

「馬鹿野郎……」

フューズリーの呟きが、吐き捨てられた。

「アシェリー……」

娼館の玄関広間で、アシェリーを抱き竦める。嬉しそうに微笑んだアシェリーは、人目も気にせず、ティエトゥールの広い背中に腕を回した。

「ティエトゥール様……嬉しい」

昨夜、会えなかった分もしっかりと抱き合う。

互いに微笑み合い、二人は部屋へと向かう階段を抱き合うようにして上がった。

部屋に入ると、もどかしげに、ティエトゥールの口づけが降ってくる。

「あ……ティエ……ん」

吐息ごと奪われ、それが嬉しく、小さく音を立てて口づけ合う。

そのまま性急に寝台に押し倒され、アシェリーは濡れた視線でティエトゥールを見上げた。


今夜のティエトゥールは、余裕がない。やはり、昨夜会えなかったのがよくなかったのだろうか。

「ティエトゥール様……あ」

帯を解かれ、寝衣を開かれる。素肌に、ティエトゥールの熱い掌が這った。まさぐる熱い指、貪《むさぼ》るように落とされる唇。すべてがアシェリーを求めている。

蕾を解す時間すらもどかしげに、アシェリーは灼熱の杭《くい》に貫かれた。

「あぁぁっ……！」

抱きしめる腕が、痛いほどにアシェリーを拘束している。

「ティエ……トゥール…様……」

見上げた額には汗が浮き上がり、漆黒の目が切なげにアシェリーを見つめていた。

「ティエトゥール様……？　あぁっ」

怪訝そうに名を呼んだアシェリーを、ティエトゥールの凶器が激しく突き上げた。ガクガクと揺さぶられる。

それを、ティエトゥールの背中をしっかりと抱きしめながら、アシェリーは悲鳴を噛み殺し、その激しさを受け止めた。


「どうかなさったのですか？」

事後、寝台に寝転がったまま天井を見上げているティエトゥールに、アシェリーはシーツに肘《ひじ》をついて問いかけた。

今宵のティエトゥールは、ひどく性急で、貪欲《どんよく》であった。まだ、身体の奥が軋んでいる。

しかし、手荒く扱われた自分の身体のことより、どこか思わし気なティエトゥールのほうが心配であった。

「昨夜は……申し訳ありませんでした。お会いできなくて」

おずおずと、腕に触れる。そっと頬を寄せると、苦笑する気配がして、アシェリーは抱きしめられた。

「仕方がない。わたしが早く、おまえを落籍《ひか》してやればいいんだ」

どこか己を責めるような口調のティエトゥールの胸に、アシェリーはそっと頬を寄せた。

「どうか、あまりご無理はなさらないで下さいまし。こうしてお会いできるだけで、ぼくはもう充分幸せですから」

「アシェリー……」

ティエトゥールは、胸に抱くアシェリーの髪に頬を埋《うず》めた。

「無理などしていない、アシェリー。ただおまえといたいだけなのに……難しいな」

やはり周囲に反対されているのだろう。

アシェリーはそっと、視線を伏せた。ティエトゥールは頻繁に、アシェリーの元に通ってきてくれている。真面目な人だから、そんな男が娼館に通い詰める様子に、周囲の人々はひどく心配しているに違いない。

その上、卑しい男娼を貴族の家に入れようというのだ。妾ではなく、正式に婚姻までして。

そのことに、周囲が反対するのも無理はなかった。

本当に、無理をしてくれなくてもいいのだ。無理を通せば、こんなふうに、共に過ごすささやかな時間さえも奪われてしまいそうで、アシェリーにはそれが恐ろしかった。

ティエトゥールだけのものにしてもらえたら、これほど嬉しく、幸せなことはない。

けれどそのために、ティエトゥール自身を失うのなら、アシェリーは男娼のままで一向にかまわなかった。

——ぼくは、罪が深い。

ティエトゥールを抱きしめながら、アシェリーは瞳を閉じた。誠実に、真っ直ぐにアシェリーを求めるティエトゥールに、アシェリーは申し訳なさを覚える。

アシェリーは、たとえ他のどんな男たちに抱かれてもかまわなかった。こうして、ティエトゥールに時折会うことができるなら、男娼のままでかまわない。

それよりも、誠実さをまっとうしようとすることで、失われるかもしれない幸福が怖かった。

現に、ティエトゥールはひどく疲れている。アシェリーを請け出すことに、非常な困難を感じているのだろう。

家族に、友人に、周囲のことごとくに反対され、誠実な人だけにティエトゥールはそのすべてを説得しようと、骨を折っているに違いない。

そうやって、少しずつ磨《す》り減っていくティエトゥールを見るのが辛かった。

この身がどれほど穢されようと、ティエトゥールが笑っていてくれるのならば、どんな汚泥にでも身を浸してみせる。男娼でい続けても、ちっともかまわない。

しかし、ティエトゥールは、己一人のものにならないアシェリーに、満足できないのだろう。アシェリーを愛しているから、誠意を求め、誠意を尽くすのだ。

「ティエトゥール様……」

アシェリーは頰を寄せ、その温《ぬく》もりを全身で感じ取ろうとした。いとしさで、胸がいっぱいになる。

「本当に、無理はなさらないで下さい。こうしてお会いできるだけで、ぼくは充分に幸せなのですから」

それはアシェリーの、心からの言葉であった。

翌昼、アシェリーは女将に呼ばれた。女将は上機嫌で、アシェリーに笑みを見せている。

「お呼びと伺いましたが」

「ああ、お入り。さ、そこに座って」

手招く声が、明るい。

アシェリーはおずおずと、女将の前のクッションに腰を下ろした。座卓を挟んで、女将が座っている。

「今日はおまえに、いい話があるんだ。この間のお客を覚えているかい？　ほら、お屋敷におまえを呼んだお客だ」

「ああ、あのタフナー様ですか？」

「そうそう、タフナー様だよ」

アシェリーは、かすかに眉をひそめた。またあの屋敷に、アシェリーを呼ぼうというのだろうか。手荒な扱いは一切受けていない。むしろ丁重すぎる一夜であったが、アシェリーはタフナーの屋敷には行きたくなかった。

何故かはわからないが、気が進まない。

だが、ティエトゥール以外の上客を持たないアシェリーに、タフナーのような金払いのよい客を拒む権利などなかった。女将が許さない。

アシェリーは、そっと女将を仰ぎ見る。

女将は機嫌よく口を開いた。

「いい話だよ、アシェリー。タフナー様がね、おまえをぜひ請け出したいって、そう仰るんだよ」

「……え？」

思わず、女将の顔をまじまじと見上げる。

「たいそうな金額だ。あたしが言った倍の値段を払うと言うんだよ。まぁ、たいしたお方さ」

「倍……。で、でも、お母さん、ぼくには」

「ああ」

女将は軽く手を振った。

「グラフィーの旦那だろう？　だけど、いつまでたってもちゃんと話を通してくれないじゃないか。本当におまえを請け出す気があるのかね」

「あります！」

アシェリーは大きな声を上げた。

「昨夜《ゆうべ》だって、ティエトゥール様ははっきりそう仰いました。きっとぼくを落籍《ひか》して下さるって。タフナー様より、ティエトゥール様のほうが先です。先にぼくを欲しがってくれたんです」

アシェリーにしては珍しく、大きく言い募るのに、女将は頬に手を当てた。

「そりゃあねぇ。順番といえば、グラフィーの旦那のほうが先さ。だけど、こう待たされちゃねぇ。おまけにタフナー様は、倍出すと仰るんだよ。そう言われたらあたしだって迷っちまうよ。第一、おまえのためにも、タフナー様のような金払いのいい方のほうがいいんじゃないのかねぇ」

そう言って、女将はアシェリーの目を真っ直ぐに捉《とら》えた。

「おまえがグラフィーの旦那を好いているのは、よくわかるよ。でもね、アシェリー、そんな気持ちは長くは続かないさ。旦那だって、今はおまえに夢中だろうが、この先はどうなることか……。反対されればされるほど、気持ちが燃え上がるのが人の常ってもんさ。だけど、手に入っちまえば、気持ちのほうだって冷静になる。おまえへの気持ちも冷めるさ」

アシェリーは言葉を返せない。ティエトゥールの気持ちを疑うわけではないが、枷《かせ》を嵌められないのが人の心というものだ。

手に入れてしまえば、アシェリーのつまらなさにティエトゥールは気づくかもしれない。気づけば、アシェリーを疎ましく思うようになるかもしれない。

視線を落としたアシェリーに、女将は溜息をついた。

「わかっているだろう、アシェリー。旦那の言うことは、しょせんは夢物語さ。叶うことのない夢だから、綺麗に見える。けどね、ちゃんとした貴族の家の第一夫人に、おまえみたいな男娼を迎えたら、グラフィーの旦那の先はないよ。誰が男娼風情と同列の妻になりたいと思う人間がいるかい。そのうちきっと、旦那はおまえを憎むようになる」

しみじみとした女将の言葉に、アシェリーは俯いた。

「その点、タフナー様なら、おまえに似合いだ。お金持ちのご隠居で、息子さんたちももう立派にひとり立ちしていなさる。おまえを妾に迎えたところで、誰にも誹《そし》られない。おまえだって、大きな顔してタフナー様のところにいられる。上手く立ち回れば、タフナー様はおまえにちょっとした財産も残してくれるだろうよ。愛情はないかもしれないけれど、目に見えるお金はおまえの手に残る。金さえあれば、容色が衰えた時にも、生きる元手ってもんがあるじゃないか。愛だの恋だの、そんなあやふやなものに溺れていい身分じゃないことくらい、おまえだってわかっているだろう？　田舎には、おまえの稼ぎを当てにしている家族だっているんだ。しっかり現実を見るんだよ、アシェリー」

アシェリーは項垂れた。女将の言うことは、いちいちもっともであった。

ティエトゥールの話は、遅々として進まない。周囲にひどく、反対もされているだろう。

仮に首尾よく請け出されて、ティエトゥールと結婚できたとしても、その屋敷はアシェリーにとって、針の筵《むしろ》に等しいに違いない。

それに、男娼風情を正夫人に迎えたとなれば、ティエトゥール自身も貴族社会の中でどれほど不利益を被《こうむ》るだろうか。

いずれは女将の言うとおり、ティエトゥールはアシェリーを憎むようになるかもしれない。

だが、とアシェリーは思った。もしそうなるとしたら、アシェリーは、せめてずっとこのマーシアの館にいたかった。ただの男娼のままで、折々訪れるティエトゥールを待って、この館で朽ち果てる。それならば、不要な憎しみを受けることもなく、ただティエトゥールがアシェリーに飽きるまで、共に過ごすことができる。

正夫人になどしてもらわなくてもかまわない。一緒にいられる時間が少しでも長くなるなら、この館で男娼として、客を何人でもとってやる。

ただ、他の誰かに請け出されるのだけはいやだった。

アシェリーは顔を上げた。

「お母さん、タフナー様のお話は、どうかお断りして下さい」

「アシェリー、馬鹿なことを言うんじゃないよ。おまえには、タフナー様のような方のほうが合ってるんだ。哀《かな》しい思いはもうたくさんだろう？」

アシェリーの口元に、うっすらとした微笑が浮かんだ。

「お母さん、ティエトゥール様はたしかにぼくを請け出せないかもしれません。でも、それでもかまわないんです。今まで以上に、がんばってお客を取りますから、どうかタフナー様のお話はお断りして下さい。タフナー様だけじゃありません。ティエトゥール様以外の誰にも、ぼくを請け出す話はしてほしくありません」

「アシェリー！」

「お願いします。ティエトゥール様と一緒にいたいんです。そのためには、ずっとここで男娼のままでいてもかまいません。あの方さえいらっしゃれば」

アシェリーは土下座した。それを見下ろし、女将は溜息をつく。

「ずいぶん重傷な病に引っかかっちまったもんだ。男娼が客に嵌まって、どうなるっていうんだい。結局、最後に泣かされるのは、いつだって娼婦のほうなんだよ。おまえだって、そういう例をいくらも見てきただろうに」

「それでも……それでも、ぼくは……」

アシェリーは突っ伏して頼み込む。辛い最後が来るかもしれない。ティエトゥールとはやはり結ばれないかもしれない。

それでも、心がアシェリーに向いてくれている間は、あの人の側にいたかった。束の間にでも会えさえすればいいのだ。それだけで、アシェリーは幸せでいられる。

やがて根負けしたのか、女将が口を開いた。

「身請けの話は、グラフィーの旦那以外聞きたくないって言うのかい」

「お願いします。お願いします……」

常はおとなしいアシェリーだったが、今は必死に女将に頭を下げる。

見下ろす女将は、唇をしばし噛みしめた。そして、大きく息を吐く。

「わかったよ。とりあえず、おまえの言い分を聞いておいてやる。身請けの話はおしまいだ」

「お母さん！　……ありがとうございます！」

「でもね、グラフィーの旦那とのことは、あたしは反対だってこと、よく考えておくれよ。儲《もう》けのために言ってるんじゃない。あんたの将来を考えて、言ってるんだ。ここにいる子たちはみんな、あたしの息子も同然なんだからね」

「はい」

アシェリーはコクリと頷く。情のこもった女将の口調が、彼女の心情をしっかりと伝えていた。春を売るのが商売のこの館を切り盛りしてはいても、女将がここにいる少年たちに気を配ってくれていることは本当だ。

アシェリーのことも、ややこしい事情を抱えたティエトゥールに落籍《ひか》されるより、裕福かつ気楽な身分であるタフナーに身請けされたほうがよいと、真実考えているのだろう。

アシェリーは頭を下げ、女将の部屋を出た。アシェリーにも、女将の危惧はよくわかる。

今までにも多くの少年たちが、客である男たちに岡惚れしては、悲惨な目に遭ってきた。騙すつもりが騙されて、心を手折られた少年も数多い。

しかし、ティエトゥールは違う。嘘を真実だと言いくるめる男では、断じてない。ティエトゥールは真実、アシェリーをいとしく思ってくれている。

それは、アシェリーが誰よりもよくわかっていた。だから、女将の危惧は、杞憂に過ぎない。心が移ろうことはあっても、騙す騙されるという話だけはならない。

階段を上り、自室に入ると、アシェリーは窓辺に腰を下ろした。外をじっと見つめる。

苦界の外に出る自由は、借金を返し終わらない限り、アシェリーにはなかった。だが、ここにいる限り、ティエトゥールはやって来てくれる。たとえティエトゥールの身請け話がうまくいかなくても、男娼としてここに残ってさえいれば、きっと通い続けてくれる。少なくとも、気持ちが変わるまでは。

いつかはこの恋も終わるだろう。ティエトゥールの心変わりが先か、それとも、アシェリーのそれが先かはわからないが、それでも、いつかはこの苦しい思いも終わりになる時がくる。

だが、それまでは、愛する人と共に過ごせる幸せを感謝する。感謝して、誰にも請け出されないように、この館にい続ける。他の誰にも、落籍《ひか》させない。

それだけがアシェリーにできる、唯一の手段であった。

§第七章

身体の奥深くに、ティエトゥールを感じる。

「……あぁ」

アシェリーは深い吐息をついた。

客を三人取り、深夜を回った頃合だ。三人の男たちに抱かれた身体は、甘くゆるんで、ティエトゥールを迎え入れた。

身体は、疲れ切っていた。

しかし、ティエトゥールを感じないではいられない。躊躇うティエトゥールにせがみ、抱いてもらったのはアシェリーのほうからだった。

ティエトゥールの掌がいたわるように、アシェリーの頬を包み込む。

「大丈夫か、アシェリー」

アシェリーは、閉じていた目蓋をうっすらと開いた。

「平気……です。あぁ、ティエトゥール様……」

触れる指が嬉しくて、アシェリーは涙が出そうになる。掌に頬を擦りつけると、ティエトゥールが苦笑したようだった。そっと、唇を啄ばまれる。

「ん……ふ……」

吸われた唇に、舌が滑り込む。絡めた甘さに、アシェリーはくぐもった声を洩らした。

ティエトゥールを咥え込んだ蕾が、ヒクヒクと震えた。震えて、雄芯に絡みつく。アシェリーの肛壁に締めつけられ、ティエトゥールの雄がドクリと膨れた。

「アシェリー……」

口づけの合間に、名前を囁かれる。それだけで、アシェリーの身体が熱くなる。

ゆったりと抽挿が始まった。

「あ……あぁ……」

胸が痛い。やさしく愛されていると感じると、アシェリーの胸が切なく痛んだ。

ティエトゥールはけして急がない。客をとり、疲労しているであろうアシェリーを気遣って、その腰の動きはあくまでも緩やかだった。

それが、なんだか哀しくなる。もっとひどくしてほしかった。もっと容赦なく抱いてほしい。

他の男と寝たことを、激しく罰してほしい。

「あぁ、ティエトゥール様……もっと。もっと……して」

「アシェリー……」

「あぁ……！」

ぐう、と深くまで抉られる。アシェリーは仰け反り、ティエトゥールの強靭な腰に両足を絡みつかせた。

もっと深く、もっと強く……欲しい。この穢れた身体を、ティエトゥールのすべてで清めてほしい。溢れるほどにその精を注がれたら、アシェリーの穢れは消えてなくなるだろうか。

そうなってくれたらいいのに。

「ティエトゥール様……！」

アシェリーは鋭く声を上げ、ティエトゥールに縋りついた。深く深く、ティエトゥールでいっぱいになるまで愛して。

深みに注がれた体液に涙を零しながら、アシェリーもまた下肢を濡らしていた。


せがむアシェリーの望むままに与え続け、とうとう自失したその髪を、ティエトゥールはそっと撫でていた。

互いの身体は汗と、アシェリーの放った蜜で濡れている。アシェリーの身体はさらに、ティエトゥールに注がれた樹液で濡れていた。

激しい行為は、確実にアシェリーの体力を奪ってしまうだろう。

しかし、いとしい少年からせがまれれば、ティエトゥールも拒めない。涙をたたえた瞳に胸を突かれ、縋りつくがままに与えてしまった。

そのことに、わずかに後悔を覚える。

ティエトゥール以外の客を取った晩は、アシェリーはいつも、罪の許しを得ようとするかのように、ティエトゥールの蹂躙をねだった。

罪などどこにもないのだと、そう言ってやったらいくらか安心してくれるだろうか。

そっと頬を包み込む。まだ少年の柔らかな頬に、ティエトゥールは静かに掌を当てた。

アシェリーが男娼であるのは、誰の罪でもない。ましてや、アシェリー自身の罪ではなかった。だから、こんなに苦しまないでほしい。

「急がなくてはな……」

ティエトゥールは呟いた。いとしい少年を苦しめているのは、ティエトゥールだ。

早く、なんとかしてアシェリーを落籍《ひか》しなくてはならない。母の反対も、友人たちの制止もあるが、ティエトゥールにとってはアシェリーだけが大切だった。

こうなると、ミリンダとの約束を重く感じる。母の許しを得ないまま、アシェリーを請け出すことはしないといった手前、今すぐアシェリーを身請けすることができない。母は、相変わらず頑強に反対の姿勢を崩さず、ティエトゥールはどう説得したらいいのか、攻めあぐねていた。

それとも、密かにアシェリーを請け出してしまおうか。

しかし、ティエトゥールは首を振った。

こそこそと隠れるようなことではない。やはり正正堂々と、アシェリーをグラフィー家に迎え入れたい。そうすることが正しいのだ、とティエトゥールは信じた。

「もう少し待っていてくれ、アシェリー。必ず母を説得して、おまえを我が家に迎え入れる」

唯一人の夫人として。

気を失っているアシェリーに、ティエトゥールは口づけた。誓いを立てるように厳《おごそ》かに、愛情を込めてやさしく。

いずれ近いうちに、アシェリーと結婚できる。彼のすべてが、ティエトゥールのものになる。

「もうじきだ、アシェリー」

微笑み、ティエトゥールはアシェリーを抱きしめた。


翌日、朝靄《あさもや》のたちこめる中、アシェリーはティエトゥールを見送った。消えていく背中を一心に見つめる。

しばらくして、ようやく未練を断ち切り踵を返す。だが、娼館に入ろうとするアシェリーを呼び止める声がした。

振り向くと、土埃《つちぼこり》に汚れた格好の人足《にんそく》が立っている。

「なにか？」

小首を傾げたアシェリーに、人足は手紙を手渡した。

「マーシアの館のアシェリー・サザルっつう人に届けるよう頼まれただよ。あんた、この家の人だろ？アシェリーっつう人にこれ、渡しといてくれ」

つっけんどんにそう言うと、朝立ちをして急ぐからと言って、人足はそそくさと娼館から立ち去った。

手渡された手紙を、アシェリーは溜息をつきつつ見下ろす。おそらく、村にいる家族からのものだろう。それもおそらく、無心の手紙だ。それ以外の理由で、両親がアシェリーに手紙を出すことは、この五年間、一度もなかった。そもそも文字を知らない両親が手紙を書くためには人に頼まなくてはならず、そんな手間などよほどの用事がなければかけられないのだ。

今度はなにがあったのだろう。また飢饉か、それとも洪水か。とにかく何事かがあって、金が必要になったのに違いない。

　その場で封を開けると、アシェリーは手紙を読み始めた。読み進めるうちに、顔色が変わる。

「そんな……」

　呟きは、衝撃に掠れていた。


『アシェリー、お元気ですか。わたしたちは、なんとかやっていきます。この間は、お金を送ってくれて、ありがとう。おかげで、畑用の牛が一頭買えました。父さんも、兄さんも、とても助かってます。

　ところで、おまえに知らせておかなくてはならないことがあります。ナーディのことを憶えていますか。おまえの一年前に、街に売られていった姉さんです。街から知らせがあり、ナーディがこの冬亡くなったことを伝えなくてはなりません。病気だと、知らせがありました。

　アシェリー、父さんも母さんも、頼りにできるのはおまえだけです。兄さんは嫁をもらいましたが、嫁は今は身ごもっていて、あまり働けません。ゆっくり寝ていなくては無事に子供を産めないと、産婆が言いました。ですが家には、働けない人間を置いておく余裕がありません。

　また、お金を送ってはくれませんか。父さんと母さんには、初めての孫です。無事に産まれるよう、館の女将さんにお願いして、お金を送って下さい。ナーディがいない今、おまえだけが頼りなのです』

　手紙はそう結ばれていた。アシェリーは手紙を握りしめ、頼りなく地面に膝をついた。

　姉が死んだ。アシェリーと同じく娼家に売られ、家族のために、男たちに身体を売っていた姉が亡くなった。

「姉さん……」

　姉は死んで、家に帰れただろうか。懐かしいサザルの村に、たとえ骸《むくろ》であっても迎えてもらえただろうか。

アシェリーは力なく首を振った。

いいや、迎えてはもらえまい。街まで姉の骸を受け取りに行く手間も、郷里の家族は惜しんだだろう。死んだ人間に使う金はないと、父や兄は言ったかもしれない。

唯一姉を惜しんでくれたのは母であろうが、母は無力であった。泣くことしかしてやれない。

姉はおそらく、娼家のあった街の共同墓地に葬られたことだろう。誰だかわからない死骸の中に投げ込まれ、もう姉の身体もどれなのかわからなくなっているに違いない。

それなのに、金を送ってくれだと？

子供が生まれるから、義姉《あね》が働けないから金を送れと、そう言うのか。頼れるのはおまえだけだと言うのか。

アシェリーの翠の瞳から、涙が溢れ出た。

妻の一人も養えないのなら、嫁などもらわなければいい。家がきちんと立ち直ってから、結婚すればいいのだ。

姉は、たった一人で亡くなったのに。

「それなのに……また金だなんて……」

アシェリーたちが働くということは、男たちに身体を売るということだ。身体を売って、好きでもない男に抱かれ、そうして、血を吐く思いで金を稼ぐ。

あのひどい飢饉から五年も経っていて、まだ郷里の家は立ち直らないのか。いつまで金を送ったら、解放されるのだ。姉のように死ぬまで、男たちに身体を売り続けるのか。

借金は減らない。減るどころか、増えていく。いつまでもいつまでも無心され、穴の空いた桶《おけ》に水を注ぐように、金を送り続けなくてはならない。いつまでも。

「あぁ、姉さん……。ナーディ……」

どんな思いで、ナーディは逝ったのだろう。アシェリーのように、姉を真実好いてくれる男は現れたのだろうか。

よろめきながら、アシェリーは娼館の中に入った。ひと気のない玄関を横切り、階段をふらふらと上がる。

部屋に入ると、扉を背に、ずるずると座り込んだ。家族は一生、アシェリーについてくる。ナーディがそうであったように、アシェリーも逃げられない。

「…………ティエトゥール様……」

アシェリーは両手で顔を覆った。

たとえ、ティエトゥールの元に落籍《ひか》されても、両親からの金の無心はやまないだろう。

むしろ、貴族の正夫人となったことで、さらなる金額を要求されるかもしれない。

アシェリーの瞳から、新たな涙が零れた。

ティエトゥールと幸せになる未来など、自分にはあるのだろうか。思いがけなくも愛した人から愛されて、幸福だと思ったけれど、そんな幸福が自分に許されるのか。

——夢……だ。

なにもかもが泡沫《うたかた》の夢だった。家族のために身体で稼ぐ男娼の身分で、好いた人に好かれる幸せになど、どうして酔っていられるだろう。

幸せは、あまりに遠い。掌に摑めるかと夢見たが、結局アシェリーの指をすり抜けていく。

身動きできない借金と、郷里の家族が、重く圧《の》しかかってくる。

逃れられない予感に襲われ、アシェリーはただ泣き続けるのだった。

姉の死に、胸を押し潰されながら……。

§第八章

長い、長い間、アシェリーはじっとしたまま、動かなかった。

やがて顔を上げ、空を見上げた。窓越しに空は澄んで、青かった。綺麗だなとアシェリーは思った。綺麗すぎて、胸が痛くなる。

唇の端で、アシェリーはかすかに笑った。

胸に染みるほど、今日の空は美しい。アシェリーの夢と同じくらいに。

夢は、しょせん夢であった。夢であるからこそ美しく、夢であるが故に儚い。それを手に入れるのは、誰にとっても難しい。特に、アシェリーにとっては。

アシェリーは見上げていた視線を落とし、手に持ったままの手紙を、力なく見つめた。

夢を見る時間は、終わった。

広げたままだった手紙を、アシェリーは丁寧に折りたたんだ。立ち上がり、飾り机の引き出しに、そっとしまう。

引き出しを指で押さえたまま、しばらくの間、アシェリーは目を閉じた。夢の終焉《しゅうえん》と、迫り来る現実が、アシェリーを闇に沈めようとする。しかしそれが、アシェリーに与えられた運命《さだめ》であった。誰も、自らの運命《さだめ》から逃れることはできない。

再び目蓋を開いた時、アシェリーの瞳から涙は消えていた。

美しく澄んだ青空を、真っ直ぐに見上げる。

「……さようなら」

すべてを振り切るためにそう呟き、アシェリーは窓から覗く青空に、背を向けた。


「——お母さん、この間のお話、お受けしたいと思います」

女将の前に、きちんと膝を揃えて座ると、アシェリーはそう言って頭を下げた。

女将はわずかに眉を上げ、卓子《テーブル》の前で頭を下げているアシェリーを見つめた。それから、吐息を吐き出し、ひとつ頷いた。

「――よく決心をしたね、アシェリー。それがおまえにとって、一番いいことだよ。タフナー様はお年を召しておられるけれど、その分、息子さんたちはもう独立していて、よけいな嘴を挟んでくるような鬱陶しいこともない。財産も立場もおありだから、おまえに飽きた時にもちゃんと身の立つようにしてくれるさ。面子《めんつ》ってものがあるからね。少なくとも……」

その後を、女将は口を濁す。大方、口うるさく反対ばかりする母親のいるティエトゥールと比べているのだろう。

客観的に見れば、たしかに女将の言う通りだった。

だが、アシェリーの気持ちを慮《おもんぱか》ったのか、口にはしない。その代わり、しみじみ呟いた。

「本当に……よく決心したね」

アシェリーは俯いたまま、下げていた頭を上げた。

「どうするべきだったのか、やっとわかりましたから。……これでいいんです」

「そうだね。タフナー様のところに行くのが、誰にとっても一番いいことだ。おまえの判断は、正しいよ。グラフィーの旦那にとっても、いいことなんだよ」

「はい……」

小さな声で、アシェリーは返事した。

――ティエトゥールにとっても、これが一番いいことだ。

おそらくそうだろう。立派な軍人であるのに、アシェリーのような男娼と一緒になっては、ティエトゥールの将来を汚すことになる。

アシェリーは、ティエトゥールの助けにはならない。けして……。

「お母さん」

アシェリーはそっと女将を見上げ、呼びかけた。

ティエト《夢》ゥールではなく、現実に生きなくてはならない。

アシェリーは、おずおずと口を開いた。

「あの……郷里から手紙が来まして……」

女将は、溜息をついた。なにが原因で、アシェリーが急に考えを変えたのか、察したのだろう。

だが、下手に同情するようなことは言わず、いつものように明るく答えた。

「いいよ。どれくらい必要なんだい？　幾らでも言うといい。おまえには、タフナー様がついてらっしゃるんだ。あたしががっぽりと搾り取ってやるから、遠慮なく言うといい」

「すみません……。いつも……ご迷惑を」

「いいんだよ。こっちだって、ただであげるわけじゃない。おまえの旦那から、ちゃんと回収するんだから」

すべてを察しながら、女将は軽い口調で請け合う。

女将もアシェリーもわかっていた。

家族のために売られてきた少年たちは、それ故に、自由を得ることはできない。


ナ・クラティス王国で新王デル・イグネース一世が即位して五年が経つが、華やかなのは王室を中心とした貴族や、そういった連中に寄生して甘い汁を吸っている商人ばかりで、末端の民百姓は相変わらず苦しい生活を送っていた。

特に、アシェリーの故郷、サザル村がある一帯はデル・イグネース一世の即位前から続く天候不順で痛めつけられ、この頃ようやく気候が落ちついたと聞いているが、その痛手はいまだ癒えていなかった。

アシェリーも何度、女将に金を無心してきたことだろう。そのたびに女将は、アシェリーに金を渡してくれたが、それはむろん無償でなく、アシェリーの借金として、その細い肩に重く伸しかかっていた。

それはこれからも、家族の存在がある限り、アシェリーにつきまとうことだろう。それが、アシェリーの背負った重荷だった。誰にも、どうしてやることもできない。

女将は引き出しから、幾ばくかの現金を取り出すと、アシェリーの手に握らせた。

「さ、これを送ってやるといい。きっとおとっさん、おっかさんも喜ぶよ。あたしは早速、タフナー様におまえの決心をお知らせするから」

アシェリーは掌に握らされた現金を見つめていた。そして、悄然と頭を下げた。

「ありがとうございます、お母さん。それから……よろしくお願いします」

呟くような声に、女将は小さく、何度も頷いた。

「大丈夫だよ。あんたは正しい決断をしたんだ。間違ってない。大丈夫だ」

それは、アシェリーを励ますような言葉だった。

アシェリーは頭を下げ、女将の部屋を出ていった。

女将の言う通り、大丈夫になる日が来るだろうか。ティエトゥールを忘れることができるだろうか。

――できなくても、そうするしかない。

自分はあの人との夢ではなく、家族を取ったのだから。家族からは、逃れられないのだから。


階段を上がり、自室に戻ると、アシェリーは床に座り込んだ。

「ティエトゥール様……」

たとえ落籍《ひか》してもらえなくても、ずっとこの館でティエトゥールの来訪を待っていたかったという気持ちは、今でも変わらない。

だが、それは夢だった。

故郷の家族は、おそらくアシェリーが死ぬまで、しがみついて離れないだろう。その金銭的負担は、生涯アシェリーが背負う重荷だった。

けれども、家族を捨てることもまた、できない。両親、兄夫婦、それから、小さな弟。彼らを捨てることは、できない。

五年前に村を出る時、「兄ちゃん……」としがみついてきた末弟ツェーノの小さな身体を思い出す。ろくに食べるものもなく、腹だけポッコリと突き出ていた老人のような身体をツェーノはしていた。

現在《いま》は、少しは食べられるようになっただろうか。

夜明け前から日が落ちるまで、それから家に帰っても深夜遅くまでくたくたになるまで働き続けた父と母もどうしているだろう。

働いても働いても、重く伸しかかった借金が一家の家計を圧迫し、家族の生活は楽ではないだろう。アシェリーが必死なように、郷里の家族たちも皆必死になって働いているに違いない。

それでも、暮らしは楽にはならない。

仕方のないことだった。

アシェリーは貴族の家に生まれたのではない。ナ・クラティス王国の北辺境、王国の中でも殊更貧しい地方の農家に生を受け、飢饉に痛めつけられて王都クラティアに売られた。誰を恨みようもない、アシェリーの持って生まれた運命《さだめ》だった。

人は、与えられた運命《さだめ》のままに生きるより他ない。

それが、アシェリーたち下層民の生きかたであった。

ティエトゥールとのことは、夢だったのだ。

だがそれは、なんと美しい夢であったことだろうか。アシェリーの心に生きる希望を与え、人を愛する喜びを教えてくれた。

アシェリーはどれだけ、ティエトゥールを愛したことだろう。これからもどれだけ、彼を愛し続けるだろうか。けれどもそれは、アシェリーの心の底に沈めたまま、二度と再び表に出すことのない想いだった。

この想いが生涯変わることはないけれど、アシェリーはタフナーの元に行く。誰にとっても、それが一番いいことなのだ。

そう言い聞かせ、アシェリーは抱えた膝に、顔を埋めた。

「ティエトゥール様……」

呟く声は、小さく掠れていた。

夕方、少年たちが店出しをするほんの少し前に、女将が興奮した様子で館に帰ってきた。

店に出るために、美しく着飾って階段を下りようとしていたアシェリーは、珍しくも頬を紅潮させている女将に、わずかに首を傾げた。女将は、ひどく嬉しそうだ。

「──アシェリー！」

階段を見上げ、女将は大きな声でアシェリーを呼んだ。ゆっくりと階段を下りながら、アシェリーは女将に答えた。

「はい、なんでしょうか、お母さん」

「ああ、ああ、おまえは店に出ることはないんだよ。さ、部屋にお戻り」

女将が、アシェリーの肩を抱くようにして、少年たちが集まっている広間から出て行かせようとする。

「……え？」

アシェリーは首を傾げた。店に出て客を取るのは、アシェリーの務めだ。しかし、女将は上機嫌で、アシェリーの背中を押している。

「明日には、タフナー様のお迎えが来るからね。身を綺麗にしてお待ちするんだ」

「え……明日？　そんなに早く」

意外なほどの、行動の早さだった。女将にとっては、その素早さも嬉しいのだろう。

「タフナー様は、おまえをえらくお気に入りだ。うまいことやったねぇ。本当にいい子だよ」

うろたえているアシェリーを押し、ずんずんと部屋まで連れて行く。自室に入れられ、アシェリーは慌てて女将を振り返った。

「待って下さい、お母さん。明日だなんて、そんな……！」

「なにを言っているんだい」

女将はピシャリと切り捨てた。

「旦那様が早くにおまえを欲しいと言いなさるなんて、ありがたいことじゃないか。きっとおまえを大事にして下さるよ。金払いもいい、おまえに対しての情もおありになる。これ以上のお方は、クラティア中を探したっていやしない。それに不満を言うなんて、罰《ばち》が当たるよ、アシェリー」

「それはわかります。でも……」

このまま部屋に引っ込んだまま、明日にはタフナーの元に行かなくてはならないのだとしたら——。

取り縋るアシェリーに、女将はどうしようもないと首を振った。

「グラフィーの旦那だね」

「お母さん……」

アシェリーは必死の思いで、女将を見つめた。最後にどうしても、もう一度だけ会いたい。

しかし、女将は眼差しを厳しくして、アシェリーを見る。

「やめときな。未練が残るだけだ。だいたい、グラフィーの旦那に会って、おまえはなんて言うつもりなんだい。泣いて縋るのかい？　それとも、どうして早く身請けしてくれなかったのだと詰《なじ》るのかい」

「それは……」

アシェリーは口ごもった。会って、自分はどうしたかったのだろう。哀しいけれどもう会えないと、そうティエトゥールに言うつもりだったのか。

だが、言ったところでなんになる。ティエトゥールは怒り、この話を壊そうとするかもしれないが、女将とタフナーの間ですでに話がついている以上、いまさらティエトゥールにはどうしようもない。

金で解決しようにも、倍の身請け料を払おうという相手なのだ。ティエトゥールごときの財産で対抗できる相手ではなかった。

アシェリーは、招かれたタフナーの屋敷を思い出す。ただの商人の屋敷であるのに、その内部は念灯によって明るく照らされていた。ランプや蠟燭《ろうそく》ではない。王宮や神殿、あるいはよほどの大貴族でなければまず使えない、力のある神官たちによって作られる高価な念灯が、惜しげもなく飾られていたのだ。

それだけで、タフナーがどれほどの豪商であるか、想像できる。ただの軍人にすぎないティエトゥールが太刀打ちできるとは思えない。アシェリーの嘆きをぶつけるのは、いたずらにティエトゥールを苦しめるだけだった。

「なにが言えるんだい、アシェリー」

女将の厳しい声が、アシェリーに向けられる。

アシェリーの視線が、床に落ちた。言えることは、なにもない。

悄然と俯くアシェリーの金色の頭に、女将はやるせなさそうに掌を置いた。

「会えば、未練が残る。黙ってお行き、アシェリー」

ポタリ、と床になにかの雫が落ちた。アシェリーの涙だ。女将は、アシェリーを抱きしめた。

「ティエトゥール様……」

「……馬鹿な子だよ」

やるせなさげな女将の声が、胸に突き刺さる。

女将の言う通りだった。決めたのはアシェリーだ。アシェリーの決断を受けて、新たな旦那となるタフナーが即日引き取ると言い出しても、拒む権利などない立場だった。わかっている。

けれど、別れの一言も言えないまま、ティエトゥールと離れなくてはならないなんて——。

自分で決めた結果とはいえ、辛すぎる。

声も出さずに泣くアシェリーを、女将はただ黙って、抱きしめていた。

翌日、アシェリーは朝から湯浴《ゆあ》みをさせられた。

その後、女将の心づくしの衣装を着せられる。娼館にいるような、派手な衣服ではない。落ち着いた深い翠の、瑞々しい少年に相応しい上品な衣装であった。それを着て佇むアシェリーは、ちょっとした貴族の子弟のようだ。

「よく似合うよ、アシェリー」

「ありがとうございます」

アシェリーは頭を下げる。それから、もの問いたげに、女将の顔をおずおずと見つめた。

女将は溜息をついた。

「――昨日は、旦那は来なかったよ。遠征の噂もあるからね、お忙しいんだろう」

「……そうですか」

寂しそうに、アシェリーは呟いた。やはりティエトゥールとは、縁がなかったと言うべきなのだろう。神々が決めた運命《さだめ》は、アシェリーをタフナーの元へと導いている。神々がそう定めたのだ。

――コンコン。

控え目に、アシェリーの自室の扉が叩かれた。

「なんだい？」

女将が問うと、館の下男の声が返ってくる。

「タフナー様のお迎えがお越しです」

アシェリーの肩が小さく震えた。

「さあ、行くよ、アシェリー」

「……はい」

扉を開けると、朋輩たちが廊下のそちこちにいた。

「うわぁ」と歓声が上がる。

彼らにとって、アシェリーは当たり籤《くじ》を引き当てた幸運な少年であった。

タフナーがどれほどの富豪か、女将から話を聞き、彼らもよく知っている。これほどの幸運を摑む者は、男娼という身分の中では稀なことだ。

羨ましそうに、あるいは、妬《ねた》ましそうな視線の中、アシェリーは女将に手を引かれ、タフナーから差し向けられた迎えの元に向かった。

「――アシェリー！」

いかにも負けん気の強い、鋭い声がアシェリーを呼び止める。その声の主に向かって、アシェリーは振り返った。

館一番の売れっ妓イェニスだ。イェニスはその美しい、勝気そうな顔に、うっすらと微笑を浮かべている。

「運のいい奴だ。……負けるなよ」

アシェリーは軽く目を見開いた。なにに負けるなと、イェニスは言うのだろうか。

「俺はここで、一番の花を咲かせる。一番大きくて、誰よりも綺麗な花だ」

そうして、もっと多くの男たちを狂わせるのだろうか。

アシェリーの唇に、小さな笑みが浮かび上がった。イェニスはどこにいても、どんな境遇でも、誰よりも美しい花を咲かせるだろう。それが、イェニスの強さだった。イェニスなら、どんな運命《さだめ》にも逆らえる。運命に負けるなと、アシェリーに言っているのだろう。

一度も口をきいたことのない朋輩に、アシェリーは小さく頷いた。

「……ありがとう」

そうだ。アシェリーはまだ生きている。生きている限り、ティエトゥールへの想いは残る。今この時、タフナーを選んだことを、いつまでもずっと後悔するだろう。

その後悔と共に、アシェリーは生きなくてはならない。ティエトゥールではなく、家族を選んだその責任を、そして自分の運命を全うする。

そうすることを、アシェリー自身が選択した。

少年たちに見送られながら階段を降り、館の使用人たちが並んでいる広間を通り抜ける。

玄関の大きな扉口の前で、アシェリーは立ち止まり、振り返った。

「お母さん、長い間、ありがとうございました。お母さんがぼくにして下さったこと、一生忘れません。ありがとうございました」

「アシェリー……幸せになるんだよ」

アシェリーは大きく頷いた。堕ちることは、簡単だった。けれども負けずに生き続けることが、アシェリーにできるたったひとつの務めだ。この胸の痛みも、苦しみも、すべてアシェリーが自分で選び、自分で決めたことだった。

——ティエトゥール様……。

アシェリーは一瞬、目を閉じた。別れることを選んだのはアシェリーだったから、引導もアシェリー自身が渡すべきだった。

ティエトゥールにとって、自分は美しい悲恋の相手になってはならない。厭うべき男娼となって、彼が前に進めるよう、恋情を断ち切らせなくてはならない。

それが、せめてものアシェリーからの詫びだ。先に裏切ってしまったアシェリーからの。

「お母さん、もし……」

落とした視線を、アシェリーは強い意思を持って、上げた。

「もし、ティエトゥール様がいらしたら……。アシェリーは愛想を尽かしたと、そう言って下さい」

「アシェリー……」

女将は、驚いたようにアシェリーを見つめた。

「いつまでも、戯言を聞いているのが馬鹿らしくなったと。あの方の母親との同居など真っ平ごめんだと、そう言って下さい。タフナー様はお金持ちで、これから面白おかしく暮らせるって。あなたみたいな貧乏軍人なんてお呼びじゃないって……言って下さい。そして、もしもお母さんの言うことに納得しなかったら――あとで手紙を送りますから、それを渡して下さいませんか」

アシェリーの声が震えている。震えながら、女将の目をじっと見つめた。女将はじっとそれを見返した後、頷いた。

「――わかった。たしかに引導を渡しておくよ」

「ご迷惑をおかけして、申し訳ありません」

深々と、アシェリーが頭を下げる。その後頭部を、女将は痛ましげに見下ろしていた。

頭を上げると、アシェリーは笑みを浮かべた。無理をしていると明らかにわかるが、女将もそれに合わせるようにして、あえて晴れやかな微笑を浮かべる。

「幸せにね、アシェリー」

「はい」

そうして、もう一度頭を下げると、背中を向ける。下男が開けた大扉を抜けると、待っていたタフナーが差し向けた従者に微笑みかけた。

「お待たせしました。よろしくお願いします」

館での五年間が、こうして終わった。

§第九章

呼吸を整えると、ティエトゥールはスピティア伯爵の執務室の扉をノックした。

「入れ」

誰が来るのか承知していた伯爵の入室を許可する声が、すぐに聞こえる。

ひとつ息をついてから、顔を上げると、ティエトゥールは扉を開いた。

「失礼いたします」

心なしか、表情が強張《こわば》っている。

その顔を、伯爵は容易に内心を窺わせない灰色の瞳で、じっと見つめていた。両手を机の上で組んでいる。

室内には高価な絨毯が敷かれ、伯爵はその上にじかに腰を下ろしている。床に直接座るのが、ナ・クラティスを初めとした大陸東部諸国の習慣であった。

机の前に座るよう勧められたティエトゥールも、伯爵と同じように床に直接腰を下ろし、足を組んで(つまり、胡坐《あぐら》に似た格好で)、伯爵に向かって一礼した。

「お呼びと窺いましたが」

伯爵は、ティエトゥールに顔を上げるように指示した。

「君は、たしかまだ独り身だったね」

すでに承知していることを、話の初めとして口に乗せる。

ティエトゥールは、わずかに眉をひそめた後、頷いた。

「はい、一応は」

やはり、という警戒心が、密かに発動される。たしかに今は独り身であったが、それもすぐに解消される。迂闊《うかつ》な返事は、できなかった。

数日前、友人たちが口にした話が、脳裏に蘇《よみがえ》る。

アシェリーに惹かれているティエトゥールを心配して、友人たちが口々に諫めた日のことだ。彼らは、スピティア伯爵が婿を探していると言っていた。

ナ・クラティス王国では将軍位には七つの席があった。普通は、王立軍学校を卒業した貴族の子弟が順調に昇進を重ね、最終的には運のいいごくわずかな者が将軍位に辿りつく。

しかし、ほんの数家であったが、将軍位を世襲で賜る家柄もあった。

クヴェンス伯爵位を拝領するトリツィノー家。

パーネル侯爵位を拝領するサドルカン家。

そして、スピティア伯爵位を拝領するアルトゾル家。

この三家である。

三家ともに、王国軍の重鎮として将軍位を守っていたが、そのうちの一家、スピティア伯爵家のみは、存続に関《かか》わる重大な悩みを抱えているのは、すでにティエトゥールもよく知ることだった。

当代の伯爵ニェツェルにはかつて、十数名に及ぶ妻と、それに倍する愛人が存在したが、その中で彼の血を受けた子供を産んだのは唯一人、現在彼のたった一人の夫人として残っているラリサだけであった。

それだけでも由々しきことであったというのに、ラリサ夫人が産んだ子供は女の子であった。

多くの子供たちを産んだとしても、そのうちの半数が成人すればいいほうだと言われた時代である。後継者がたった一人しかいないスピティア伯爵家では、ラリサ夫人が産んだ令嬢ファランディーヌを、それこそ風にも当てぬようにして大事に育ててきた。

その甲斐あって、ファランディーヌは、病弱ながらもなんとか一四歳になる現在まで、無事成長した。彼女に優秀な婿を取り、ニェツェルの後継者を得なければならない。

伯爵はかすかに笑みを浮かべながら、口を開いた。

「まだ独り身か。では、結婚のことは、考えているか?」

きたか、とティエトゥールは眼差しを上げた。直接の上司たる伯爵をいたずらに刺激したくはないが、断ることしか考えられない。

ティエトゥールにはアシェリーがいた。愛らしい少年のことを想うと、心が温かくなる。彼を愛している以上、伯爵の話は受けられない。

「考えないことはありませんが、まだもう少し先の話だと思っております」

当たり障りのない返事を、ティエトゥールは返した。いずれ、アシェリーを正式に落籍《ひか》した暁には、上司である伯爵にも報告しなくてはならないだろうが、実際にアシェリーと結婚できる状況になるまで、みだりに話す危険は冒せない。

ティエトゥールの答えに、伯爵は物慣れた大人らしく、鷹揚《おうよう》に頷いた。

「たしかに、まだ二十三歳とあっては、現実的な話とは考えられないだろう。だが、わたしは考えてほしいと思っている」

伯爵は、ティエトゥールの顔をじっと見つめながら、口を開いた。

「知ってのとおり、わたしには娘しかいない。常々、我が伯爵家のためには血筋ではなく、優秀な人物を婿に迎えたいと考えてきた。娘ももう、子供が望める歳になってきたからね。それで、どうだろう。君は、わたしの娘と……」

「お待ち下さい!」

非礼ではあったが、ティエトゥールは慌てて、伯爵の言葉を遮った。最後まで言わせてしまっては、儀礼上断れなくなってしまう。伯爵ほどの人物に娘を与える話を切り出され、その上で断ったとあっては、伯爵と、さらには令嬢の体面に傷がつく。そうなっては、恨みを買う。

「わたしは、結婚のことはまだ」

「考えられないと？」

そう言うと、伯爵は低い声で笑った。

「まあいい、急な話で、君も驚いただろう。だが、わたしの言いたいことは、わかっただろう、ん？」

「はい。わたしの思い上がりでなければ」

視線を伏せるティエトゥールに、伯爵は楽しそうな笑い声を上げた。

「もちろん、思い上がってなどいない。そうそう、もし、家柄を気にしているようならば、君とわたしは、クヴェンス伯爵の第一夫人を通じてとても近しい間柄でもある、と伝えておこう」

クヴェンス伯爵はスピティア伯爵と同じく、七将軍位を世襲で戴く名門だ。そして、ティエトゥールの母の妹、つまり叔母が第一夫人として嫁いでいる家でもある。そのことを、伯爵は仄《ほの》めかしたのだ。

「では、グラフィー君。君にも、いろいろ心積もりや、片付けなければならない問題もあるだろう。わたしは無粋な男ではないよ。じっくりと考える時間を、君にあげよう」

「……ありがとうございます」

「では、下がっていい」

「失礼いたします」

ティエトゥールは、深々と一礼すると、立ち上がり、執務室を後にした。静かに扉を閉め、深い溜息をつく。伯爵は、本気であった。

ティエトゥールは、自身の執務室に向かって、歩き出す。どう断ったら、伯爵の怒りを招かずにすむか。そう思いかけ、苦笑した。

怒りを買わずにすむはずがない。伯爵が掌中《しょうちゅう》の玉と慈しむ令嬢との縁談を断り、男娼を正夫人とするのだ。誇り高い伯爵が激怒するのは間違いない。

だが、ティエトゥールにアシェリー以外を伴侶とする考えはなかった。

いっそ軍を辞めるべきかもしれない。いずれにしろ、スピティア伯爵から縁談の話が来た以上、それを断るティエトゥールに将来はない。

縁談をより断りやすくするためにも、ここはきっぱり軍から身を引くのが上策とも言えた。

——となると、他に方便《たずき》の道を探らなくてはならないな。

ティエトゥールは思案した。貴族とはいえ、グラフィー家には領地はない。財産と言えば、亡父が遺したものがいくばくかある程度だ。

資産の程度によっては、それで田舎に領地を買うという方法もある。むろん、贅沢できるほどのものは買えないだろうが、アシェリーと二人暮らせるだけのものが得られれば、ティエトゥールには充分だ。

——もっとも、母には充分でないだろうが。


田舎に領地を買う程度では、母の贅沢を叶えることはできなくなるだろう。

だが、その程度の母親の文句ぐらい、アシェリーと共に過ごせることの代償としては、安いものだ。

大切なのは、アシェリーを伴侶にすることだ。

そう思い、ティエトゥールはとりあえず帰宅次第、資産状況を詳しく調べようと決意した。


なんとかなりそうだ。

そう当たりをつけ、ティエトゥールははやる気持ちを押さえ、自宅を出て、アシェリーの待つ娼館に向かった。

王都にある自宅を売り、それに、亡父の遺産を足せば、なんとか食べていけるだけの領地を田舎に購入できる。あとは、領地に住まう農民からの地代でやっていけるだろう。

アシェリーを身請けする資金は、こつこつと貯めたティエトゥール自身の資産がある。

アシェリーとティエトゥールを隔てる障害は、あとひとつだけであった。

これで母親さえ説得できれば、アシェリーを身請けできる。

軍という縛りを断ち切ると、ティエトゥールの心は軽くなった。

母は、田舎暮らしに埋没する貴族層をひどく馬鹿にしていたが、よけいな雑音もなく、愛する相手と共に過ごす田舎での暮らしは、ティエトゥールに温かな予感を感じさせた。

考えてみれば、軍に勤めていれば、遠征することも多い。地方の駐屯地《ちゅうとんち》に飛ばされることもままあった。そのたびに、アシェリーをクラティアに残しておかなくてはならない。

離れ離れになる日々は、国王が領土拡張の野心に燃えている現在、他のどの職種よりも多かった。

そう考えると、軍を辞め、田舎に引っ込むという選択は、なかなかの名案だ。これで心置きなく、アシェリーと暮らすことができる。

ティエトゥールはそうひとりごち、娼館の扉を開けた。

「いらっしゃいませ!」

明るい、複数の少年の声が出迎える。だが、ティエトゥールの姿が見えた瞬間、娼館の広間が静まりかえった。

目を見開き、あるいは口元を手で塞いで見上げてくる少年たちに、ティエトゥールはわずかに眉をひそめる。

「……なんだ?」

目の合った少年に、ティエトゥールは問いかけた。

しかし、少年は気まずそうに視線を逸《そ》らす。

不審に思ったティエトゥールは、広間を見回した。

早い時間で、まだティエトゥールの他に客はいない。

だが、そこにアシェリーの姿はなかった。また、娼館の外での仕事を求められたのだろうか。

ティエトゥールは、おどおどと視線を逸らし、俯いている少年の一人に、声を柔らかくして話しかけた。

「アシェリーは……」

言った瞬間、澄んだ声がティエトゥールを遮った。

「いないよ！」

声のする方向に顔を向けると、視線の先に、濡れたような漆黒の髪を長く伸ばした少年が立っている。ティエトゥールと同じく黒々とした瞳が、真っ直ぐにこちらを見つめていた。整った鼻梁は少女のように繊細だったが、その眼差しの鋭さは少年のものだ。

少年はゆっくりとした足取りでティエトゥールに近寄ると、言葉を続けた。

「アシェリーはもういない」

断定する口調に、ティエトゥールは眉間に皺を寄せる。

「もういない？　どういうことだ」

「お客さん、遅かったんだよ。身請けするならもっと早く、お母さんに話をつけなくちゃ」

そう言うと、少年の腕が、するりとティエトゥールの腕に巻きついた。

「ぼくは、イェニス。名前を聞いたことはあるだろう？」

「……ああ、友人たちが噂していた」

今クラティアで評判の男娼だと、話していたことを思い出す。

イェニスと名乗った少年は、にっこりと笑みを浮かべた。えもいわれぬ媚態が、眼差しから漂ってくる。

「よかった。お客さんのこと、ずっといいなって思っていたんだ。でも、一応仁義ってもんがあるからね。アシェリーがいる間はお客さんに声がかけられなくて、悔しかったんだよ。ぼくのほうが先に、お客さんに会っていればよかったのに」

「……その手を離してくれ」

「ダメ」

イェニスはいたずらっぽく微笑んだ。

「言ったでしょう？　アシェリーはもういないって。だから、新しい敵娼を選んでね。お客さんみたいに格好のいい人だったら、他の人にはやらないイイコトをいっぱいしてあげる」

「放せ！」

蠱惑的《こわく》に囁くイェニスの腕を、ティエトゥールは強引に外した。

「遅かったとはどういうことだ。アシェリーはどこに行った」

「知りたいの？」

上目使いに笑いながら、イェニスが訊《き》いてくる。楽しそうなイェニスに、ティエトゥールの焦燥が深まった。

「教えろ」

押し殺した声には、怒りの色が混じっている。気の弱い者が聞けば、それだけでなにもかも喋《しゃべ》ってしまうような怖さだ。

だが、イェニスは逆に、ふふふと笑った。

からかうように、どこか嘲るように笑いながら、イエニスはティエトゥールから顔を背ける。

「おい！」

呼ぶ声を無視し、女将を呼んだ。

「お母さん、お客さんだよ！」

奥から、女将が顔を覗かせた。

イエニスは、ティエトゥールにくるりと振り向く。

「お母さんから話を聞くといいよ。きっとアシェリーが、伝言を残していっただろうから」

好きなようにからかって背を向けたイェニスに、ティエトゥールは眉をひそめたが、女将の声に我に返った。

「女将、アシェリーは？」

女将は、軽く肩を竦めた。ティエトゥールは、イェニスの言がたちの悪い冗談だと思いたかった。

しかし、女将は朗らかに、何食わぬ顔をしてアシェリーが消えたことを告げる。

「あの子はもういませんよ。今、イェニスとお話していましたよね。どうですか、イェニスは。今日は珍しく、あの子も暇なんですよ。ま、暇っていってもすぐにお客がついちまいますけどね。だから、あの子を買うなら今のうちですよ、旦那」

「アシェリーはどこにいるんだ」

さらさらと話し続ける女将に、ティエトゥールは押し殺した声で問いかけた。何故誰も、はっきりと言ってくれないのか、焦燥が募る。

女将は、目をクルリと回して笑った。

「だから、いませんよ。イェニスもそう言っていたじゃありませんか」

「どこに行ったんだ」

「旦那にはもう、関わりのないところですよ」

「女将っ！」

ティエトゥールは声を上げた。胸の動悸が、痛いほど高まっている。関わりがないとは、どういうことだ。

ティエトゥールの頭の半分はそれを理解し、もう半分は知ることを拒んだ。

女将は溜息をついて、口を開いた。

「ですからね、身請けされたんですよ」

「……なに」

ティエトゥールの声が、震えた。

女将はそれに気づかない振りをして、嘲笑《ちょうしょう》混じりに続けた。

「ものすごい旦那があの子につきましてね、その旦那がどうしてもアシェリーを身請けしたいって仰るんですよ。あの子にとっても、もう二度とないようないい話だ。なにしろお相手は、そんじょそこらの貴族なんて敵《かな》わないほどのお金持ちで、おまけにもうお年寄り。子供たちは独立していてうるさいことは言いやしないし。どっかの家みたいに、邪魔な母親はいやしませんしね」

そう言って、女将は喉の奥で笑いを洩らした。

ティエトゥールは拳を握りしめた。

「――だからアシェリーを売ったのか」

押し殺した声音に、怒りが滲んでいる。

しかし、女将も、イェニス同様、それに怯むような女ではなかった。そんなことでは、こんな男娼館の女将など務まらない。

すいと姿勢を正し、軽やかな笑い声を上げる。

「いやですよ、旦那。そりゃ、あたしだって商売ですからね。儲けさせてもらいましたよ。でもね、あの子だって喜んで行ったんだ。あの子を買った旦那も喜び、あの子も喜び、あたしも喜ぶ。こんなに丸く収まった商売に、ケチをつけるのはやめて下さいまし」

「偽りを言うな！　アシェリーは、わたしを待つと言っていたんだ。いつまでも待つと」

怒りに震えるティエトゥールを、女将は大声で笑った。腹を抱えて笑い、涙を拭う。

「旦那、馬鹿ですねぇ。ここをどこだと思っているんですか。男娼館ですよ。娼婦の言うことをいちいち真に受けてるようじゃあ、旦那もまだまだですねぇ」

「なに！」

声を荒らげるティエトゥールに、女将は楽しげに言い放った。

「お客にうまいことを言うのは、この子たちの商売ですよ。そりゃあの子も、旦那しか大口のお客がいなけりゃ、旦那にいいことも言いますよ。でもね、それ以上の上客があの子を身請けするって言うなら、なにも旦那みたいな人に操を立てなきゃいけない道理もない。なにしろ本当のことを言えば、アシェリーは旦那に愛想を尽かしていたんだから」

「まさか。馬鹿なことを」

そんなことはない。女将の嘘だ。ティエトゥールの知っているアシェリーは、そんな見え透いた偽りを演じる少年ではない。

しかし、女将は鼻で笑うと、続けた。

「はっきりそう言っていましたよ。旦那には愛想が尽きた。うるさい母親と同居なんて真っ平ごめんだってね。新しい旦那がどんな贅沢だってさせてくれるっていうのに、グラフィーの旦那みたいな貧乏軍人のところに行ってもつまらないでしょう」

「アシェリーがそんなことを言うはずがない。わたしはよく知っている。そんな馬鹿な嘘を言っても、無駄だ。本当は、無理矢理アシェリーを売ったのだろう」

　女将はどうしようもないというふうに、肩を竦めた。

「本当にしつこい旦那だ」

　そう言って、懐から一通の封書を差し出す。

「これを見れば、あたしの言うことが本当だって、お信じになられるでしょう」

「これは……」

「アシェリーの筆蹟《て》でございましょう?」

　ティエトゥール様へ、そう書かれた文字は、たしかにアシェリーの筆跡だった。数回もらったことのある可愛い手紙の字と同じだ。

　ティエトゥールは、その封書を開いた。

　ティエトゥール様へ。

　そういって、手紙は始まっていた。

『ティエトゥール様へ
　この手紙を見ているということは、お母さんの言うことを信用なさらなかったのでしょうね。そんなに上手にティエトゥール様を騙すことができたのかと思うと、ちょっと得意な気持ちです』

　ティエトゥールの指が、ビクリと震えた。視線が、さらに先を読む。

　そこには、あけすけなアシェリーの気持ちが書かれていた。

　はなからティエトゥールに身請けされる気がなかったこと。うるさい母親と同居なんて考えられないこと。贅沢ができないのがつまらないこと。けれど、

今度の旦那は幾らでもアシェリーを遊ばせてくれるということ。

そして最後に。

『ティエトゥール様のお相手を務めるのは楽しかったです。やっぱり、若いお客様のほうがアレがお強いし。

でも、もうアシェリーは、新しい旦那様のものになったので、ぼくのことは諦めて下さい。だって、浮気なんてして追い出されたら困るもの。せっかくお金持ちの旦那を捕まえたのだから、どうか邪魔しないで下さい。

それでは、さようなら
アシェリー』

子供っぽいたどたどしい文面で、締めくくられていた。そのたどたどしさが、この手紙が偽りでないことを証明していた。文字も、たくさん間違えている。以前もらったアシェリーの手紙も、そうであった。

ティエトゥールの手が、だらりと落ちた。

グシャリと、手紙を握りしめる。

「旦那」

女将は、笑い混じりに声をかけた。

「わかったでしょう？　アシェリーも喜んで、新しい旦那についていったんだ。あの子はそりゃ、贅沢が好きでしたからね。お金持ちの旦那を捕まえられたのは、あの子にとっては僥倖でしたよ。イェニスのように甲斐性があった子じゃありませんからねぇ」

笑い声が、ティエトゥールに突き刺さる。

ティエトゥールは無言で、女将に背中を向けた。

黙って、館の扉を押し開け、外に出る。

「また来て下さいよ、旦那。今度は騙されないようにね！」

女将の嘲笑が、ティエトゥールを打ちのめすように、背中に叩きつけられた。

——アシェリー……。

手紙を握りしめたまま、ティエトゥールは無意識に、家路を辿っていた。

手紙の文面が、胸に突き刺さっている。

本当は、ティエトゥールを笑っていたのか。

もっと金持ちの旦那が現れればあっさりと乗り換える程度にしか、ティエトゥールを思ってくれていなかったのか。

本当に、この手紙が真実なのか。

「——お帰りなさい、ティエトゥール」

思わぬ早い帰りの息子に、母ミリンダがほっとしたように出迎える。

それにほとんど返事を返さず、ティエトゥールは自室に向かった。

扉を閉め、それから、書き物机の前に胡坐をかいて座り込む。手の中でグシャグシャになった手紙を見下ろした。

「アシェリー……」

机の上に手紙を広げる。つけた皺を、丁寧に掌で伸ばした。

——馬鹿みたい。

——贅沢が好きなの。

——だって、ティエトゥール様にはうるさいお母さんがいるんだもの。

あまり上手とはいえない字で書かれた文面が、目に付き刺さる。

これがアシェリーの本心なのか。あんなにいじましくティエトゥールに向けられた眼差しが、嘘だったというのだろうか。

『こうしてお会いできるだけで、ぼくは充分幸せですから』

そう言って、控え目に微笑んだのもすべて嘘だったのか。

ティエトゥールは、力任せに机を殴った。

そんなはずはないという思いと、手紙の文字が、ティエトゥールの心を惑わせる。

扉を叩く音がした。

「なんだ」

苛立ちを隠せない声で、ティエトゥールは答える。扉の外から、召使いの声が聞こえた。

「申し訳ございません。お夕食はいかがいたしましょう」

気がつけば、夜空に星が浮かんでいた。夕食の時刻であった。ティエトゥールは、溜息をついて立ち上がった。

「母上は？」

扉を開けて訊ねると、

「ティエトゥール様のお越しをお待ちになってらっしゃいます」

と答える。

行かないわけにはいくまい。

ティエトゥールは胸中の苛立ちを押さえて、階下に降りた。

「早くなさい、ティエトゥール。せっかくのお夕食が冷めてしまうわ」

ミリンダの声は、心なしか機嫌がいい。いつものように娼館に向かったはずの息子が、思いがけなく帰ってきたことが嬉しいのだろう。

いそいそと、ティエトゥールを手招いた。

「やっぱり、家での食事がいいでしょう？」

楽しそうなミリンダに、ティエトゥールは不機嫌に答えた。

「これからは、毎日家で食事をしますよ、母上」

「……まあ！」

ミリンダの声が、跳ね上がる。眉間に皺を寄せている息子の顔を、満足気に見つめていた。

「やっとあなたにも分別がついたのね。ええ、ええ、ああいうところに殿方がたまに行かれるのは、あたくしにもわかります。でも、毎日は感心できないわ。あなたにそれがわかって、本当によかった。安心しましたよ」

はしゃぎながらそう言い、チラリとティエトゥールを窺い見た。

「……それで、あの件は」

と、さすがに言葉を濁す。ティエトゥールは、苦しげに舌打ちした。

「終わりました。アシェリーは、他の男に身請けされましたよ。わたしよりずっと金持ちの老人にね」

「そう！」

ほっとしたミリンダの声が、明るい。

そうして、得々とした調子で話し始めた。

「やっぱり、男娼ね。身持ちが悪いったらないわ。あなたというものがありながら、他の人間の身請けを承知するなんて。グラフィー家が汚される前で、本当によかったこと」

「母上、アシェリーは」

「あら、あなたより、その金持ちの老人を選んだのでしょう？　さすがに男娼らしいいやらしい子ね。お金になびくなんて」

満足そうな笑い声を上げる。

「……アシェリーは違います」

「違いませんよ。おまえというものがありながら、他の者に買われたのですから」

「違います！」

激しい口調に、ミリンダは軽く目を見張った。

「その汚らわしい館の主人が、アシェリーの意思を無視して、老人に売ったの？」

不思議そうに訊いてくる。

「……違います」

ティエトゥールは声を押し殺した。落籍《ひか》される先を、選んだのはアシェリーだ。

「それなら、アシェリーという子は自分から、あなたではなく金持ちの老人を選んだのでしょう。汚らわしい子じゃありませんか」

「違う……」

「ティエトゥール、目を覚ましなさい！　汚らわしい男娼は、やっぱり心根まで汚れているのよ。おまえが身請けすると言っていたのに、金に目が眩《くら》んで」

満足そうな笑い声を、ミリンダが上げる。

ティエトゥールは、拳を握りしめた。違うと反論したいのだが、それがアシェリーの本心だと、あの手紙が雄弁に語っている。

自分の思い通りの展開になり、ミリンダは楽しそうだ。よほど、嫌っていたのだろう。悪《あ》し様《ざま》に、アシェリーを罵り続けた。

「心根の卑しい子だと早めにわかってよかったわ。我が家に入れてから本性に気づいたら、どんな目にあわされたことか」

「……母上」

「やっぱり、しょせん男娼ね。お金に汚いなんて、これだから身分の低い人間は困るのよ」

「……母上」

「ああでも、あなたが馬鹿なことをする前に目を覚まさせてくれたのはよかったこと。ほほ、ひとつくらいはいいところもあったのね」

「母上、いい加減にして下さい！」

たまりかねたティエトゥールは、卓子《テーブル》を叩いて怒声を上げた。

「気分が悪いので、失礼します。母上はどうぞ、食事をお続け下さい」

怒りの滲んだ声で吐き捨てると、ティエトゥールは強張った背をミリンダに向け、出て行った。そのまま、召使いたちの顔も見ずに、階段を上がり、自室に戻る。大きな音を立てて扉を閉め、くそっと罵《ば》声《せい》を上げた。

ミリンダになにがわかる。

実際はアシェリーがどんな子であったか、母にはけしてわかるまい。ティエトゥールの目を覚まさせたのが唯一のよいことだなどと……。

ティエトゥールは、はっとした。

――目を覚まさせたのが、唯一のよい行為。

「目を覚ます……」

ティエトゥールは呟いた。机の上にのったままの手紙を、じっと見つめる。

面白おかしく書かれた手紙。あっけらかんとしてお金持ちが好きだと書かれた手紙。

まさか、とティエトゥールは手紙を見つめた。

考えてみれば、女将の態度も腑に落ちない。

アシェリーが他の男に身請けされたとしても、ティエトゥールが客であることには変わりない。他の娼館を知っているわけではないが、少なくともこういう場合、袖にされたほうの客を逃さないよう、逆に機嫌をとろうとするものではないのか。

それなのに、女将がしたことは、反対だ。まるで、わざとティエトゥールを怒らせようとするかのように嘲笑い、アシェリーのものだというひどい言葉を投げつけた。

案の定、ティエトゥールはなにも考えることができず、娼館を出て行った。

——それが、女将の狙《ねら》いだったとしたら。


ティエトゥールは、机の上の手紙を手に取った。この汚い文面の手紙も、アシェリーの言葉も、すべてはティエトゥールをあの娼館から遠ざけようという意図があるのだとしたら。

「アシェリー……！」

そうしてほしいと望んだのは、アシェリーであるとしか考えられない。女将にしてみれば、ティエトゥールという客をひとり逃す行為なのだ。

アシェリーが、ティエトゥールを遠ざけようとした。そう考えるとしっくりくる。

「だとしたら、アシェリー……どうして……」

なぜ、他の男に身請けされたのだ。身請けされなければならない事情が、アシェリーにはあったのか。だがそれなら、どうしてティエトゥールに一言相談してくれなかった。

困っていると相談してくれたら、身請けなどという方法をとらずとも、なにかよい手が浮かんだかもしれないものを。

「おれはそんなに、頼りなかったか……」

力なく、ティエトゥールは問いかけた。肝心なことを相談する気にもなれないほど、自分は頼りない男なのだろうか。

そうかもしれない、とティエトゥールは思った。頼りないと思ったからこそ、アシェリーは自分一人で動いたのだ。それだけではなく、残されるティエトゥールが未練を抱かなくてもすむように、こうしてアシェリー自身を悪者にすることまで、彼は実行していった。

「アシェリー、そんなにおれは頼りなかったか……」

呟きは、室内の闇に消えた。

何故、手をこまねいて、アシェリーを請け出さないままでいたのだろう。母の反対など意にかけず、さっさとアシェリーを身請けしておけばよかったのだ。

『身請けするならもっと早く、お母さんに話をつけなくちゃ』

イェニスの言葉が脳裏に蘇る。

そうすれば、今ティエトゥールの隣には、アシェリーがいた。

しかし、ティエトゥールは周囲の説得にこだわり、アシェリーを苦界から助け出すことを後回しにしてしまった。アシェリーのやさしさに甘えて。

これは、その当然の罰だ。愚かさの代償は、あまりに高価であった。

自分は順番を間違えたのだ。

「アシェリー……」

最後に、こんな言葉まで書かせて。自分はなんというひどい男だったのだ。

ティエトゥールは獣のような声で呻き、床にうずくまった。

アシェリーは他の男に買われてしまった。

あんなにいとしいと思っていたのに、他の男を客に取ることを許し、身請けする時を先延ばしにしていたティエトゥール自身の過失のせいで、いとしい宝は失われた。

自分はなんと愚かだったのか。普通の結婚にこだわりすぎ、アシェリーを逃してしまった。

愚かで陳腐な、価値感のために。

ティエトゥールは呻き、手紙を抱きしめ続けた。

§第十章

馬車が停まった様子に、アシェリーは車窓から外に視線を移した。

「これは……」

周囲を高い塀で囲まれた敷地の門前で、馬車は停まっていた。

ナ・クラティス王国から馬車で三日ほどの距離にある沿岸諸王国を構成する候国のひとつ、ドゥアラ候国の都マルサラである。

沿岸諸王国は、元はナ・クラティス王国もその内に含んでいた諸候国による連合王国である。しかし、聖暦九六五年にナ・クラティス王国が分離独立すると、次々と他の君候国を侵略され、現在では往時の半分の領土に縮小を余儀なくされていた。

ドゥアラ候国はナ・クラティス王国と国境を接している候国である。それだけに、舵取りの難しい立場に置かれていた。

そんな情勢を知る由《よし》もないアシェリーは、内側から重々しく開かれる門扉をじっと見つめていた。

「この国でのわたしの屋敷だ」

向かい側から、タフナーが声をかけた。アシェリーはタフナーに視線を移し、「そうですか」と呟いた。

タフナーは相変わらず、好々爺《こうこうや》然として柔和な笑みを口元にたたえている。アシェリーはぎこちなく視線を落とした。

ナ・クラティス王国の王都クラティアを発《た》ってから、宿に泊まるたびにアシェリーは身構えていたが、タフナーがアシェリーの寝室に入ってくることは一度もなかった。夜、アシェリーを抱くことも、昼、馬車の中で玩ぶこともなく、タフナーはまるで孫と一緒に旅をしている老爺のごとくアシェリーと旅をし、妾としての役割の一切をさせない。

大金でもって購《あがな》ったというのに、腑に落ちないタフナーの行動の不可解さに、アシェリーは困惑していた。

どう振る舞うべきなのだろうか。タフナーに言われずとも、アシェリーから寝所に侍《はべ》り、その欲望に奉仕するべきなのだろうか。

答えのはっきりしない居心地の悪さに、アシェリーはタフナーの顔をまともに見ることもできかねるようになっていた。

門が開くと、馬車が再び走り出す。軽い音を立てて、屋敷の敷地内に入っていった。


「……ずいぶん広いお屋敷ですね、旦那様」

じきに停まると思っていた馬車だが、停まる様子がない。外を見ると、瀟洒《しょうしゃ》な庭園が広がっていた。

「小なりといえども一国の都ともなれば、相応に騒がしいからね。せめて庭で遮らなくては、うるさくてかなわない」

タフナーはそう言って、ゆったりと微笑んだ。

「そうそう。屋敷に着く前に、ひとつ教えておかなくてはならなかったな」

「なんでございましょう」

「うん。わたしの名のことなのだがな、タフナーというのはあの場だけの仮の名でな、本当はベネットという。ソースティン・ベネットだ」

「……え？」

初めて聞かされた名に、アシェリーは目を見開いた。世事に疎いアシェリーでも、ベネットという名には聞き覚えがある。東大陸一帯に名の知れた豪商だ。

まさかの思いに、アシェリーは目を瞠《みは》った。

タフナー、いや、ベネットは鷹揚に笑みを浮かべて、アシェリーを眺めている。柔和な表情はやさしくはあるが、容易に内心を窺わせない。

そうと感じ取れば、最初にアシェリーを呼び寄せたクラティアの屋敷も、地味なしつらえながらそこかしこに贅沢さを感じさせる作りになっていた。一介の商人が持ち得ない、神官による特別な呪文《じゅもん》が施された念灯がふんだんに使われ、そのことに、アシェリーは不審を覚えたことを思い出す。

しかし、何故そのような豪商が、アシェリーがいたおよそ高級とはいえない娼館に足を運んだのか。ソースティン・ベネットほどの豪商であれば、クラティアのどんな高価な娼館でも、喜んでこの男を迎えただろう。

それに、アシェリーは、自身がいた中の上程度の娼館でも、売れっ子と言えるほどの男娼ではなかった。馴染みの客も数えるほどであったし、その数少ない馴染みの客たちも、けして金を持っているとはいいがたい連中ばかりだ。連日通ってくれたティエトゥールでさえ、豊かとはいえない懐具合であった。

アシェリーはベネットにわからないよう、かすかに眉をひそめた。思い出してはいけない。ティエトゥールのことは胸の奥底にしまって、しっかり鍵《かぎ》をかけて沈めておかなくてはならない。今はもう、アシェリーはベネットのものなのだ。ティエトゥールの手を振り切って、ベネットを選んだのは、他ならない、アシェリー自身であった。

これから、アシェリーが考えるべき人はベネットのことだけ。この初老の男を主人と仰ぎ、大金を叩《はた》いて落籍《ひか》してくれた代償として、誠心誠意仕えるのだ。

「どうした、アシェリー」

ベネットのやさしい声が、アシェリーの物思いを破った。

「……いえ、驚いてしまって」

ようようそれだけを口にする。ベネットは、動揺しているアシェリーをなだめるように、目尻を和ませ、アシェリーの膝を撫でた。

「今まで教えなくて悪かったね」

「いいえ、とんでもございません。ただ、どうして旦那様のようなお方が、ぼくのようなつまらない者にお目を留められたのか。そのことが不思議で……」

口に出して問うと、よけいに自分がここにいてもいいものかわからなくなってくる。

アシェリーは娼館に入った当初から売れっ子ではなかったし、その後もずっと売れっ子ではなかった。かろうじてあの館にいることを許されている、そんなぎりぎりの稼ぎしかない男娼だ。

思えば、アシェリーにティエトゥールが目を留めてくれたのは、夢のような僥倖《ぎょうこう》だったといえる。

アシェリーは慌てて首を振った。いけない。ティエトゥールのことは忘れなければ。

膝に落ちた手を、ベネットが軽く握ってくる。

「そんなふうに肩を落とすのはやめなさい、アシェリー。おまえは魅力的だ。とても美しい」

「そんな……」

美しさでいえば、クラティアでも評判を取った館一の売れっ子イェニスのほうがずっと美しい。きらきらときらめく輝きは、男たちの目を惹きつけてやまなかった。

アシェリーは自分が醜い顔立ちでこそないが、人の目を惹きつけるだけの美しさもない、地味でつまらない男娼だと知っている。

しかしベネットは、アシェリーを励ますように、握っている手をやさしく揺すぶった。

「おまえはまだ、海の底で眠っている真珠だ。深い海に隠された真珠の美しさに気づく者はめったにいない。けれど、ひとたび地上に現れ日の光を浴びれば、おまえほど美しい者は他にいないことを誰もが知る。さあアシェリー」

ベネットは外を見るよう、アシェリーを促した。

車窓から外を覗くと、青々とした緑に囲まれた屋敷が近づいてくるのが目に入る。

ドゥアラ候国に入ってからよく見た朱塗りの派手な建物とは違う、爽《さわ》やかな木の香りが漂ってくるような、木目の美しさをそのまま生かした瀟洒な屋敷だ。派手さはないが、凜《りん》とした佇まいが芳しい初夏の季節を思わせ、美しかった。

「まるでおまえのようだろう、アシェリー」

「ぼく……?」

思わずベネットの顔を見返すと、ベネットは微笑んで頷いた。

「派手さはないが、人肌の温もりがあるいい屋敷だろう。わたしが求めているのも、そういう美しさだ。浮ついた美しさなど、徒花《あだばな》のようなもの。それより、己の掌の中で慎ましく可憐に咲く花のほうを、男は愛するものだ」

「旦那様……」

「もっと自信を持ちなさい、アシェリー。おまえは美しい。この屋敷で美しいものだけを見て、おまえが生まれながらに持つ美しさを、さらに磨きなさい」

言いながら、ベネットはアシェリーの髪をいとおしげに撫でた。

「この朝の光のような金の髪も、新緑の若葉のような翠の瞳も、さくらんぼのような唇も、おまえほど美しい子は二人といない。この屋敷の主人はおまえだよ、アシェリー」

馬車が、屋敷の前で停まる。ベネットに導かれて降りながら、アシェリーはおどおどと辺りを見回した。玄関前にはずらりと並んだ使用人が、恭《うやうや》しく頭を下げている。

ベネットの陰に隠れようとするアシェリーを、ベネットは軽く押し出した。

「お帰りなさいませ、旦那様、アシェリー様」

使用人頭らしい男が進み出て、挨拶する。男の目はベネットとアシェリーを等分に見やったが、その目の温かさはアシェリーに向けても変わらなかった。

「長旅でお疲れでございましょう。湯の用意が整っております。どうぞ埃をお落とし下さいませ」

そう言って、使用人頭はアシェリーとベネットを別々の湯殿に案内する。

湯殿にはアシェリーの世話をする小者が待っており、その世話で汚れを落とした後は、旅の疲れを癒すべきだというベネットの命令で、夕刻までのひと時を昼寝に当てられる。

それぞれに違う使用人、さらに、アシェリー付きの小間使いまで付けられ、アシェリーは戸惑いながらも、ベネットの指示に従い寝台に身を横たえた。

今休めということは、今宵はベネットのお呼びがかかるのだろう。胸の奥がツキリと痛んだが、アシェリーはしいて目を瞑り、枕に顔を埋めた。


しかしその夜、ベネットとの和やかな夕食の後、アシェリーが寝所に呼ばれることはなかった。次の日も、またその次の日も。

代わりに、アシェリーの元には教師が送り込まれた。正式な沿岸諸王国共通語の会話、読み書き、楽器、礼儀作法、読む本も決められ、夜には昼間学習したことに即した会話をベネットと交わす。どれだけアシェリーが学んだか、吸収したかを日々確認しているようだった。

さらに、時にはベネットとお茶を楽しみながら、屋敷内の装飾や庭園についての話を聞く時もある。日によってお茶を飲む部屋は違い、今日はあの部屋、今日はかの部屋とそれぞれに趣きの違う部屋で、絨毯の種類、飾られた絵の作者、家具の生産年代やその様式などの話をベネットから聞かされる。

気がつくと、ベネットに触れられないままに半年の月日が経っていた。

アシェリーは読みかけの本を膝に置き、窓の外を見上げた。この半年の間に、季節は春から秋に変わっている。屋敷から見える庭園の木々も、秋らしく色を変えていた。

アシェリーの肩から、金の髪が零れ落ちる。ベネットの求めで伸ばし続けた髪も、この半年で肩を覆い、胸に落ちるか落ちないかまでの長さになっていた。

そのひと房を指で玩ぶと、滑らかな触り心地で指の間をすり抜けていく。髪も、全身の肌も、爪の先一本まで、アシェリーの身体はベネットの使用人によって磨き抜かれていた。爪などは、どんな染料でも染めていないのに、つねに桜色に滑らかに光を反射している。

しかし、この身体にベネットが触れることはなかった。いったいどういうつもりなのだろう。

ベネットに抱かれたのは、クラティアの娼館で最初に買われた、ただそれ一度きりであった。その時も、ねちっこく朝まで求められたわけではない。拍子抜けするほど淡白な、一度アシェリーの中で果てただけで、ベネットはアシェリーを解放している。

大金を支払い、アシェリーを購った後はまったく触れていない。軽く身体をまさぐられることも、口づけさえもなく、話の途中に手を握られたり、膝を叩かれたりするのがせいぜいのていたらくである。

アシェリーのこの半年の暮らしは、妾というよりはまるで息子のようであった。

いや、年齢的な開きを考えると、孫というべきだろうか。ようやく引き取った孫を溺愛《できあい》する老人のように、ベネットはアシェリーに様々な教育を施し、その身体を丁寧に磨き上げていた。

召使いたちも、ベネットの命令がよく行き届いているのか、アシェリーを男娼と侮る者はなく、下にもおかぬ扱いで仕えている。最初はおどおどと、居心地悪そうにしていたアシェリーも、屋敷内の歓迎する雰囲気に警戒を解き、彼らにものを頼むのもしだいに苦にならなくなっていた。

けれどもアシェリーは、こんな呑気《のんき》な暮らしがいつまでも続くとは思っていない。それどころか、なにも求められずに、まるで貴族の子弟のような優雅な毎日が続けば続くほど、胸の底に根拠のない不安が溜まっていった。

　自分の人生に、こんな幸運が続くわけがない。

　そんな確信が、アシェリーの中にはある。

　貧農に生まれ、幼くして娼家に売られ、そこでも売れっ子になるわけでなく吐き気がするような男たちに日々抱かれ続けてきた。

　愛する人も、今はもういない……。

　アシェリーはぼんやりと、絨毯の模様を目で辿っていた。無意味な作業は、心を空っぽにしてくれる。こうしていれば、考えなくてもよいことを考えずにすむ。

　胸の奥がほんの少し痛んだが、そのかすかな痛みはアシェリーの眉をわずかにひそめさせただけで、じきにどこかに消えてしまった。

　ベネットのことだけを考える。これほどまでにアシェリーによくしてくれるベネットのことだけを、アシェリーは考えようとした。

　おやさしい旦那様のために、自分はなにができるだろうか。なにをするべきだと求められているのだろうか。

　なにも言わないベネットに代わり、アシェリーは必死で考えようとした。答えは出ないとわかっていたが、そうしていれば、他のよけいなことを考える余地が消えていく。

「……旦那様、アシェリーはなにをしたらよいのでしょうか。どうすれば、こんなによくしていただいたご恩をお返しすることができるのでしょう」

　呟きは、豊かな室内に沈んで消えた。

　いずれにしろ、アシェリーはベネットの指示に従うまでだ。そう思いながら、アシェリーは読みかけの本を再び手に取った。ドゥアラ侯国に関する歴史の本だ。

　元々簡単な読み書きならなんとかこなせていたアシェリーは、ベネットの与えた教師たちからの教えを急速に吸収していた。今では、半年前のようなたどたどしい文字ではなく、優雅な飾り文字で詩を書くこともできる。教養として必要な本を読む能力も、手に入れていた。

その他にも楽器と歌、ちょっとした絵を書いたりもできる。特に歌は、元々娼館でも学んでいたがそれがさらに磨かれ、聴く者の心を心地よく和ませるものになっていた。よく夕食の後に請われ、ベネットのために歌っていた。

「失礼いたします」

扉口から、使用人頭の声が聞こえた。本に集中しようとしていたアシェリーはそれを中断し、声のしたほうに視線を向けた。

「おくつろぎのところ、邪魔をして申し訳ありません。旦那様がお呼びでございます」

「わかりました。ありがとう」

本の間に栞を挟んで、アシェリーは立ち上がった。こんな昼間にベネットに呼ばれるのは珍しい。いったいどんな用事なのだろう。

そう思いながら、アシェリーは使用人頭の後に従い、主人の元に向かった。

この日、ベネットは書斎にいた。

「旦那様、お呼びと窺いましたが」

窓から外を眺めているベネットに、そっと話しかける。ベネットはいつもの好々爺然とした微笑で、振り返った。

「おお、アシェリー。今、湯殿の準備をさせているから、出来次第すぐに入りなさい」

「え……？」

昼間から湯に入れとは、どういうことだろう。

首を傾げるアシェリーに、ベネットは機嫌よさそうに話しかける。

「念入りに身体を洗うのだよ、アシェリー。それから、この間仕立てさせた青の衣装を着なさい。同じ生地の紐で髪を縛って、いや、垂らしたほうがいいか」

そう言って、思案するように顎に指を当てる。

「うん、垂らしているほうがいい。耳に真珠と銀で作った飾りも忘れずにな」

「は、はい」

どこか高揚したようなベネットの様子が、訝《いぶか》しい。戸惑うアシェリーに、ベネットが苦笑した。

「すまんな、つい慌ててしまって」

ベネットは歩み寄り、アシェリーの頬をやさしく撫でた。

「今日、我が家に貴人がお見えになる」

「貴人……」

「そうだ。この国で、最も尊いお方だ」

アシェリーはわずかに目を見開いた。最も尊い、そういう言い方ができるのはただ一人しかいない。この屋敷のあるドゥアラ侯国の侯主《こうしゅ》だ。

「そんなお方が、こちらに？」

ソースティン・ベネットは大陸で一、二を争う豪商ではあるが、貴族ではない。そんな一介の商人の元に、その国で最も尊い貴人が足を運ぶなどということがあるだろうか。

ベネットはわけありげに目尻を和ませた。

「もちろん、公式なご訪問ではない。中央神殿にご参詣の帰り、たまたま具合が悪くなられ、たまたま我が家が近くにあるということになる。おまえは、侯主様にお茶を差し上げておくれ」

アシェリーは黙然と、ベネットを見上げた。なんの利益もなく、ベネットが侯主の行幸を仰ぐわけがない。偶然を装って、この屋敷に侯主を招くために、どれほどの代価を支払ったことだろう。

それでも、それだけの価値があると、ベネットは踏んだのだ。おそらく、アシェリーを侯主にまみえさせるために。

「おまえは侯主様にお茶を差し上げる。ただそれだけだ」

噛んで含めるように、ベネットが言う。だがその執拗な言い方で、アシェリーは悟った。この日のために、自分は買われたのだ。

だいそれた考えに、アシェリーの身体の芯が震える。よりにもよって一国の侯主に、名もない娼館のさほど売れっ子でもなかったアシェリーを捧《ささ》げようというのだ。本当にそんなことが可能と、ベネットは思っているのだろうか。

恐る恐るベネットの目を覗き込むと、口元は微笑んでいるのに、目は顔の表情とは裏腹に冷たくアシェリーを見据えている。

仕損じることは許されないことを、アシェリーは瞬時に理解した。今この時のために、アシェリーは半年に亘《わた》って『準備』されたのだ。

ベネットは目を細めて、アシェリーを見つめていた。

「大丈夫だ。おまえは美しい。ゆかしい真珠の美しさを、侯主はきっとお気に召すだろう」

肩を撫でられ、アシェリーは身を震わせた。

「さ、身を清め、侯主のために装いなさい」

「……はい」

肩を押され、振り向かされる。背後では、湯殿の準備ができたと使用人が待っていた。

青白い顔をしたアシェリーは命じられるままに、召使いの後に従うしかなかった。


「あばら家でございますが、侯主様のご休息にお使いいただけましたなら、末代までの誉れにございます」

ベネットは平伏し、侯主一行を屋敷に案内する。

そのざわめきを屋敷の奥で感じながら、アシェリーは震える指を握り締めていた。絶対に無理だとしか思えない。

アシェリーは貴族の子弟ではない。ナ・クラティス王国辺境の貧しい村、その村でもさらに貧しい農家の息子だ。身分は、平民の中でも最下層といってよい。さらにその後娼家に売られ、五年間、客を取ってきた。品のない、下卑た男たちばかりの五年間だ。

そのアシェリーが、ドゥアラ侯国の侯主に仕える？　冗談でもありえない。

しかし、ソースティン・ベネットは大陸有数の豪商だ。その彼の計算がアシェリーを選んだというのなら、勝算があるのだろう。

おずおずと立ち上がると、アシェリーは鏡台の布を取った。磨かれた鏡の中に、アシェリーの姿が映る。

柔らかな金の髪が、地味な刺繍《ししゅう》を施された青い長衣に零れ落ちていた。けして豪華ではない衣装、身を飾る宝石も、耳から垂れた銀細工で装飾された真珠の連なりだけだ。

けれども、その飾り気のなさが逆に、アシェリーの美しさを引き立てていた。澄んだ翠の瞳は恐怖のせいで見開かれ、アシェリー自身は気づかなかったが、その痛々しさが見る者の庇護欲を掻き立てる。

背後の扉が静かに叩かれ、アシェリーはビクリと背筋を震わせた。

「アシェリー様、お茶のお仕度ができました」

「……はい」

声が掠れている。アシェリーはぎこちなく、召使いの後に従った。

恐ろしい。侯主に自分を見せ、それから？

それを考えると、あまりに恐れ多いことにアシェリーの思考が止まってしまう。

扉口の前で、召使いからお茶の道具を載せたお盆を渡される。それを持つ手がカタカタと震え、上に載った陶器が小さく音を立てていた。

「――アシェリー様」

それに気づいた召使い頭が囁いた。

「旦那様は、けしておやさしいばかりではございません。これに失敗なされば、アシェリー様はわたくしどもにお下げ渡しになられることになっております」

アシェリーは小さく息を呑んだ。無理にも召使い頭を見上げると、その目にははっきりと欲情が浮かんでいた。

「楽しみにしております」

淫靡に目を細められる。

この屋敷だけで、いったいどれだけの男たちが使われていることだろう。上級の召使い、料理人、庭師、馬丁、さらに、有象無象の仕事をする下男たち――。

侯主にうまく気に入られなければ、アシェリーはこの屋敷の使用人たち専属の男娼になる。

身の内が嫌悪に震えた。

そもそも、このような屋敷の使用人というのは、奴隷が多い。家に買われ、家に飼われる連中だ。

当然、その中で結婚できる人間は少ない。主人の許しがなければ、男女の召使い同士で契ることはありえなかった。子供ができて、よけいな食い扶持が増えることを、主人側が嫌うからだ。それ故、同性同士の行為は、召使い連中の間では常駐化していた。

そこに、専用の娼婦として、アシェリーが放り込まれる。今まで、下にも置かぬ扱いを受けていたアシェリーに対して、召使いたちがなにをどう感じているか、想像できないほどアシェリーも鈍くはない。アシェリーの前身も、本当の身分も、彼らはとっくに知っているだろう。知っていながら、高貴な少年に仕えるかのごとく、仕えてきたのだ。

そのアシェリーを好きにしてよいと主人に言われれば、どんな振る舞いを強いるか、たとえ愚か者であっても想像できる。

ましてや、この屋敷に仕えるような『使用人』という階層の男に、アシェリーは身を任せたことはなかった。クラティアの娼館は高級ではないとはいえ、けして場末の娼館ではなかったし、アシェリーを買った男たちは様々いたが、皆、それなりに小金を持った階層であった。

また娼館自体も、奇抜な行為を売りにしているところではなかったため、基本的に身売りする時は男娼一人に対し、客は一人だ。

しかし、この屋敷ではそんな甘いことは許されないだろう。複数の男たち、それも、普段から性的な行為に飢えている男たちに、それ専用の玩具として与えられる。娼館にいた時のような上品なことなど、望むべくもない。

投げ与えられてしばらくの間は、夜の間中、場合によっては昼間でも、仕事が休みの者がいれば、使用人の男たちによる陵辱が続くだろう。

そして、それを助けてくれる者は誰もいない。

――ティエトゥール様。

心の内で、アシェリーは呟いた。

だが、ティエトゥールの手を振り払ったのは、アシェリーだ。たとえどんな目に遭っても、ティエトゥールに助けを求められる道理がない。もしも、侯主の心に適わずベネットの不興を買い、召使いたちに下げ渡されたとしても、アシェリーはそのすべてを甘んじて受け入れなくてはならない。

少なくとも、ベネットの元に行くことで、アシェリーの実家は救われた。たった一つでも救うことができたなら、他になにも望むことはない。愛する人を諦めた時、アシェリーのすべては終わったのだ。

アシェリーの手の震えが止まった。

そうだ。なにも恐れることはない。

たとえ侯主に気に入られなくても、そのために使用人たちの性奴に落とされても、泣くことはないし、怯えることもない。

すべては自分が招いたこと。誰も恨みようもなく、また、どこかに逃げてよいものではない。

「よろしいですか、アシェリー様」

震えの止まったアシェリーを見下ろし、召使い頭が問いかけた。

「けっこうです」

真っ直ぐに扉に向けられた翠の瞳は、動揺も怯えもなく、ただ静かに自らの運命を見つめていた。

お茶の道具を手にしたアシェリーに代わり、召使い頭が扉を開く。

アシェリーは教えられた作法どおりに頭を下げ、ゆっくりと室内に足を踏み入れた。

視線は上げず、伏して、上座に向かう。

落とした視線に宝石で飾られた沓《くつ》が入り、アシェリーは静かに膝をついた。

「お茶をお持ちいたしました」

声は小さく、よく耳を澄まさなくては聞き取れないくらいだ。アシェリーは顔を伏せたまま、侯主に向けて茶を差し出した。

許しがあるまで、高貴な人の顔を見てはならない。教えられた作法どおりの振る舞いだ。

退屈そうにベネットと歓談していた侯主は、面倒だと思いつつ差し出された茶に手を伸ばそうとした。

しかし、その手が途中で止まる。

「なんと……」

若々しい声が、アシェリーの頭上から落ちてきた。

「これほど見事な金色の髪、初めて見た。顔を上げよ」

「……恐れ多いことです」

アシェリーは辞退する。この場合、何度か辞退するのが作法に適っていた。

「かまわぬ。どんな顔をしているのか、見てみたい」

アシェリーは無言で茶を捧げ上げ、わずかに後ろに下がった。

「アシェリー、侯主様の仰せだ。顔を上げなさい」

ベネットからも言われ、ようやくアシェリーは顔を上げた。それでも、視線は伏せたままだ。

だが、その目が澄んだ翠をしているのは、侯主にもわかった。透明感のある、どんな貴石よりも美しい翠の瞳。けれども、なんと寂しそうな色をしていることだろう。

「粗茶でございます」

差し出された茶を、今度は侯主は受け取った。

「なるほど、これがそなたの秘蔵の宝石か」

「恐れ入ります」

ベネットが平伏する。それに苦笑しながら、侯主はアシェリーを手招いた。

「ちこうよれ」

「……はい」

わずかに前に進むと、焦れったそうに手を摑まれた。

「あっ……！」

「もっと近くだ」

有無を言わせずに目の前まで腕を引かれる。思わず、アシェリーは侯主の顔を見上げた。

「近くで見ると極上の翡翠《ひすい》のようだな、そなたの目は」

「恐れ入りま……あっ」

侯主の手が、長衣の前を乱暴にはだけた。さらに中に着ていた肌着の帯を解き、素肌を剝き出しにする。

「……なんという肌の白さだ」

乳白色の柔らかな肌に、薄く色づいた胸の実が控え目に存在している。黒髪黒瞳が主体の沿岸諸王国にも色白な者がいないわけではないが、これほどの透明感のある白さ、可憐な色をした胸をもつ者は見たことがない。

「名はアシェリーというか。アシェリー、すべてを見せろ」

「……はい」

アシェリーはすでにはだけられていた長衣を、中の肌着ごと脱ぎ落とした。それから立ち上がり、侯主の前に立つと、下穿きを結わえる腰紐に手をかける。

室内にいるのは、侯主とベネットだけだ。

目を閉じると、ひと息に腰紐を取った。止めるもののなくなった下穿きがスルスルと足元に落ちていく。

「……ほぉ」

侯主の感嘆の声に、アシェリーは耳元まで赤くなった。だが、侯主に捧げられる供物が、自分の役割だ。

目を開け、足首から下穿きを抜くと、生まれたままの姿を侯主に晒した。

「下生えまで金色をしている……」

侯主が、アシェリーを手招いた。おとなしく傍に行き膝をつくと、抱き寄せられた。

「ベネット、しばらく席を外せ」

「かしこまりました」

アシェリーの背後でベネットが恭しく平伏し、去っていく。

扉が閉まるのを確認して、侯主はアシェリーの顎を指で上げた。

「金の少年は、どんな味がするか……」

口づけの予感にアシェリーは目を瞑り、黙って侯主に身を任せた。

§第十一章

「……くそっ」

馬から下りたティエトゥールは、地面を蹴り上げると口汚く罵った。

アシェリーの行方は、杳《よう》として知れなかった。娼館の女将は頑として口を割らず、館の男娼たちも女将の薫陶が行き届いているのか、アシェリーを落籍《ひか》した男についてなにも語らない。

なんとか、落籍《ひか》される前のアシェリーの様子を探り、数日前に館の外に客をもてなしに行ったことを摑んだが、今日、その館に向かってみれば、中はもぬけの殻であった。女将はいったい、誰にアシェリーを売ったのか。

「お帰りなさい、ティエトゥール」

いそいそと出迎える母親を、じろりと睨《にら》む。そのまま黙って、ティエトゥールは自室に向かった。

「ティエトゥール、待ちなさい！」

ヒステリックに叫ぶ母親を綺麗に無視し、ティエトゥールは自室の扉を閉めた。あの日から、ティエトゥールの心から母親に対する最低限の礼儀すら消えていた。

あの女、とティエトゥールは吐き捨てる。父親から請け負った負債ともいえる、あの女。

母だ息子だと、世間の流儀に従った結果が、これである。ティエトゥールはアシェリーを失い、ことによったら永遠に失った。益体もない母親に拘《こだわ》ったばかりに。

アシェリーを失ったあの日から、ティエトゥールは少しずつ、変質しつつある自分を感じ取っていた。堅物で生真面目。それが定冠詞であった自身が、少しずつ形を変えようとしている。

欲しければ、奪えばよかった。いや、奪うべきであった。アシェリーを真実失いたくなかったのなら、誰がなんと言おうとも、皆が反対しようとも、さっさと奪うべきだった。

それをしようともせず綺麗事ばかりを並べていた己が愚かだったのだ。愚かさの報いは、したたかにティエトゥールの心を痛めつけていた。

しかし、アシェリーを諦めるつもりは毛頭ない。今はこの手から失われてしまったが、必ずいとしい少年を見つけ、この手に取り戻してみせる。そのことに、誰の文句も受け付けない。

だが、今のままではアシェリーは見つからない。館の女将はティエトゥールに口を開こうとしないし、少年たちも同様だ。どうしたらいい。

ティエトゥールは生まれて初めて、正しくも、まっとうでもないことに頭を使おうとしていた。

このひと月あまり、アシェリーの行動を洗い直してみて、唯一引っかかるのが、もぬけの殻になっていたあの館への外出だ。あれ以外の客は、すべて娼館で客の相手をしている。

　そもそも、娼婦を娼館の外に招くという行為は相当に大金のかかる遊びだ。ティエトゥールのようなナ・クラティス軍の花ともいえる騎兵隊の指揮官を務める者でも、娼婦を呼び出す行為はなかなかできるものではない。

　それなのに、今日ティエトゥールが出向いた館は主に小商人が住まう路地にあり、どう見ても男娼を家に呼び寄せられる階層の者が住む街区ではない。ためしに、家主に断って入らせてもらった件《くだん》の館の内部も、とても大金を持った人間の住むしつらえではなかった。

　しかし、そのことが逆にティエトゥールには引っかかる。あの場所は、あまりに不似合いなのだ。不似合いすぎて、逆におかしい。

　しかも、家主から聞き出した借主の名前はまったくの偽名であった。タフナーという商人など、どこにもいない。

　ということは、つまりアシェリーを呼んだ男は身分を隠さなくてはならないような男で、そのために、あの街区の館が使われたのではないだろうか、とも思える。だから、アシェリーを落籍《ひか》した後、館も手放したのかもしれない。

　だが、そうだとしたら、ティエトゥールの調査はますます困難なものになってくる。

　アシェリーを買ったことを隠したい男を捜すのは、容易なことではないだろう。たとえ捜し当てたとしても、男の持つ力がティエトゥールを上回っていれば、アシェリーを奪い返すことはできない。

　そもそも、偽名の男が何者なのかも、今のティエトゥールには探り当てられないのだ。

　力が必要だった。アシェリーを探す力、アシェリーを取り戻す力、そして、アシェリーを幸せにする力が。

　しだいに日が落ちて暗くなる室内で、ティエトゥールは身じろぎもせず考え続けた。

翌日、ティエトゥールの姿は軍の上官であるスピティア伯爵の執務室の前にあった。

「失礼いたします」

ノックの後で、室内に入る。すでに来ていた伯爵は、にこやかにティエトゥールを迎えた。

「おはようございます、閣下。本日の予定ですが……」

決まりきった予定を報告する。

「いいだろう。ただし、訓練は念入りにやってくれ。数日中にも、ハイティア侯国攻略の命令が降りるだろう」

「は」

「それから」

と、伯爵は窓に向けていた身体の向きを変えた。ナ・クラティス人には珍しい長身を姿勢よく正したティエトゥールを見上げる。

「できれば、ハイティア侯国の攻略が終わる頃には、先日のわたしの申し出に対する返事を聞かせてほしいものだな」

あくまでもにこやかに、スピティア伯爵が言う。ティエトゥールは一瞬視線を床に落とし、それから、真っ直ぐに伯爵を見つめた。

「それでしたら、ただ今お答えすることができます」

ティエトゥールの目に迷いはなかった。すべてはアシェリーを手に入れるためだ。愛する者を取り戻し、二度と失わないために、自分は力を手に入れる。

「ありがたく、お受けしたいと存じます」

伯爵の口角が、満足そうに上がった。

「そうか。では早速、陛下に結婚のお許しを頂くとしよう。式は、ハイティア侯国の攻略が終わり次第すぐに。近年稀《まれ》に見る華やかな式にいたそう」

嬉しそうに、伯爵がティエトゥールの肩を叩く。以前の自分なら、ここで良心の呵責《かしゃく》を覚えたことだろう。今も、わずかに胸が痛む。

だが、ティエトゥールには力が必要だった。愛する者を手に入れるために、もう二度と躊躇ったりはしない。

これが、考え抜いた末に出した、ティエトゥールの結論だった。

ティエトゥールの承諾を受けて、機嫌のよい伯爵に応える。

「それでは、わたしはそれまでに、母をどこかの田舎に引退させておきます」

冷静な口調に、伯爵の眉が上がる。生真面目が取り柄のティエトゥールの、母を追い出すような発言が意外だったのだろう。

以前のティエトゥールであれば、考えられない発言であったが、今の彼の表情はピクリとも変わらない。

ティエトゥールの申し出を、伯爵も気に入ったようだった。試すように、さらに訊いてくる。

「それは、結婚後ということになるかな」

ティエトゥールは伯爵の問いを言下に否定した。

「結婚前にです」

「となると、式には……」

「叔母夫婦が、両親の代わりを務めて下さると思います」

「……なるほど。とてもいい案だ」

少し考えるように沈黙した後、伯爵は満足そうに頷いた。ティエトゥールの親代わりとして、彼の叔母夫婦、つまり、スピティア伯爵家とも親しいクヴェンス伯爵夫妻が出てくれることの利点が、気に入った様子だ。

また、それを自ら提案できるティエトゥールに、深い満足を覚えたようだった。

「君を娘の夫とした選択は、正しかったようだ」

「恐れ入ります」

ティエトゥールは控えめに一礼した。

賽《さい》は投げられた。再びの失敗は、もう許されない。

——アシェリー、必ず見つけてみせる。

たとえどんな手段を使おうとも、愛する人を取り戻すことを、ティエトゥールは決意した。


軍隊式にお辞儀をし、ティエトゥールは伯爵の執務室を後にした。

いよいよ、始まった。もう後戻りはできない。

これは賭けであった。この結婚以外に、ティエトゥールが一足飛びに権力の中枢に足をかける方法はない。

もちろんこうやって力を得て、アシェリーを見つけたところで、スピティア伯爵や令嬢の目を盗んでアシェリーを囲うことは難しいだろう。

だがそれは、その時考えればいいことだ。先のことを憂いて手をこまねいていれば、それだけ、アシェリーは遠くなってしまう。

落籍《ひか》した男が善人で、アシェリーを大事にしてくれる者ならまだいい。だがたとえばすぐに飽き、アシェリーをどこか別の娼館に売り飛ばすような非道な男であったなら、ティエトゥールがぐずぐずしている間にアシェリーはさらに辛い目に遭うことになってしまう。

己の不必要な躊躇いのせいで、アシェリーにこれ以上の辛酸を舐めさせるのはたくさんだった。

伯爵家の婿になることが足枷になるのなら、それはその時のこと。今は、アシェリーを見つけ出すために、伯爵家の権力が必要だった。

兵舎の外に出て、厩舎《きゅうしゃ》に向かうティエトゥールに友人たちが近づいてくる。このひと月、身請けされたアシェリーを探して憔悴《しょうすい》しているティエトゥールを心配して、彼らは毎日のようにティエトゥールの様子を窺っていた。

その彼らに、ティエトゥールはわざと疲れたような微笑を見せた。

「まだ、あの子は見つからないのか？」

心配そうにフューズリーが尋ねる。

ティエトゥールは憂鬱そうに頷いた。

「やはりアシェリーが出向いたあの館が怪しいと思うのだが、昨日行ってみたがもぬけの殻だった」

「そうか……」

フューズリーの後ろで、ディアノスとボアローが肘を突き合っている。それを見咎《みとが》めて、ティエトゥールは二人を振り返った。

「どうしたんだ？」

「あ、ああ」

ボアローが気まずそうに言葉を濁す。そのボアローに、ディアノスとフューズリーがなにか目配せをしていた。

「なんだよ、おまえたち。なにか言いたいことがあるのなら、はっきり言ってくれ」

ディアノスとフューズリーも口々にボアローをせっついた。

「……ボアロー、言ってやれよ」

「そうだぞ。そうしたら、ティエトゥールも諦めがつくかもしれないじゃないか」

「諦め……？」

ティエトゥールは眉間に皺を寄せる。諦めるとはどういうことだろうか。

二人にせっつかれ、ボアローは諦めたように溜息をついた。

「いや、おまえが探している子を落籍《ひか》した男のことだが……」

「なにかわかったのか？」

「やっぱり、おまえ諦めたほうがいいと思うんだ」

「何故？　なにか知っているというのなら、焦らさずに話してくれ」

ティエトゥールは、ボアローの肩を揺さぶった。ボアローがしぶしぶと口を開く。

「最初に、あの娼館におまえを連れて行った時、俺たちも敵娼を選んでいたこと、おまえも覚えているだろう？」

「ああ、それが？」

「その時の子と、けっこう馴染みになってさ。あの後も、俺、わりと通っていたんだよ」

少しずつ話が見えてきたティエトゥールの眼差しが鋭くなる。

「それで？」

「でさ、話のついでにアシェリーって子のことを聞いてみたんだ。最初はなかなか口を割らなかったんだが、俺たちもまあそれなりの馴染みになっていたし、なんとかアシェリーの旦那の名前を教えてもらった。それが、タフナーと言うんだ」

「タフナー」

ティエトゥールは眼差しを沈ませた。そこまでなら、自分も知っている。問題は、その名が偽名であるということだ。

だが、続きを引き取ったディアノスの言葉に目を見開いた。

「で、まあ、タフナーという名前の商人を調べてみた。うちは、母親の祖父《じい》さんが商人だろう？　その伝手《つて》で、祖父さんに聞いてみたんだ。そしたら、祖父さんが泡を食ってな。どこでその名を聞いてきたんだって、詰め寄られて」

ディアノスは首を振る。

「大物なのか？」

ティエトゥールが訊ねると、ディアノスは真面目な顔で頷いた。

「大物も大物。タフナーっていうのは、あのソースティン・ベネットの偽名だっていうんだ。あまりおおっぴらにできないことをする時、奴はタフナーという偽名を使うそうなんだ。ソースティン・ベネットだぞ。大陸でも有数の豪商で、あちこちの国の宮廷にも顔が利く」

驚愕《きょうがく》に目を見開いたティエトゥールの肩を、それまで黙っていたフューズリーが掴んだ。

「な、ティエトゥール、諦めたほうがいい。ソースティン・ベネットほどの豪商ともなれば、一介の商人とはとてもいえない。到底おまえが太刀打ちできるような男じゃない」

「……だが、どうしてわざわざ偽名を使ったんだろう」

「そりゃあ、いくらベネットでも男娼を買うとなったら外聞を憚《はばか》るだろう。年甲斐もなく、なんて言われるのを嫌ったんじゃないのか？　だから、たいして偽名ともいえない偽名を使ったんだろう」

「そうか。外聞を憚るか……」

ティエトゥールは掌で顔を覆った。

友人たちは、思いがけない事実を知ったティエトゥールが打ちのめされていると思ったのだろう。その肩に慰めるように手を置いてきた。

「ティエトゥール、元気を出せよ。ベネットほどの豪商に買われたのなら、きっとあの子だって苦労はないさ。老人に可愛がられて、安気な生活を送れるさ」

「そうだな……。それに……」

ティエトゥールは呻いた。

「こうなる運命だったんだ」

「ティエトゥール……」

ティエトゥールは顔を上げた。悲しみに彩られた黒瞳で、友人たちを見やる。

「さっき、スピティア伯爵の申し出を受けてきた」

友人たちが息を呑む。

「とても……断れなかった……」

「ティエトゥール……」

フューズリーが、ティエトゥールの肩を叩く。

「それでいいんだ。きっと神が、おまえのためにそう計らってくれたんだ」

「ああ、そうだな」

ボアローも同意する。

「おまえは、スピティア伯爵になる運命だったんだ。だから……」

ティエトゥールは頷いた。

「ああ。アシェリーのことは諦める。ソースティン・ベネットがついているなら、アシェリーも幸せになれるだろう。奴の財力に守られて、わたしといるよりもきっと幸せになれる……」

「そうだ。きっと幸せになれるさ」

ディアノスもそう言って、ティエトゥールの腕を叩いた。

ティエトゥールも頷きを返す。だが、しばらくして耐えかねたように、再び顔を覆った。

「すまない……。少しだけ、一人にしてくれ」

「……ああ。いい経験だと思って、早く忘れたほうがいい」

友人たちは口々に慰めの言葉をかけて、ティエトゥールの側を離れた。

木に寄りかかり、顔を掌で覆ったティエトゥールは、友人たちが遠ざかる足音をじっと聞いていた。充分に遠ざかったところで、俯いたまま、兵舎の側の木陰に入る。

「ソースティン・ベネット……。なるほど、たしかにこれは天の配剤だ」

口元に笑みが浮かぶ。

神はこのために、ティエトゥールをスピティア伯爵の婿たる身に指名したのだ。

たしかに今は、ティエトゥールは一介の下級貴族にすぎない。しかし、スピティア伯爵の後継者、そして、いずれは伯爵となればわからない。むろん、ただの伯爵ではダメだ。国王の信頼を集め、王国の重鎮とならなくては、ソースティン・ベネットほどの豪商に対抗して、アシェリーを取り戻すことはできないだろう。

しかし、必ずそれを成し遂げてみせる。

「アシェリー……。たとえ何年かかっても、必ずおまえを取り戻してみせる」

そのために、大恩ある伯爵も、なにも知らずにティエトゥールの妻になる令嬢も、悉《ことごと》く利用つくしてもかまわない。

この世で欲しいものはたったひとつ。

そのたったひとつのもののために、この日、ティエトゥールはこれまでの自分のすべてを捨てたのだった。

§第十二章

「……んっ」

侯主の身体が、重く伸しかかってくる。それを受け止め、アシェリーは侯主のために足を開いた。

「あ……んぅっ」

アシェリーの白い肌に誘われるように、侯主が口づけの痕を印していく。その一つ一つに、アシェリーはあえやかな声を上げ、身体を震わせた。

五年の間男たちに玩弄され、さらにティエトゥールによって愛されることを知った身体だ。たとえ半年の期間を置こうと、ひとたび男に愛される悦びを知った肉体は、与えられる愛撫に敏感に反応した。

「あぁっ……」

桜色の胸の実に唇を落とされ、アシェリーは高い声を上げた。

その声に侯主は驚き、思わず、アシェリーの顔を見上げた。感じることを恥じるように目を閉じ、けれど可哀想なことに、紅潮する頬がアシェリーの快楽を侯主に伝えていた。

「気持ちがいいのか？」

問いかけに、アシェリーは濡れた瞳を開き、侯主を見上げる。

「……はい」

快楽に従順であれ。そう娼館で躾けられたアシェリーは、蚊の鳴くような小さな声で問いに答えた。

「そうか……気持ちがいいか」

「……んっ」

侯主の指が、勃ち上がった胸の実を摘んだ。アシェリーはビクリと背筋を仰け反らせ、目を閉じた。

目尻から、涙が一滴《ひとしずく》零れ落ちる。

それを、侯主は不思議そうに見下ろしていた。

「気持ちよくなるのが恥ずかしいのか？　たしかに、いつも後宮で抱く貴族の子女とはだいぶ反応が違うが」

「申し訳ありません、はしたなく……ん、っ」

「いや、よい。そなたの反応は……悪くない。わたしに触れられて、気持ちがよいのだろう？　ふむ、悪くない」

チュッと乳首を吸われ、つまった呻きを洩らしたアシェリーに、侯主が含み笑いながら許しを与える。そのまま続けて、ひそやかに震えて勃ち上がっている花芯を、そっと握られた。

「ああっ……」

熱い手の感触に、アシェリーから悲鳴のような声が上がる。同時に、半身が起き上がり、花芯を握る侯主の手を遮ろうと動いた。

「いけません、お手が汚れます」

「よい。わたしがこうしたいのだ。このように反応されるのは、いいものだな。もっとよい声で喘げ。聞きたい」

「ですが……あっ」

アシェリーの身体が、侯主の胸に頽れる。それを抱き留め、侯主はアシェリーの下肢で揺れている花芯を指で嬲った。いけません、ダメですと言いながら、アシェリーが切ない声を上げるが、それがいっそう興をそそるらしく、侯主はますます熱心に、アシェリーの花芯を弄り、扱いてくる。

「あ、あぁ、侯主様……ダメ……」

腕の中で、アシェリーは震える。下肢から込み上げる快感と、それが侯主という高貴な人によってもたらされている羞恥に全身が薄桃色に染まっていた。

だが、ただされるがままでいては、奉仕にはならない。アシェリーは快感の下からおずおずと、侯主の下腹部に触れた。

「侯主様……ぼくも……」

「アシェリー……？」

　恐る恐る、アシェリーは侯主の帯をそっと解き始める。不敬だと叱責することなく、侯主はジッと上からアシェリーのすることを見下ろしていた。

　それを確認しながら、アシェリーは帯を解いた下穿きの中に手を差し入れた。

「んっ……」

　じかに触れると、侯主の喉が鳴った。

「アシェリー……なにを」

　戸惑う侯主の快楽を煽るように、アシェリーはその充溢《じゅういつ》をそろそろと扱いた。

「侯主様の……大きい……」

　侯主が喜ぶように、呟きを洩らす。

「そなた……」

　しかし、思わず眉をひそめた侯主に、アシェリーは慌てて手を引いた。侯主からも身を引き、床に平伏する。

「申し訳ございません」

　やりすぎたかと、青褪《あおざ》める。床につく手を震わせながら、アシェリーは謝罪した。侯主を怒らせてはならない。この方に奉仕するために、ベネットは自分を買ったのだ。

　その怯えた様子になにを思ったのだろう。ふっと侯主の空気が緩む。

「よい、顔を上げよ」

「ですが……」

「よいと言うに」

　侯主はかしこまっているアシェリーの顎を取り、強引にその顔を上向かせた。

　思わず、アシェリーの目に涙が滲んだ。それを侯主が唇を寄せて、吸い取ってくる。唇が離れると、目には微笑みが浮かんでいた。

　安心させるようにアシェリーの頬をひと撫でして、侯主が己の肩から長衣を滑り落とす。さらに下穿きを脱ぎ、アシェリーによって勃ち上がった性器を晒してきた。

「あ……」

「他には、どんなことをしてくれるのだ、アシェリー」

その手に、自身の性器を握らせてくる。どうやら、続けていいということらしい。

ほのかに顔を赤らめながら、アシェリーは言葉を紡いだ。

「……唇で、侯主様を感じさせて下さいませ」

終わると同時に、アシェリーは唇を開き、侯主の欲望を口腔に迎え入れた。

「ア……シェリー」

頭をやさしく抱きかかえられる。口の中の充溢がさらに逞しくなり、アシェリーは懸命にそれに舌を搦《から》め、快感に奉仕した。

「ん……これは、あぁ……」

存分に口の中の欲望を育てると、侯主が離せと促した。頬を取られて、アシェリーは従順に顔を上げる。唇の端についた先走りの雫を無意識に舐めると、侯主の目がわずかに細まった。

「尻を向けて、四つん這いになれ」

命じられ、アシェリーはそれにも否と言うことなく従った。捧げるように尻を差し出すと、侯主が無造作に、尻たぶを広げてくる。

「……ぁ」

アシェリーには見ることができない桜色をした淡い蕾に、侯主の指が触れる。撫でられて、襞が震えた。

その反応に、なにか感じたのだろう。低い声で問いかけてくる。

「アシェリー、ここは初めてか」

「ああ……侯主様……」

どう答えるのが正解か。声音から、アシェリーは侯主の機嫌を推し量る。

男娼だと知られるのは、きっとまずい。淫らな奉仕を嫌っていないが、アシェリーに経験があるのは好まないだろう。

それでアシェリーは、真実ではないが嘘でもない答えを返す。

「侯主様のような男は初めてでございます」

「わたしのような……？　生身の男は初めてか……なるほど」

アシェリーの答えをどう解釈したのか、侯主が楽しそうにクックックと笑った。そうして囁く。

「さすが、ベネットは貴族どもとは一味違う。あれらの令嬢や令息たちにはない趣向だ。わたしを楽しませるために、ベネットに仕込まれたのか、アシェリー」

「あ……侯主様……んっ」

自身の唾液で濡らしたのか、ヌルリとした指で蕾を軽く開かれる。

「痛がらぬのか？」

「……お許しを……侯主、様……ぁ」

指を挿入され、試すように何度か出し挿れされた。痛みなど、ない。久しぶりに中を弄る異物に、痛みどころかアシェリーは、震えるような悦びを感じていた。

なんという淫らな。

「んっ……ん、ふ……お許しを……このような……あ」

「なにを許せというのだ、アシェリー」

「このような……はしたない……あっ」

指を二本に増やされ、根元まで挿れられる。アシェリーは思わず鋭い声を上げ、軽く背筋を仰け反らせた。

「なんと愛い反応か。わたしの指に感じるのか？」

「んっ……んっ……侯主様……」

指に喘ぐアシェリーに興をそそられたのか、侯主の指使いが大胆さを増す。二本の指が三本になり、アシェリーは腰を突き上げて濡れた声を上げた。

そうして存分に、淫らな姿を堪能したところで、侯主が指を引き抜く。アシェリーは力の入らない身体で懸命に、侯主へと向きを変えた。

侯主に喜んでもらわなければ。アシェリーで楽しんでもらわなければ。

その一心で、侯主の足もとにうずくまる。

「侯主様……ん」

呼吸を整える間もおかず、侯主の欲望へと舌を這わせ始めるアシェリーに、息を呑む気配がした。

アシェリーは知らなかったが、侯主にとって淫事というものは、少々相手の身体を弄って肉筒に準備を施し、のち挿入して出すだけの行為を指していた。たいてい相手は慎ましやかに横たわり、侯主がするままに身体を開くだけで、アシェリーのように懸命な奉仕などしない。

侯主はアシェリーの、自分ばかりが心地よくなってはならない、というその必死さに打たれたのだ。

「アシェリー、そなた……」

声を詰まらせる侯主に、アシェリーは己が感じた以上に侯主を感じさせようと、ペロペロと男根を舐め、口中いっぱいにそれを頬張った。

やがて、感に耐えない呻きを、侯主が洩らす。

「なんという……これが、真の閨事か」

「……あっ！」

口淫をしていた頭を強引に引き上げられ、アシェリーは声を上げた。そのまま、乱暴に押し倒される。なにをするのかと侯主を見上げれば、興奮を滲ませた高貴な目が、アシェリーを見下ろしていた。

「これほど昂ぶらされたのは、初めてだ。そなたの身体で鎮《しず》めよ」

言いざま、脚を持ち上げられた。尻が浮き上がり、そこにアシェリーの唾液で濡れそぼった充溢を押し当てられる。

「挿れるぞ」

最初はやや性急に、花襞を押し開かれた。指で広げられていたそれは、難なく逞しい先端を咥え込むかと思われたのに、半年の間男に蹂躙されずにいたためだろうか。アシェリーの後孔は、まるで初めての生身の男に驚いた処女のように痙攣し、侯主の欲望にけな気に口を開こうと震えた。

「……痛いのか？」

ふと、怯んだように侯主が訊いてくる。

アシェリーはフルフルと首を左右に振った。

「いいえ……いいえ……でも、あぁ……熱い」

「熱い……そうか。馴らしたのは、生身の男ではなかったのだったな。よしよし、ゆっくり挿れてやろう。怖くはないぞ、アシェリー」

生身としては初めての挿入なのだと誤解した侯主が、満足気にアシェリーを撫でる。

「ぁ……んん……っ、あっ」

遣うのに、久しぶりの交合に、アシェリーから擬態ではない、本気の声が溢れ出る。

ベネットはもしやこのために、半年の間アシェリーに一人寝をさせたのだろうか。そんなことを怪しみたくなるほど、アシェリーの身体の反応は初めての時のようにひくつき、それでいて蕩けた柔らかさで侯主の雄芯を包み込んでいった。


思えば、ティエトゥールを諦めてから初めて、他の男に抱かれていた。そう思うと、こらえようのない涙が溢れてくる。

「アシェリー、泣くな。苦しいのか？」

「いいえ、侯主様……」

侯主が慰めるように、口づけの雨を降らす。ゆっくりと挿入されながらのキスに、アシェリーはまた感じた。

ティエトゥールを思い出してなお、この身体は与えられる肉の悦びに蜜を垂らす。なんという罪深い身体なのか。

だが、これがアシェリーの選んだ道だった。

ベネットがなんの目的でアシェリーを侯主に差し出したのかは知らないが、アシェリーの役割は侯主を喜ばせることだ。それがアシェリーの務めだった。

しゃくり上げ、アシェリーは侯主を見上げた。

「こうしてお情けを賜《たまわ》れたのが……」

それ以上言葉にできず、アシェリーは手で顔を覆う。

「なんと可愛らしいことを言う口だ」

やさしく手を外され、唇を吸われる。舌を絡めて深く吸われ、その間に根元まで侯主がアシェリーの中に入り込む。

唇が離れて、いとしげに訊かれた。

「大丈夫か、アシェリー。痛くはないか？」

「いいえ、侯主様。どうぞお心のままに……」

ただただ主人の悦びに従順なアシェリーに、気をよくした侯主が満足そうに、足をあらためて抱え込む。従順なだけではない。侯主の蹂躙に感じている様子も、いっそうの満足を与えていた。

「動くぞ、アシェリー」

「あ、あぁ……あっ、侯主様」

奥を突かれて、声が跳ね上がる。

「アシェリー……っ」

感じているアシェリーに、侯主の雄芯がドクリと膨れる。侯主の蹂躙に、これほどの悦びを表す者は、今までなかった。

そのことが、いっそう侯主の興奮を高める。

「あ、あ、あっ……んぅっ…あぁ」

ひくつき、男根を食い締める肛壁に、侯主は夢中で雄芯を突き入れた。アシェリーの肉襞もそれに反応し、戦慄き、久しぶりに奥地を犯す雄に鳴き声が上がる。

いやだ。こんなに感じたくない。ティエトゥールでないのに。愛する人でないのに。どうして、自分の身体はこんなふうになるのだ。

だが、最奥まで昂ぶった雄に突き上げられ、根元まで入り込んだ侯主がブルリと震えると、アシェリーの背筋も思い切りたわむ。

「くっ……アシェ……リー」

「あっ……んぅ…ふ。……侯主様……」

体内で男が膨れ、熱いものが叩きつけられる。

それに再び全身を引きつらせ、アシェリーは軽く自失した。久しぶりの情交に、頭の芯が焼き切れたのだ。

蕩けた身体を動かすこともままならないほど感じてみせたアシェリーに、侯主が満足気に頷く。

「それほどよかったか、アシェリー」

問いかけられ、アシェリーはただ顔を赤らめ、侯主の胸に顔を埋めた。愛する人でない男にここまで感じた自分が厭わしく、恥じ入るしかない気持ちだった。

だが、はしたなさに身を縮めるアシェリーは、侯主の意に適ったのだろう。きつく抱きしめ、何度も口づけを落としてくる。

——これでいい……。

誤解であろうと、侯主に気に入られるのが、今のアシェリーの仕事だ。

ティエトゥールの面影を消すように、アシェリーはそっと目を閉じた。


それからの侯主は、性急だった。

「ベネット、この者はもらっていくぞ」

情交に耽《ふけ》った身体を湯殿で清めた後、共に侯主に身体を洗われたアシェリーを腕に抱いたまま、侯主は宣言した。

もとより、ベネットに異存はない。

「それでは、しかるべき日時に、アシェリーを後宮にお上げいたしましょう」

恭しく頭を垂れ、そう答えた。

しかしそれは、侯主の望む答えではなかった。

「今日だ、ベネット」

「は……？」

「わたしが帰るのと一緒に、アシェリーも城に連れて行く。同じ馬車に乗せていけばよい」

その言葉に、さすがのベネットも目を丸くした。

アシェリーが侯主の気に入ることは予測していた。侯主の好みに合わせ、さらにその上をいくように、相応しい少年少女を探してきたのだ。

ただの美しい人形なら、後宮にはいくらも揃っている。といって、すれた男娼では、高貴な人の意に適わないだろう。

必要だったのは、生娘のように無垢な淫らさ。

相反する資質を併せ持つ人間を、ベネットは探し求めていた。

そうして見つけたのが、アシェリーだ。気に入られないわけがない。

しかし、今すぐ後宮に入れると言うほど気に入られるとは思ってもみなかった。

とはいえ、ベネットにとってアシェリーが侯主の心に適ったというのは望んだとおりの結果だ。おまけに、侯主の様子を見ていると、望んだ以上にアシェリーは気に入られたらしい。

ベネットは恭しく平伏した。

「御心のままに」

今日連れて行くというのなら、ベネットに否やはない。あとはせいぜいアシェリーを可愛がってもらい、できれば長きに渡って寵愛してもらえれば幸いだ。

今度はアシェリーの瞳の色に合わせた翠の衣装を着せて、半年の間屋敷で飼ってきた少年を侯主の馬車に乗せる。おとなしい少年は黙って、侯主の招きに応じて馬車に乗っていった。

「それでは、御身御心安らかならんことをお祈り申し上げております」

「そなたの献身、しかと覚えておこう」

走り去る侯主一行を深々と頭を下げて見送るベネットの口元には、満足気な笑みが浮かんでいた。


ドゥアラ侯国当代の侯主ニーダ・ケアリー十七世の後宮には、次期侯主の生母であるネフテム、侯女を二人もうけたラルーサ、盲目の候子の母であるエンティスの三人が妃の位を賜り住まっていた。

正式な妃はその三人で、彼女ら以外の寵妾、寵童はその時々に入れ替わり、侯主の褥《しとね》に侍っていた。

しかし、齢《よわい》三十歳に手が届こうとしていた侯主は早くも寵妾たちとの夜に飽き、この頃では一人で休むのが常であった。

アシェリーは、そんな侯主が久々に後宮に入れた寵童となった。

もっとも、少年であったため、三人の妃たちはホッと胸を撫で下ろし、他の女性たちが侯主の褥に侍った時のような意地の悪い振る舞いはなく、アシェリーは比較的平穏な後宮生活を送ることができた。

また、侯主の扱いも、それまでの寵妾たちとは違った。妃や愛妾たちに気を使うことなく、無造作に後宮に入れていた過去と違い、アシェリーに対してはできるだけ三人の妃たちと顔を合わせないよう、彼女らとは離れた場所に部屋を与え、召し仕える侍女たちも、妃ではなく、直接侯主の命令下に入るよう手配する。

アシェリーが後宮で、少しでも辛い思いをしないよう、侯主は最大限に気を配り、その腕の中に囲い込んでいた。

夜の褥で、アシェリーはいつも快く侯主を迎えていた。多少体調に難があっても、侯主の求めに否とは言わない。

それが自分の役割りだとアシェリーは思っていたが、いつまでたっても寵に狎《な》れようとしないアシェリーに、侯主の寵愛はますます深まっていった。

妃たちは侯国の有力貴族の娘たちであったし、ひと時寵愛した愛妾も、寵童も、皆それなりの貴族の子女たちばかりだ。当然、侯主に対しても我が侭を言うことが多く、少しでも寵が深まれば、その要求はさらに高まった。

しかし、アシェリーは違う。

アシェリーの前身がなんであったのか侯主は知らないが、そんなことは今更どうでもよいことだった。

アシェリーは口喧《くちやかま》しくて要求ばかり多い妃たちや、侯主の愛に狎れ、日ごとに図々《ずうずう》しさを増していった愛妾たちと違い、自分の望みを口にすることはめったにない。稀にあっても、それは侯主が無理に言わせようとしたため言ったことで、そうでなければアシェリーから侯主に我が儘を言うことはけしてなかった。

もっとも、なんとか言わせた我が儘も、我が儘というには程遠いものだった。だいたいが食べ物に関するもので、焼き菓子や果物、飴《あめ》をアシェリーは喜んだ。

「アシェリー、おいで」

そう呼ぶと、アシェリーは従順に侯主の元に近づいてくる。人がいるとさすがに恥ずかしがるが、それでも、侯主の求めに逆らうことはない。おとなしく側に寄り、抱きしめられる。

身綺麗にしているアシェリーの身体からは、いつも花の香りがした。

侍女のいる前でアシェリーに口づけても、拒むことはない。ただ身の置き所がないように恥ずかしがり、小さく肩を窄《すぼ》めるだけだった。

それで侯主はアシェリーが可哀想になり、侍女を下がらせる。後はなし崩しに、情交にもつれ込むことが多かった。

そうして日々はゆったりと流れ、子供だったアシェリーも二十歳を過ぎるようになったが、侯主に日々愛されているせいだろうか、男臭さは一向に芽生えず、どこか頼りなげな少年のまま。

それからさらに数年経ち、さすがに少年には見えなくなったが、美しさは相変わらずで、むしろ年齢とともに磨き抜かれた感が、見る者に感嘆の溜息をつかせた。

とはいえ、アシェリーが公式の場に出ることはめったにない。万事に控え目なアシェリーは、侯主からの格別の求めがない限り、後宮の奥でひっそりと暮らしていた。

時折養い親であるベネットが訪ねて来るくらいで、あとの訪問者は侯主のほうで許さない。

伸ばし続けた髪は腰まで達し、その流れ落ちる金色の美しさはただ侯主のみが愛《め》でていた。

こうしてアシェリーは、誰もが認めるドゥアラ侯国侯主ニーダ・ケアリー最愛の寵姫として、十年の月日を過ごしたのだった。

§第十三章

美しく刺繍をほどこされた長衣を、侍女に着せかけられる。その上から、宝石の飾りがついた腰帯を締められると、支度は完了する。

「まあ、よくお似合いでございますわ」

着付けを手伝った侍女が、感嘆の吐息をつきながら賛美する。アシェリーは曖昧《あいまい》に微笑み、鏡の中の自身の姿をぼんやりと眺めた。

侯主の元に来て十年、アシェリーは二十五歳になっている。だが、鏡の中の青年は、とても二十五歳の男には見えなかった。

長く伸ばした髪は後ろでひとつにまとめ、ゆるい三つ編みにしている。垂らし髪を侯主は好んだが、今日のように宴《うたげ》に出席する時は、ひとつにまとめるよう命じられていた。

しどけない垂らし髪は、自分ひとりの楽しみに取っておきたいらしい。

やさしい侯主の愛に、それと同等の愛を返すことはできなかったが、身に余る寵愛を受け、穏やかな十年を過ごすことができたことを、アシェリーは感謝していた。

ティエトゥールのことは今でも胸の痛みとともに思い出すが、耐え切れないほどの痛みではない。こうして人は生きていくのだろうかと思いながら、アシェリーは侍女の導きに従い、部屋を出た。今宵は、アナ・クラティス王国からの使節を迎えての宴だ。

十年の間に、母国はますます領土を広げ、いまや沿岸諸王国全体を飲み込まんとするほど成長していた。

いずれは、このドゥアラ候国も、ナ・クラティス王国の貪欲な胃袋に飲み込まれる日が来るやもしれない。おそらくそれは、現在の侯主ニーダ・ケアリー十七世亡き後の話だろうが。

アシェリーの仕える侯主は、愛情に関しては純なところを持っていたが、政治的には英邁で、周囲の候国が次々とナ・クラティスの膝下に屈していくのを横目に、一人独立を固持していた。

それがどれほど危険なことか、わからないアシェリーではない。

けれども、侯主は信頼できる君主であった。己が生きている間は、候国をナ・クラティスに委《ゆだ》ねることはけしてないだろう。

ゆったりと歩を進めながら、アシェリーは宴の開かれている大広間に向かった。少し遅れるくらいがちょうどいい。

分をわきまえ、目立つことをよしとしないアシェリーは、どうしても宴に出席しなくてはならない時にはいつも、こうして宴もたけなわになった頃合を見計らい、足を運ぶことにしていた。衣装も、うまく人々の中に溶け込める程度に地味だ。あまりに地味にしすぎるとかえって目立つことを、アシェリーは最初に学んでいる。

以来、派手すぎず、地味すぎずを心がけ、ひっそりと人々に溶け込むような装いで宴に出席していた。

もっとも、装いに拠《よ》らず、アシェリー自身のもつ清廉さが、知らず人々の目を奪っていたのだが、アシェリーがそれを知ることはない。

常に侯主の牽制《けんせい》が効いている宮廷で、アシェリーに声をかける愚か者は一人もいなかった。

広間の隅の扉を、侍女がそっと開ける。

その隙間から身体を滑り込ませ、ざわめく大広間にアシェリーは入り込んだ。

今宵は、ことのほか出席者が多い。侯国の主な貴族たちはほとんど出席しているのではないだろうか。そう思いながら、アシェリーは広間の隅から全体を見回していた。

こうして見ると、やはり黒髪黒瞳の者が多い。

沿岸諸王国の名でくくられる一帯は黒髪黒瞳の者が多く、特に他の階層との血の交流が少ない貴族層は、その割合が高かった。この地域でアシェリーのような金髪翠眼《すいがん》の人間は、上流階級の者でないという証のようなものだ。そのため、どんなに隠れようとしても、アシェリーの姿はすぐに、侯主の目に留まってしまう。

目ざとくアシェリーを見つけた侯主は、軽く手を上げてこちらに来るよう、手招いた。こうなれば、侯主の側に行かなくてはならない。

次々に貴族たちが挨拶に来る侯主の側はアシェリーには居心地が悪かったが、仕方がない。

おとなしく頷き、巧みに人々を避けながら、アシェリーは侯主の後ろに立った。

「よう来たな。待っておったぞ」

「申し訳ございません、侯主様」

小さく謝り、その背に隠れるようにしてアシェリーは佇んだ。

その時、新たな貴族が侯主に挨拶に来た。

「お招きにあずかり、光栄でございます」

「おお、スピティア伯爵、よく参られた。貴国とは今後も、父祖の代と変わらぬつきあいをしたいものだ」

「まことに」

スピティア伯爵と呼ばれた男の声には、どこか不《ふ》遜《そん》なものが混じっている。

アシェリーは不審に思い、侯主の陰からそっと顔を覗かせた。その顔色が一瞬で青褪める。

――まさか、そんな。

黒い髪、黒い瞳。けれど、周囲より一際長身の堂堂たる偉丈夫。

あの頃より少し頬が削げ、鋭い印象に変化していたが、アシェリーがかの人を見間違うことはない。

——ティエトゥール様……。

言葉もなく、アシェリーは伯爵と呼ばれた男の顔を見つめていた。聞き慣れない爵位で呼ばれていたが、この顔は紛れもなくティエトゥールのものだ。

ふと視線が重なった気がしたが、ティエトゥールは殊更《ことさら》驚きを表すわけでもなく、その整った容貌に穏やかな微笑を浮かべた。

「侯主殿下、後ろの美しいお方を紹介して下さいませんでしょうか」

侯主は破顔し、背中に隠れるアシェリーの肩を抱くと、押し出した。

「この者はアシェリーといい、わたしの最愛の愛妾だ」

「アシェリー……」

懐かしい声が、自分を呼ぶ。

気を失えるものなら、今すぐ意識をなくしてしまいたかった。恋しい人、ずっとずっと愛してきた男に、今再び巡り合うことになろうとは、アシェリーは予想もしていなかった。しかも今のアシェリーは、ドゥアラ侯国侯主ニーダ・ケアリー十七世の愛妾なのだ。

そしてティエトゥールは？　彼は何者になってしまったのだろう。ティエトゥールは、にこやかな笑みをアシェリーに向けた。

「お初にお目にかかります。わたしはナ・クラティス王国で将軍位を賜りますスピティア伯ティエトゥールと申します。しばらくドゥアラ侯国に滞在いたしますので、よろしくお見知りおきのほどを」

儀礼的な挨拶をするティエトゥールに、アシェリーは震える指先をキュッと握る。見知らぬ他人に対する挨拶に、心が凍った。

ティエトゥールがあくまで第三者的に、気遣う言葉を述べる。

「どこかお身体の具合でも悪いのですか？　お顔の

色が真っ青ですが」

「まことに気分が悪そうだ、アシェリー。ああ、人いきれに酔ってしまったのか」

侯主が心配そうに、アシェリーの顔を覗き込むと、性急に侍従を呼ぶ。

「お呼びでございますか、殿下」

「アシェリーを部屋で休ませるんだ。――気分が悪いのに無理に宴に出席させてすまなかったな、アシェリー。もうよいから、ゆっくり休むがよい」

「……申し訳ありません、侯主様」

普段であれば、大丈夫だと逆らうところだ。

しかし、今宵のアシェリーには、そんな意地を張る余裕もなかった。なんとかティエトゥールに視線を向けると、頭を下げる。

「申し訳ありません、伯爵様。失礼させていただきます」

「ご無理をなさらずに、ゆっくりとお休み下さい」

「お心遣い、ありがとうございます」

型通りの挨拶を交わし、侍従の先導でその場を離れる。振り返りたい衝動を、アシェリーはからくもこらえた。

ティエトゥール――。何故彼が、この場にいるのか。

足早に広間を離れたアシェリーは、侍従の手から外で待っていた侍女に引き渡される。

「アシェリー様、いかがあそばしました。お顔の色がなんて悪い」

「……人いきれに酔ったみたいだ。早く部屋に帰りたい」

めったに弱音を吐かないアシェリーの懇願に、侍女は軽く目を瞠り、すぐに表情を緊張させた。よほどに具合が悪いのだと誤解したらしい。

それでアシェリーは一向に構わなかった。今は一刻も早く、この広間から逃れたい。

思いがけない再会に、アシェリーの心は動揺し、その動揺は容易に鎮まりそうもなかった。

§第十四章

——また生きて再び、あの方にお目にかかることがあるとは。

あれは夢か、それとも現《うつつ》だったのか。

枕に顔を伏せ、アシェリーは夢と見まがう男の姿を思い起こしていた。

聖暦一〇〇一年初春、アシェリーは二十五歳になっていた。十歳でナ・クラティス王国の王都クラティアの娼館に売られ男娼となり、十五の年に豪商べネットに身請けされ、その後、ナ・クラティスの隣国ドゥアラ候国の候主ニーダ・ケアリー十七世へと献上されて十年——。

もう十年が経っているのか、とアシェリーは思った。

十年前、アシェリーは十五歳で、あの方——ティエトゥールは二十三歳。友人たちに無理矢理娼館に連れてこられたティエトゥールと、アシェリーは出会い、恋をした。

生涯一度の恋であった。

しかし、必ず一緒になろうと約束を交わしていたのに、アシェリーの勝手でその約束を反故《ほご》にした。

あれから十年ということは、ティエトゥールは三十三歳になったのか。男盛りの年齢だ。

——ずいぶんご立派になられた。

宴でほんの一時再会したティエトゥールの姿を、アシェリーは思い起こす。あの頃より逞しさを増しただろうか。十年前にはもっと、線の細いところがあったように思う。

武人とはいえ穏やかな物腰をして、話す言葉も荒荒しさのない、静かな様子の人だった。少し真面目すぎるところが眩しくて、そんな高潔な人がどうしてアシェリーのような卑しい男娼風情を心にかけて下さるのか、そのことが申し訳なく、嬉しかった。

けれど、今夜見たティエトゥールは……。

枕からわずかに顔を上げ、アシェリーは暗闇をじっと見つめた。

スピティア伯爵、とティエトゥールは名乗っていた。スピティア伯爵といえば、ナ・クラティスでは世襲で将軍位を賜る名門だ。

しかし、アシェリーが知っていたティエトゥールの名は、ティエトゥール・レイ・グラフィー。スピティア伯爵家の家名、アルトゾル家とはまったく違う名だ。それがどうして、スピティア伯を名乗ることになったのだろう。十年の間に、ティエトゥールは何者になったのか。

少なくとも言えることは、ティエトゥールの心に、もうアシェリーの居場所はないということだ。漆黒の瞳は冷たく、他人を見る目でアシェリーを見ていた。

当たり前だろう。

アシェリーは苦い笑みを口元に刻む。あんなにひどい手紙を残して、ティエトゥールの誠実さを裏切ったのだ。恨まれて当前だ。未練など残らないように、いっそのこと嫌われてしまうように、わざとティエトゥールを嘲《あざけ》る手紙を残して、豪商ベネットに落籍《ひか》された。そうすることが、アシェリーにできるただ一つの、ティエトゥールのためになしえることだった。

だが、まさかこうして再びティエトゥールに会える日が来るとは、夢にも思わなかった。自分で納得してやったことなのに、胸が痛い。

ティエトゥールに、あんな他人を見るような目で見られることが、十年経った今でもこんなに辛いとは思わなかった。時がもう、アシェリーの想いも、遠い恋の記憶も、共に風化させていると思っていた。

そうではないことが、いっそ滑稽《こっけい》だ。アシェリーのようにティエトゥールも、アシェリーを思って胸を痛めてくれているとでも思っていたのか。図々しい。

かすかに、扉が軋む音が聞こえた。

「――アシェリー、具合はどうだ？」

密やかな声は、侯主ニーダ・ケアリーのものだ。この人こそが、アシェリーの主人であった。

――僕とても、もうティエトゥール様のものではない。

この身体は、己自身のものですらなかった。

「はい、侯主様……」

ニーダ・ケアリーと共に、ぼんやりとした灯りも室内に入ってくる。鈍い橙《だいだいいろ》色の灯りに目を細めながら、アシェリーは寝台から身を起こした。唇に、もう習い性となった微笑が浮かぶ。

天蓋《てんがい》から垂れ下がる薄絹を払い、ニーダ・ケアリーがアシェリーの枕元に腰を下ろした。

主人の邪魔をせぬよう、侍女たちが静かに室内に灯りを灯していく。光度は微妙に調節され、煌々《こうこう》とした明るさはない。薄ぼんやりと、深夜の寝室を彩るのみだった。

「まだ少し顔色が悪いか」

ニーダ・ケアリーは気遣わしげに、アシェリーの頬を掌で包んだ。

温《ぬく》もりに、アシェリーは束の間目を閉じる。

十年、この温もりに包まれた。侯主はけしていやな主人ではなく、寵妾として以上に、アシェリーを大切にしてくれた。

それなのに、十年経った今でも、アシェリーの心を揺さぶるのはティエトゥールだった。彼の愛を乞うて、胸が騒ぐ。

なんという罪深い人間か。自分には、こんなにやさしくされる価値などない。

「顔色が悪いのは、灯りのせいでしょう。早めに退出させていただきましたので、もうだいぶ楽になりました」

「そうか」

アシェリーはそっと、ニーダ・ケアリーの胸に頬を寄せた。すぐに、候主はアシェリーの肩を引き寄せ、抱きしめてくれる。

「どうした、アシェリー。今宵は馬鹿に甘えん坊だな」

そう言いながら、なだめるように、アシェリーの背を撫でてくれる。アシェリーはニーダ・ケアリーに身を預け、目を閉じた。

「候主様……」

求めるように顔を上げ、唇を開く。ニーダ・ケアリーはわずかに微笑し、アシェリーのそれにゆっくりと唇を合わせた。

「……ん……ふ」

差し込まれる舌は温かくぬめり、アシェリーの口腔を舐めては吸う。それに舌を絡ませ、アシェリーはニーダ・ケアリーの背をかき抱《いだ》いた。

「候主様………あぁ」

寝台に押し倒され、寝巻きの帯を解かれる。すぐに前をはだけられ、吐息に上下する胸にニーダ・ケアリーの掌が這った。

アシェリーは侯主の愛を受ける寵妾。その身分は、たとえティエトゥールと再会したところで変わりはしない。

十年前、アシェリーはティエトゥールの愛を自ら捨てたのだ。

「あぁ……」

己の務めを身体に刻みつけるように、アシェリーは殊更にニーダ・ケアリーを求めた。

それが、十年前に自らがなした選択の結果だった。


——アシェリーだった。

あれはまぎれもなく、アシェリーであった。

ドゥアラ候国での滞在の間借り上げている館へと馬車を走らせながら、ティエトゥールは固く唇を引き結んでいた。そうでなければ、思うさま罵り声を上げてしまいそうだ。

——こんな時に……！

拳を握りしめる。今まさに、ナ・クラティス王からドゥアラ侯国攻略を命ぜられているこの時に、アシェリーが侯主の愛妾になっているとは思いもしなかった。

スピティア伯爵たるティエトゥールには、王の命《めい》を遂行する義務があった。それが、世襲で将軍位を賜るスピティア伯爵家の役目だ。

そしてまた、権力への階段を駆け上がるために、ティエトゥール自身が自ら進んでやってきたことでもあった。

「アシェリー……」

蜉蝣《かげろう》のような姿を、ティエトゥールは思い起こす。

身長は伸び、あの頃より大人びた面差しに変わっていたが、一人前の男に見られる骨太さはまったくなかった。十年間探し続けたアシェリーは儚い幻のような、男とも女とも違う美しい生き物に成長していた。

侯主に、最愛の寵姫がいるという噂は、この国に近づくにつれティエトゥールの耳にも届いていたが、それがアシェリーだとは、思いもよらなかった。よもや、男娼であったアシェリーが一国の侯主の側に侍っていようとは。

ソースティン・ベネットに落籍《ひか》されてから、いったいどんな経路を辿って、こんなことになったのか。このままドゥアラ侯国の攻略が進めば、侯主の寵妾であるアシェリーもただではすまない。

「いや……」

ティエトゥールは呟いた。

わずかに見開かれた瞳が、縋るようにティエトゥールを見つめていたことを思い出す。あの切なげな瞳は、まだティエトゥールに心を残してくれていると解釈してよいかもしれない。

少なくともあの顔を見れば、愛想尽かしの手紙が、やはり嘘であったことが確信できた。

アシェリーはまだ、ティエトゥールに心を残している。とすれば、逆にこの状況を利用できるかもしれない。

どうやら神は、まだティエトゥールに試練を与えたいらしい。だが、この程度の試練など、探し続けた十年と比べればなにほどのものでもない。

やっと見つけたのだ。

嘆きも後悔も、十年前にすべて絞りつくした。アシェリーを取り戻すために、将軍位を持つ貴族にまで這い上がってきたのだ。

——ドゥアラ侯国は攻め滅ぼす。そして、アシェリーも取り戻す。

ティエトゥールの漆黒の瞳が冷酷な色を浮かべて、馬車の外を走りすぎる夜の町を見つめていた。それは、この十年の間に新たに身についた冷たさだった。

すべてはアシェリーをこの手にするため——。

「だが、そのためには……」

低い呟きとともに、ティエトゥールは顎を撫でた。


やがて馬車が館に到着し、降り立ったティエトゥールは、迎え出た執事に一瞥《いちべつ》を投げかけた。

「お帰りなさいませ、伯爵様。実はその、お客様がお見えでございますが……」

深夜の来客に、執事も困惑しているのだろう。言葉を濁す執事に、ティエトゥールは軽く手を上げた。

「ふん……ソースティン・ベネットか」

「は、はい」

不意の来客の名を、主人が言い当てたことに驚く執事に軽く頷きを返し、ティエトゥールは館内にツカツカと入っていった。

——アシェリーが侯主の寵妾になるには、やはりベネットが関わっていたか。

皮肉げに口角が上がる。

ソースティン・ベネットは大陸東部一帯で手広く商いを行っている豪商だ。数々の国にその名は知れ渡っている。

そして同時に、ベネットは十年前、アシェリーを落籍《ひか》した男の名でもあった。

そこまでは判明していたが、以降の消息はまったく摑ませない抜け目のない男だった。

それが、アシェリーと再会した途端、ティエトゥールの前に現れる。それがなにを意味しているのか、わからないほど鈍くはない。

――つまり、アシェリーをニーダ・ケアリーの愛妾に押し込んだのは、ベネットか。

そして、十年の間ティエトゥールがアシェリーも探し続けていたことも承知しているだろう。

軍人らしい大股《おおまた》な足取りで廊下を行くティエトゥールに従い、執事が慌てて客間の扉を開く。その横を傲然とすり抜け、ティエトゥールは客間に足を踏み入れた。

「お帰りなさいませ、伯爵様。宴はいかがでございましたか？」

好々爺然とした男が、床の上で恭しげに跪《ひざまず》く。それにティエトゥールは、軽く鼻を鳴らして答えた。

「わかっているだろう、ベネット。それで、わたしになにを望む」

ドサリと、ティエトゥールは床に腰を下ろした。沿岸諸王国の習慣で、床の上には座り心地をよくするためのクッションが用意されている。そこに胡坐をかき、ティエトゥールは挨拶を無視し、大いに省略した問いかけをベネットに与えた。

ベネットが、ふぉふぉふぉと笑いだす。

「やはりおわかりになりましたか、伯爵様。随分大人びた様子にお変わりになられましたから、お気がつかれないかとも思いましたが」

そう言うと、ベネットは目の奥をチカリと光らせた。

「もう二十五歳におなりあそばしましたか。すっかり大人におなりですが、相変わらずお美しい。あるいはかつてあなた様がお知りであった時よりも、お美しさは増しているやもしれませんな。候主様の深いご寵愛をお受けになって、年々アシェリー様はお美しさに深みを増しておられます。あなたの、アシェリー様は」

思わせぶりなベネットに、ティエトゥールは煩わしげに手を振った。

「御託はいい。今になってアシェリーの正体を明かし、どうしたい」

「若い方はせっかちですな」

ベネットが含み笑う。それを無視して、ティエトゥールは口を開いた。

「問題は、おまえがどちらの側についているかだ。ドゥアラ候国か、それとも、我がナ・クラティス王国か。もっともおまえが芯から商売人であるというならば、答えは自《おの》ずから決まっているがな」

冷えた眼差しでベネットを見やる。それにベネットは、わざとらしく肩を竦めた。

「そのように怖いお顔をして、老人を怯えさせないで下さいまし。もちろんわたくしめは商売人でございます。利のある側にしかつきませぬ」

再び、空気の抜けた笑いを洩らす。

「それで？」

ニコリともせぬティエトゥールに、ベネットはそれとは対照的なにこやかな顔を向ける。

「旭日昇天の勢いでございますな、ナ・クラティス王国は。アシェリー様を最初に落籍《ひか》しました時、申し訳ないことでございますが、あなた様のことは眼中にございませなんだ。それが、世の勢いというものは恐ろしいものでございます。ただこのドゥアラ候国に伝手《つて》を作るだけのつもりが、アシェリー様は一時《いっとき》の慰みものではなく長《なが》のご寵愛を賜り、一介の士官にすぎなかったあなた様は七将軍のお一人、スピティア伯爵におなりあそばされた。まさに幸運というものが、ナ・クラティス王国にはついているとしかいいようがございません。ま、勢いというものは、古来そういうものでございますが」

「——アシェリーは、おまえが潜入させた、ナ・クラティス側の間者だというのだな」

よく口の回るベネットに、ティエトゥールは淡々と呟いた。ベネットが、ますます好々爺然と笑み零れる。

「当初の予定ではありませんでしたが。わたくしとしましては、商売上の伝手ができればそれで。思いがけなく、侯主様より長の御寵愛を賜ることになり、別の使い道ができた、ということです。——伯爵様、アシェリー様は寸毫《すんごう》、あなた様を裏切ってはおられませんよ。あの方のお心には、今も消えない面影が残っていらっしゃる」

「それをナ・クラティスのために利用しろと、おまえは言うのか」

ティエトゥールの眼光が鋭く細められる。

こうなると、ティエトゥールがドゥアラ侯国に派遣されたのも、もはや偶然ではあるまい。ここまで、ベネットがティエトゥールとアシェリーの関係を知っていて、それを利用しないわけがない。この豪商がどこまで王と繋がっているかはわからないが、アシェリーという手駒があったからこそ、ティエトゥールという存在を利用することになったのだろう。だからこそ、王はティエトゥールにドゥアラ侯国攻略を命ぜられた。

「むごいことを……」

己にとってではない。アシェリーにとって、ベネットと王の策謀はむごい仕打ちであった。

ティエトゥールの知るアシェリーは、やさしい少年であった。やさしいからこそ家族を捨てることができず、やさしいからこそティエトゥールにわざと愛想尽かしの手紙を残していった。

そんなアシェリーに間者として振る舞えなど、むごいとしか言いようがない。

見たところ、ドゥアラ侯主ニーダ・ケアリーはアシェリーにとって悪い主人ではないようだった。アシェリーを可愛がる様子には、温かさが感じられた。

己にとって心やさしい主人を、アシェリーは裏切ることができるだろうか。

もしも裏切ったとして、その行為はアシェリーを傷つけずにはおかないだろう。

喉の奥で、ベネットは小気味よい笑いを洩らす。ティエトゥールはそれを不快げに見つめた。

「わたしが頼んでも、アシェリー様は諾《だく》とは仰せになりますまい。なれど、あなた様から頼まれたなら……」

「ベネット、わたしにアシェリーを利用しろというのか」

押し殺した声音に、ベネットはふぉふぉふぉふぉと笑い声を上げた。

「利用ではございません。ナ・クラティスのために、協力をお願いするのです。アシェリー様も、本《もと》をただせばナ・クラティスのお生まれ。お国のために協力するのは、少しも悪いことではございません。あなた様からそう言われれば、けして否やとは申されないはずですよ」

堂々と言い、ベネットは顔をティエトゥールに近づけた。

「――報酬は、アシェリー様ですぞ」

囁きに、ティエトゥールはベネットを睨んだ。

「陛下からのお口添えがあれば、奥方様もアシェリー様を第二夫人に迎えることに異議は申されますまい。十年も捜し続けたいとしい恋人が手に入るのですぞ。ほんの少し、アシェリー様に協力していただければ、お二人のナ・クラティスに戻ってからのお立場もずうっとよくおなりです。そうでなければ、敵国の愛妾であったアシェリー様を、攻め手の将軍であるあなた様の妻にするなど、王がお許しになるでしょうか。ただのご愛妾ではありませんぞ。ニーダ・ケアリー候主の最愛のご愛妾です。お命までお取りにはなられないでしょうが、生涯幽閉、もしくは、ひっそりとした暮らしをお命じになられるでしょう。陛下のご重臣が通われるなどもっての外。なれど、王国の手助けをしたとなれば話は別です。名を変え、密かにあなた様にお下げ渡し下さることも……」

「それでわたしが操れると、おまえは思っているのか、ベネット。わたしも随分、安く見られたものだ」

ティエトゥールは小さく笑った。

「アシェリーが報酬、と言ったな。なるほど、わたしはアシェリーが欲しい。だが、アシェリー相手ならともかく、わたし相手に餌をちらつかせる必要などない。ナ・クラティスの繁栄のために、将軍たるわたしが力を尽くすのは当たり前のことだ」

ティエトゥールは立ち上がり、ベネットを見下ろした。他者を操ることに得意げになっている老爺を、冷たく見据える。

いつでも多くを望まず、ひっそりと息を殺すようにして生きているのに、常にこの世はアシェリーを利用しようとする者で満ちている。家族に利用され、ベネットに利用され、そして今度は……。

だが、いずれにしろドゥアラ候国がナ・クラティスに併呑《へいどん》されることは、すでに決まっている。王の貪欲な腹はドゥアラだけでなく、さらに多くの供物を要求していた。

ナ・クラティスの腹の内に収まる以外、大陸のどの民にも平穏というものは訪れないだろう。

可哀想なアシェリー――。

ティエトゥールはもう二度と、アシェリーの手を放すつもりはなかった。十年前にアシェリーを失った時、ティエトゥールの中の正義は死んだのだ。正道を守ったところで、大切な者はなにひとつ守れなかった。むざむざと失い、手の中に残されたのは絶望だけだった。

――一番大事なものはなにか。

十年前からそれを、ティエトゥールは忘れたことはない。

ティエトゥールはわざと不快げな顔つきをして、ベネットを見下ろした。

「侯主の最愛の寵妾は、最高の間者となるだろう。おまえはせいぜいその功績を、国王陛下に対して誇るがいい。下がれ」

これが、ティエトゥールの出した答えだ。

ベネットは跪き、床に額を押しつけるようにして平伏していたが、面《おもて》を伏せたその顔にいやな笑みが浮かんでいるだろうことを、ティエトゥールは看破していた。妖怪めいたこの豪商は、目の前の若造を己が掌の上で踊らせてやったと、ほくそ笑んでいることだろう。

だが、どれほど厭わしい手段であっても、それがアシェリーを取り戻すことになるのなら、どんな悪魔でもティエトゥールは利用する。

「失礼いたします」

下がっていくベネットを横目で見やりながら、ティエトゥールは胸に浮かんだ算段をじっと思案した。

§第十五章

窓辺に座り、ぼんやりと外の景色を眺めながら、ほぅとひとつ溜息をつく。春の爽やかな風が、アシェリーの頬をやさしく撫でていった。

膝に落ちた手には、蜂蜜《はちみつ》の入った小瓶がある。

時折アシェリーは、それをじっと見つめていた。

ナ・クラティスから運んできたというそれは、舐めてもドゥアラの蜂蜜と同じ味しかせず、そんな時、アシェリーは自分の味覚の貧しさを恨めしく思う。

わかる人が舐めれば、ナ・クラティスとドゥアラの蜂蜜の味の違いがわかると聞いていたから、よけいに落胆は深かった。

――せっかくあの方が下さった物なのに。

ギュッと小瓶を握りしめる。また溜息をついて窓辺に肘を載せ、頬をついた。

目を閉じると、トクトクと心臓の鳴る音が聴こえる。胸の奥に温もりが生まれていた。

アシェリーは小瓶をそっと、胸に押し当てた。

——これは、ただのご機嫌伺いの品物だ。

ドゥアラに赴任してきたナ・クラティスの貴族が、候主の愛妾のご機嫌伺いに贈ってくれただけのものだ。大事に蜂蜜を握りしめながら、自分にそう言い聞かせる。

贈られたことに、なんの意味もない。これがティエトゥールからの贈り物であることに特別な意義を感じているのは、アシェリーだけだ。

アシェリーはじっと小瓶を見つめ、それから、それを窓辺に置いた。春の日差しを受けて、瓶の中の蜂蜜が金色にきらめいている。

頬に、ほんのりと笑みが浮かんだ。たとえただのご機嫌伺いであっても、これはティエトゥールがアシェリーに贈ってくれたものだ。

ほんのわずかの繋がりを、アシェリーは大事に胸の中で抱きしめた。

あらためて、窓の外に広がる庭園に目を向ける。牡丹《ぼたん》が庭一面に咲いていた。

ここは春の間だった。夏になれば、また夏の花が植えられた庭園に面した部屋に、居が移される。秋には秋の、冬には冬の、それぞれの季節に対応した居室がアシェリーには与えられていた。

「綺麗だな……」

この城に住むようになって十年。いつも、春の季節に咲き乱れる牡丹を美しい花だと思っていたが、それは、どこか薄い膜を透《とお》して見える美しさだった。

今は、その薄い膜が消えているのがわかる。アシェリーの目に、周囲の景色が急にはっきりと見えるようになっていた。

わかっている。ティエトゥールのせいだ。

ティエトゥールは、蜂蜜だけではない。他にも様々な、細々とした品物をアシェリーに贈っていた。どれも昔を思い出させる、小さなものばかりだ。お茶、焼き菓子、飴、小さな刺繍のされた手巾、可愛らしい花束——。

ドゥアラに赴任する様々な国の貴族たちは皆、侯主の寵妾であるアシェリーになにがしかの贈り物をしてくるのが普通だ。だから、ティエトゥールがアシェリーに贈り物を届けるのも、少しもおかしなことではない。

アシェリーの好みを心得た贈り物の数々も、他に同じようなものを贈ってくる貴族はいくらもいる。外国の者でも、ドゥアラの貴族でも。

だから、ティエトゥールの贈り物にもなんの意味もない。それなのに、アシェリーの見る景色を霞《かす》める膜が剝がれ、薄い色調だった世界がくっきりとしたものに変わった。この世はこんなに美しかったのかと驚くほどに。

その美しさについ口元を綻ばせながら、アシェリーは心をチクチクと刺す棘《とげ》の存在も感じてもいた。

『アシェリー』と呼ぶ声が聞こえる。

その声は、アシェリーを包み込むようなやさしさに満ちていた。この十年、アシェリーを愛してくれた声だ。

わずかに綻んでいた唇から、笑みが消える。

——あのやさしいお方を、僕は裏切っている。

もちろんティエトゥールには、あの宴の晩以来、会っていない。ただ他の貴族たちのように、贈り物を届けられただけだ。

それなのにたったそれだけで、アシェリーの灰色に閉ざされた世界は変わってしまった。十年もの間やさしい愛情を捧げてくれた人に同じ愛情を返すことはできず、もうとうに別れたいとしい人にだけこの心が反応する。

なんて情けを知らない人間なのだろう。十年もの間、傷ついたアシェリーの心を包み込んでくれたのはニーダ・ケアリーであるのに、求めるのは侯主以外の男だなんて。

アシェリーは窓辺にうつ伏せた。

ひどい人間だと、何度も自分を罵る。

己自身の心なのに、どうして命令に従わないのか。ティエトゥールを忘れ、ニーダ・ケアリーを愛することができたなら、どれほど幸せなことだろう。それなのに、この心はアシェリーのままにならない。

アシェリーは深い溜息をついた。もう何度目のものなのかわからない。

小さく、扉が叩かれた。

「――はい、どうぞ」

何年経とうと人に命令することに慣れないアシェリーの言葉は、召使い相手であっても丁寧だ。

応えに応じて召使いが扉を開き、その場に跪いた。

「アシェリー様、宝石商人が参りました」

「宝石商人？」

アシェリーが訝しげに首を傾げる。それに召使いは、淡々と答えた。

「新しい耳飾りを選ぶようにとの、候主様の仰せにございます」

「候主様が……。そうですか、わかりました」

本当に、ニーダ・ケアリーはアシェリーを着飾らせるのが好きだ。

アシェリーにとっては面倒なことであったが立ち上がり、召使いの先導で商人を待たせている部屋に向かう。

「これはこれはアシェリー様、まことに今日もお美しゅうございますな。今は盛りの牡丹ですらも色褪せるお美しさで、はい」

見慣れた宝石商人は、いつものごとく歯の浮くような世辞をまくしたてる。それを右から左に聞き流し、アシェリーは商人が広げる耳飾りの中から適当に、二つ、三つばかりを選び出し、指し示した。

「はい、こちらの緑石でしたら、お目の色によくお似合いでございます。この銀の鎖が垂れているのもいかがでございましょう。鎖の下に色とりどりの宝石がついてございますから、お身を動かされるたびに石が光を反射して、それは美しゅうございます。

きっと侯主様もお気に召されるのではないでしょうか、はい」

　商人がその耳飾りを摘み上げ、宝石の様子を見せるように軽く振る。細い鎖が揺れ、その下の宝石が軽いきらめきを放つ。

　たしかに侯主の好みのようだ。アシェリーは頷き、それも含めるように頼んだ。

「ありがとうございます、アシェリー様」

　深々と、商人が頭を下げる。それから、「あっ」と声を上げ、懐からなにやら箱を取り出した。

「申し訳ありません。どうしても断れない筋から頼まれてしまいまして、はい」

　アシェリーは眉をひそめた。アシェリーはいつも、贈り物は小物しか受け取らない。そのせいで、時折こうして出入りの商人に託して、高価な贈り物を届ける者がいるのだ。懇意にしている商人を通じての届け物となると、断りにくい。しかし、愉快なことではなかった。


　不快げな顔を見せるアシェリーに、商人はやや強引に小箱を握らせた。

「わたくしどもの職人の自信作です。きっとお気に召していただけると確信しております」

　いやに自信たっぷりに言い放つ。いつもはもう少し、控えめにアシェリーに渡すのに……。

　アシェリーは思わず、商人の顔を見つめた。

　思わせぶりに、商人が小さく頷く。

　――なにか……？

　一瞬考え、アシェリーはそっと、小箱を開いた。

　中には、アシェリーの好みを考慮したのだろう、小さな石がいくつか控えめに散らされた指輪が納められていた。

　商人に目をやり、それから、小箱に視線を落とす。指輪にそっと触れ、取り出すと、カサとかすかな音を聞いたような気がした。

　商人が、アシェリーに向かって目顔で頷くのが見えた。

我知らず、アシェリーの胸が鼓動を早めた。

——これは、もしかして……。

中を探ると紙片が見える。その紙片にわずかに見える筆跡。ずっと昔、娼館での手紙の遣り取りで見た——。

痛いほどに胸が鳴り、アシェリーは召使いの目を盗みながら箱の内側に指を滑らせ、布の下に隠された紙片を手の内に収めた。

鼓動が耳に痛いほど聞こえてくる。

アシェリーはそのまま、わざと不機嫌な顔をして指輪を箱に戻した。

「このようなことは困ります。二度と、こんな話は受けないようにして下さい」

そう言って、指輪が入った小箱をそっけなく召使いに渡した。

商人は、畏《かしこ》まって平伏している。

「はい、申し訳ございません、アシェリー様」

「きっとですよ」

アシェリーは這い蹲《つくば》る商人を見下ろしながら立ち上がり、部屋を出た。

烈《はげ》しく鳴っている心臓の音が、他人《ひと》に聴こえはしないだろうか。この手紙はまさかと思う気持ちと、いいや妙な期待はするなという気持ちがせめぎあっている。

まさか、ティエトゥールからの手紙だろうか。

いいや、そんな都合のいいことはない。誰か別の人間からのものかもしれないではないか。

しかしそうだとして、どうしてわざわざこんな方法で手紙を渡さなくてはならないのだ。アシェリーを通じて侯主になにか願い事があるのなら、こんな召使いの目を盗むような方法で手紙を渡さなくてもよい。あの商人に口上を言わせればいいことだ。その程度のことに目くじらを立てる者はいない。侯主を含めて、贈り物をつけた願い事に寛容でない宮廷ではなかった。むしろ、その程度のことはごく当たり前に行われている。わざわざこんなふうに、秘密めかした振る舞いをするほうが不自然だった。

もしも、秘密にしないといけないというのなら、それはただの願い事の筋では有り得ない。

そうではなく――。

居室に戻り、アシェリーは窓辺のクッションに腰を下ろした。牡丹の咲き乱れる庭園に眼差しを向ける。

その目の端に、ティエトゥールから贈られた蜂蜜入りの小瓶が入った。

胸がトクリと鳴る。掌に隠した紙片の存在を、アシェリーは痛いほどに意識した。

ただの願い事の筋ならば、こんなふうに隠して手紙を送らなくてもよい。アシェリーが、候主に隠さなければならないことはなにひとつなかった。ティエトゥールのことを除いては……。

召使いも下がり、アシェリー一人だけになった居室で、掌をそろそろと開く。誰もいないとわかっていても、つい周囲を見回してしまう。

深く息をつき、アシェリーは紙片を開いた。

「――……っ」

半ば予想していたのに、現れた名に、アシェリーは息を呑み込んだ。

――……ティエトゥール様。

やはり、というべきか。差出人の名は、ティエトゥールだった。名前だけではない。そこには日時と、後宮の外れにある庭園の東屋《あずまや》の場所が記されている。会いたいと、書かれていた。

アシェリーの呼気が乱れた。

本当に、ティエトゥールがアシェリーに会いたいと手紙を出してくれたのか。何度も何度も、アシェリーは紙片を読み返した。

「本当に……」

唇が震え、目尻に涙が滲む。あのまま知らぬ者として、ずっと無視されてしまっても仕方がないのに。それなのに、会いたいと手紙を貰えたことが、胸が震えるほどに嬉しかった。

こんなふうに自分の心が揺れ動くことに、アシェリーは驚いていた。

まだ、自分の心は生きていたのだ。ずっともう、ティエトゥールと別れた時に死んでしまったと思っていたのに、まだ生きていた。ティエトゥールに会っただけで景色は色づき、心が激しく動き出す。いけないのに、そう思う一方で、喜びを押さえきれない。ティエトゥールの姿をひと目見ただけで、指の先にまで生気が吹き込まれる。

これは、ニーダ・ケアリーに対する裏切りだ。

けれど、そんな理性の制止も、心にまでは届かない。アシェリーは掌の中の紙片に、もう一度目を滑らした。

「……三日後、深夜」

その日は、神事を控えて、ニーダ・ケアリーはアシェリーの寝所にやって来ないことがわかっている。早くもティエトゥールは、候室の神事までも調べているのか。

深夜にアシェリーを呼び出し、ティエトゥールはなにを言うつもりなのだろう。あるいは、するつもりなのだろう。

十年前の怒りをぶつけるのか。それとも——。

アシェリーは紙片を細かく千切ると、お茶と一緒に飲み込んだ。


三日後、深更——。

アシェリーは静かに寝台を忍び出た。召使いたちを起こさぬよう、そろそろとした足取りで宮室を抜け出ていく。

ひっそりと静まり返った庭園を影のように忍び歩いて、東屋に向かった。

半分に欠けた月が、鈍く庭園を照らしている。

誰かに見つかったら、お終《しま》いだ。それがわかっていながら、アシェリーは東屋へと向かう足を止めることができなかった。

息苦しいほどに鼓動が高鳴り、呼吸が乱れる。

辿り着いた東屋の扉を、アシェリーはじっと見つめた。胸の前で握りしめた指が、小刻みに震えている。

この中に、ティエトゥールがいる。外れとはいえ、後宮内の庭園に、ティエトゥールはどうやって入り込んだのだろう。

そっと、アシェリーは扉を叩いた。

ひそやかな音に、すぐに室内から反応が返る。

わずかに開いた扉の奥にティエトゥールの姿を認め、アシェリーは息を震わせた。

「——……っ」

「……アシェリー」

囁く声に、頽れそうになる。その腕を、ティエトゥールが引いた。中に引き込まれ、抱きしめられる。

「ティエトゥール様……！」

心が、一気に十年前に引き戻されていった。抱きしめる腕の熱さに、涙が零れそうになる。


もう二度と会えないと思っていた。触れることは叶わないと思っていた。そう覚悟して、十年前のあの日、別れの手紙を書いたのに——。

時は呆気なく引き戻され、アシェリーは侯主の愛妾である自分ではなく、クラティアの娼館にいたアシェリーに戻っていた。

「ティエトゥール様……ティエトゥール様、お会いしたかった」

アシェリーを強く抱きしめる男の背をかき抱く。ティエトゥールが、アシェリーの髪に頬を埋めるのを感じた。

「わたしもだ。ずっとおまえを捜していた。ずっと……」

「僕を？」

「ああ」

わずかに身体が離され、アシェリーの顔をティエトゥールがじっと見つめる。アシェリーも、もう夢の中でしか会えないと思っていた男の顔を見上げた。

わずかな灯りしかない東屋の中は薄暗く、ティエトゥールの顔はぼんやりとしか見えない。

背を抱いていた手を離し、アシェリーはそっとティエトゥールの頬に触れた。

――温かい。

鋭角的な頬、高い鼻梁、抱きしめる腕は十年前よりも線の太さを増し、力強い。けれどその目は、十年前とは違っていた。

潔癖で真っ直ぐだった眼差しに、深い苦悩が刻み込まれている。時に、他者を断罪する強さを持った高潔さは、深い包容力を感じさせる温かさに変化していた。

「……ごめんなさい」

思わず、アシェリーは呟いた。ティエトゥールを苦しめたのは自分だと、理屈でなく感じた。

しかし、ティエトゥールはわずかに首を振る。

「いいや、謝るのはわたしだ。誰にも有無を言わせず、わたしがアシェリーを身請けしていたら、そうしたら、おまえをこんなに苦しめることはなかった。わたしも、こんなに悔やむことはなかった。……アシェリー」

「あ……ティエトゥール様」

口づけられる。それに抵抗しようとは、アシェリーは思わなかった。こうすることが自然なのだと思った。

「ん……ぁ」

口づけは、やさしく唇を吸われるだけで離れた。

「アシェリー……」

密着した身体が、互いに熱を帯びているのがわかる。

これは裏切りなのだろうか。

アシェリーは、ティエトゥールを見上げた。

もちろん裏切りだ。ニーダ・ケアリーはけしてひどい主人ではない。むしろ、心壊れたアシェリーをやさしく包み込み、愛してくれた。

それでも、この心が候主を求めることはなかった。

ティエトゥールを見上げるアシェリーの翠瞳に、涙がこみ上げた。

十年の歳月は、この想いを風化などさせなかった。忘れていくと思ったのがどれほど間違っていたか、アシェリーは今、まざまざと思い知らされていた。

「ティエトゥール様……」

求める言葉は必要なかった。ティエトゥールも黙って、アシェリーを抱き上げた。

静かに寝台に下ろされる。長い間、誰も使っていないのであろう寝台からは、埃っぽい臭いがした。

アシェリーも沈黙したまま、寝台の上で身体から力を抜いた。かすかな衣擦《きぬず》れの音とともに、寝巻きの帯が解かれる。やさしく身体を起こされ、寝巻きを剝ぎ取られた。

晒された裸身を見下ろしながら、ティエトゥールが自らの着衣を脱ぎ捨てていく。

——候主様、お許し下さい。

けれど、十年の昔から、アシェリーのすべてはティエトゥールのものだった。

伸しかかるティエトゥールに、アシェリーは無言で目を閉じた。


「……ぁ……ん、ぁぁ」

あえやかな声が、闇に溶けていく。アシェリーは全身に触れていく手に、唇に、身を震わせていた。色が白く、痕の残りやすい肌を気遣って、唇はやさしく触れていくだけだ。それでも、ティエトゥールの唇が肌を這う感触に、アシェリーは声をこらえることができなかった。

しかし、あまり大きな声を上げたら、外に洩れてしまうかもしれない。自然と、押し殺すような声になる。

またティエトゥールの手も唇も、アシェリーに声を上げさせるのを主眼として、触れてはいなかった。

そうではなく、幻ではないアシェリーの隅々を触れて確かめたい、そんな思いが感じ取れる。身体は、言葉よりも雄弁だった。

「あっ……！」

唇が、先を硬くしている胸を吸った。ここならば、候主にも常に愛されている箇所だ。ティエトゥールが思い切り吸い上げて、赤く腫れても怪しまれない。それまで、思う様唇でアシェリーを愛せなかった分、ティエトゥールは思い切りそこを唇で挟み、吸っては舐めた。

「あ、ぁ……ティエトゥール様……んっ」

片方を吸い上げられ、もう片方を指先で抓《つま》まれる。アシェリーの身体がビクビクと跳ねた。

舌先で突かれると、乳首がヒクンと硬くなる。それをやさしく吸い上げられると、押し殺した声が洩れる。

その様を堪能するように、ティエトゥールは小さく音を立てて、愛らしく勃ち上がる胸の実を唇と舌で愛した。

たっぷり味わってから、今度はもう片方の乳首に唇を移してくる。舌で濡れた胸には代わりに指先を与え、円を描くように捏ねては、アシェリーの背筋をたわませた。

さらに乳首を弄っていた指が、身体の線を辿りながら下りていく。最後に、ゆらゆらと勃ち上がる花芯に触れられた。

「アシェリー……熱いな。それに、少し大人になっている」

囁きに、アシェリーの耳朶が赤く染まる。ティエトゥールが言う通り、そこは少年の頃より少しは成長していた。花の蕾のようだった小ぶりな性器は、しっかりとした大人の質感を感じさせるものに変わっている。それでも、ティエトゥールの掌で包み込める大きさであったが。

質感を確かめるように、握りしめた掌をゆっくりと滑らされた。

「あっ……ティエトゥール様……っ」

アシェリーは口元を手で押さえ、声を上げた。形を確かめる指が上下するたびに、下腹部がビクビクと揺れる。つい焦れて、突き上げるように腰が振れ、羞恥に肌が赤くなる。

「いいんだ、アシェリー。いいんだ……」

花芯をゆるやかに扱きながら、ティエトゥールがアシェリーの耳に囁きを落とす。

「感じているのはわたしも一緒だ、ほら」

性器から指が離れ、代わりにティエトゥールの熱い漲りが押し当てられる。それはアシェリーのものよりも大きく、逞しく昂ぶっていた。

「……ぁ。……あぁ、っ」

二つ一緒に、ティエトゥールの掌が握る。まとめて扱かれ、アシェリーは喉を仰け反らせた。

掌と、そして、息遣いに揺れる怒張に、花芯が擦られる。

「あ、あぁ……あっ、ティエトゥール様……っ」

一気に、身体の熱が上昇した。花芯が腹につくほどに反り返り、先端がじんわりと濡れるのを感じる。

「あ、あ、ぁ……いやぁっ……っっ！」

あっと思う間もなく、アシェリーは蜜を迸らせた。胸元に熱い雫を感じる。ティエトゥールは微笑み、アシェリーを抱きしめた。

「ぁ……ティエトゥール様……」

全身を包む温もりに、アシェリーの心の内側まで温かくなる。

「アシェリー、愛してる」

「ぁ……ん、ぅ」

囁きと共に口づけられた。求めるように唇を薄く開くと、舌が滑り込んでくる。

「んっ……ふ……」

肉厚の舌が口蓋を這い、頬の裏の柔らかな部分を舐める。蜜を吐き出したばかりの花芯がまた熱を持ち出すのを、アシェリーは感じた。

――あぁ、また……。

羞恥を感じる頭は、絡めた舌を強く吸われると、ぼんやりと霞《かすみ》がかかっていく。

再会したばかりで、自分たちはなにをしているのだろう。だが、触れ合うことをやめられない。

しどけなく開かれた下肢に、ティエトゥールの指が触れた。再び芯を持ち始めた花芯をあやすように握り、それから、掌を滑らせ、蜜を蓄えた袋をやさしく揉みしだく。

さらに指先が、下肢の狭間を滑り降りた。

「……ぁ、っ」

秘められた花蕾にそっと触れられる。ビクンと身体が震えた。

「アシェリー……いいか？」

指先が、身体の内にわずかに沈められる。蕾は淫らに口を開き、ねだるように、喰《は》まされた指を咥え込んだ。

アシェリーは全身を朱に染め、呟いた。

「下さい、ティエトゥール様。……全部」

「アシェリー……」

「……あっ」

ゆっくりと、根元まで指を挿れられる。それは肛壁を蕩かすように上下し、すぐに二本に増えた。指はばらばらに蠢き、時折、内部でくじかれる。

擦るように中を指先で撫でられ、アシェリーの身体が蕩けていく。ヒクヒクと口を喘がせる後孔は、もっと太いものを求めるように指に絡みつき、吸いついた。

己の身体の淫らさに、アシェリーは泣きたくなる。十歳で売られた時から男娼をしている身体は、すでに真っ当な男の肉体ではなく、抱かれるための身体に変化していた。後ろは、男を咥え込むための器官ではないのに、逞しい漲りを突き入れられることを欲して、いくらも触れられないうちから肉襞をひくつかせる。それはたとえ、愛する相手でなくても同じ反応を返す。

——卑しい男娼。

アシェリーはしゃくり上げるように、息を喘がせた。

「どうした、アシェリー」

泣き出しそうな震えを感じ取ったティエトゥールが、深い声で問いかけてきた。

そっと、後孔から指を引き抜かれる。言葉に出さずとも、アシェリーの肉体がなにを求めているのか、ティエトゥールはわかっているようだった。そして、それを淫らとは思っていない。

両手でアシェリーの頬を挟み、ティエトゥールは囁いた。

「いいんだ、アシェリー。いいんだよ」

「でも……っ」

涙が零れ落ち、アシェリーは啜り泣いた。頬を包むティエトゥールの掌に、己の掌を押し当てる。

「僕は……っ。ティエトゥール様以外知りたくなかった。ティエトゥール様だけ知っていたかった……。でも……」

「いいんだ、アシェリー。なにもかも全部含めて、おまえなのだから」

「ティエトゥール様……」

アシェリーは求めるように、ティエトゥールに腕を伸ばした。その手を摑み、ティエトゥールがアシェリーを抱きしめる。

「今こうして、おまえにもう一度触れることができた。それがすべてだ。それ以外のつまらないことなど忘れてしまえ、アシェリー」

「つまらないこと……？」

頬に頬を押し当てられながら、アシェリーは呟いた。それに力強く、ティエトゥールが頷く。

「そうだ、つまらないことだ。二人が出会って、またこうして結ばれることができる。それ以外のなにが重要だというのだ。違うか？」

「ティエトゥール様………あっ」

両足が押し開かれ、卑しい肉襞に逞しい雄芯が触れる。すでに蜜を滴らせたその先端が、怒張を求めて襞をひくつかせている蕾を開いた。

「あぅ……っ、あぁっ」

張った雄蕊《ゆうずい》が、強引なほどに力強く、肛壁を抉りながら蕾を散らしていく。

「アシェリー……くっ」

鈍く奥を突いて、ティエトゥールの怒張がすべて、アシェリーの肉体の奥に収められた。

「再び巡り会えたこと以外に、大事なことはないだろう?」

「ティエトゥール様……」

怒張を奥まで喰《は》ませたまま、ティエトゥールが囁く。ドクドクと、咥え込まされた雄蕊の昂ぶりが襞越しに伝わってきた。

繋がっている。

そのことを、アシェリーはまざまざと感じた。

どんなにアシェリーが淫らな身体をしていても、幾人の男がアシェリーの肉体を玩弄していても、それがなんだというのだ。

それは全部つまらないこと。

今こうしてティエトゥールに愛されていること以外、互いの熱を感じ合える幸福以外、大事なことはなにひとつない。

ヒクリ、と襞が怒張に絡みつくのを感じる。

アシェリーはティエトゥールに腕を伸ばした。

「下さい、ティエトゥール様。僕の中に……ティエトゥール様。………出して」

「ああ、望むだけ、たっぷり出してやる、わたしのアシェリー」

グッ、と奥を軽く突かれる。最初はゆっくりと、ティエトゥールの欲望が、アシェリーの柔らかな襞を擦り上げていく。いっぱいに雄を咥え込んでいる襞の様子を確かめるように、ティエトゥールは慎重に熱く漲った欲望を蠢かした。

アシェリーの柔襞は、縋りつくように懸命に、ティエトゥールに絡みついてくる。切なげにキユッと締まり、蹂躙をねだるように吸いつく。

——こんな……だったろうか。

肉襞を擦り上げられ、奥を強く突かれるたびに、甘い痺れが身体の芯を蕩かしていく。ティエトゥールの腰の動きに合わせて下肢を揺らめかすと、しだいに、どこからがティエトゥールで、どこまでがアシェリーであったのか、その境界がわからなくなっていった。

繋がり合った部分から生まれた熱が全身に広がり、脳髄までをも犯していく。

「あぁぁ……だめ、っ……っっ」

ヒクン、と下肢が仰け反った。同時に、こらえようもなく花芯から蜜が迸る。

二度めの放埒《ほうらつ》にひくつく身体をティエトゥールは強く抱き竦め、収縮する襞に強引に雄蕊を突き入れた。

「くっ……アシェリー……っ」

「ひ……っ。あぁぁぁっっ……っ！」

最奥にティエトゥールの熱い蜜を感じ、達したばかりの花芯がまたヒクヒクと震え出す。

「あ、あ……んぅ……ふ……あぁ、ぁ」

アシェリーの身体が痙攣するように震え、中で蜜を吐き出す怒張を食いしめた。食いしめながら、しどけない法悦に花芯がトロトロと蜜を滴らせた。

腕の中で、夢見るように眼差しを泳がせ、悦びの蜜を滴《したた》らせるアシェリーを、ティエトゥールはゆったりと抱き竦めた。どこまでも溶け合った身体が、ひとつに繋がっていく。

「アシェリー……愛している」

全身をぐったりと蕩かせているアシェリーの額に、頬に、ティエトゥールは何度も口づけた。

降るような口づけに、ゆっくりとアシェリーの意識が戻ってくる。

「ぁ……ティエトゥール様……ん、ふ」

しっとりと、唇を塞がれた。舌を絡め合い、いとおしむように吸い合った。こんなに深い悦びが、まだ自分の人生に用意されていたのだ。

思いがけない至上の贈り物を、アシェリーはそっと抱きしめた。やさしく、互いをいたわり合うような口づけが、求め合うそれに変わっていく。もっと、もっと欲しかった。

穿たれたままの欲望が、アシェリーの襞に包まれて再び力を持ち始めるのを感じる。

胸の深い部分が、歓喜に震えた。

「もう一度……アシェリー」

「……はい、ティエトゥール様」

指と指と絡め合いながら、二人は罪の深みに落ちていった――。


トクトクと穏やかな鼓動が聞こえてくる。アシェリーはその音に耳を押し当て、ほぅと深く息をついた。ゆらゆらと、意識が浮上してくる。

「ぁ……ティエトゥール様……」

周囲は、まだ闇夜だった。


「気がついたか、アシェリー」

ティエトゥールが、やさしくアシェリーの髪を撫でてくる。

それにアシェリーはうっとりと目を閉じ、胸にもう一度頬を寄せた。まだ後ろに、ティエトゥールを挟み込んでいるような感覚が残っている。何度も愛された蕾は熱を持ち、再びティエトゥールを求めて襞口を喘がせた。

――なんて淫らな。

身体はくたくたに疲れているのに。

果てることのない互いの情欲をなだめるように、ティエトゥールが軽くアシェリーに口づける。啄ばむような口づけを何度か交わし、二人は目を合わせ、微笑んだ。

――もうこの方と、離れて生きていくことはできない。

たった一夜《ひとよ》で、十年の時間が巻き戻されてしまった。

しかし、アシェリーは微笑んだ眼差しを伏せ、ティエトゥールの胸に顔を伏せた。

こんなことが、何度も許されるわけがない。見つかって立場を悪くさせるのは、ティエトゥールのほうだ。夢の時間は長く続かない。

アシェリーは目を閉じた。候主の目を盗んだ裏切りがアシェリーを死なせることになったとしても、アシェリーは悔やみはしない。本望ですらあった。

けれど、ティエトゥールは違う。立派な家名と、大事な家族がいる。息子を誑《たぶら》かした男娼を、ティエトゥールの母親はけして許しはしないだろう。十年前そうだったように。

いや、十年前よりももっと状況は悪い。ティエトゥールは、もはや下級貴族のグラフィーではなかった。名誉あるスピティア伯爵を名乗る身だ。背負うものは、グラフィーという家名よりもずっと重い。

対してアシェリーは、ドゥアラ候主ニーダ・ケアリーの愛妾。それも、候主の最愛の愛妾だ。

その寵姫であるアシェリーと、外国人であるティエトゥールとの醜聞は、へたをすれば外交問題にまで発展しかねない。

結局、アシェリーの存在は、ティエトゥールを苦しめることしかできないのだ。

だから、この逢瀬も、今宵一夜限りのものだ。

アシェリーは腕を伸ばし、ティエトゥールにギュッとしがみついた。今夜一晩だけのことなのだから、もう少しだけ一緒にいたい。夜が白み始める前には、ニーダ・ケアリーの愛妾に戻らなくてはならないのだから。

しかし、ティエトゥールはアシェリーとは違う考えを持っているようだった。縋りつくアシェリーをきつく抱きしめ、囁いた。

「アシェリー、いつまでもここには置いておかない」

「ティエトゥール様……？」

ティエトゥールはなにを言おうとしているのか。戸惑い、アシェリーは愛する男の顔を見上げた。

ティエトゥールは強い眼差しで、アシェリーを見つめている。

「今度アシェリーを見つけたら、もう二度と離さないと、十年前にわたしは誓った。むざむざと手を拱《こまね》いて愛する者を失う苦しみは、もうたくさんだ。必ず、おまえを我が手に取り戻す、アシェリー」

「そんな……無理です」

アシェリーはギクシャクと首を振った。アシェリーとて、ティエトゥールの元に戻れるのなら、戻りたい。けれど、ドゥアラ侯国の君主のものになっているアシェリーが、どうやってティエトゥールの元に行けるというのか。

ニーダ・ケアリーはまだ若い。三十九歳という壮年で、特に病苦を持っているわけではない。急死する可能性はほとんどなく、候主の寵愛が薄れない限り、アシェリーはドゥアラの後宮を出ることは叶わないだろう。

そしてその寵愛は、出会って十年の月日が過ぎた今も、失われるどころかいや増して続いている。あと何年、いやもしかしたら、アシェリーが老いて醜くなるまで、ニーダ・ケアリーはアシェリーを側から離さないかもしれない。

ティエトゥールがアシェリーを取り戻そうとするのは、ほとんど無理なことであった。

しかし、ティエトゥールは案ずるなとでもいうように、笑みを浮かべた。

「いいや、無理ではない。ドゥアラが滅べば、おまえは自由になる」

「滅べ……ば……？」

ギクリ、と心臓が飛び跳ねた。

肩を抱いていたティエトゥールの手が、アシェリーの頬に触れ、包み込む。

「そうだ。おまえも知っているだろう。ナ・クラティスは、ドゥアラ侯国を狙っている。王国の次の獲物は、この国だ。その下見のために、国王陛下はわたしをドゥアラに派遣したのだ」

「……戦《いくさ》になるのですか」

アシェリーの目が、怯えたように見開かれた。

ナ・クラティスが周辺の国々を併呑しようと狙っているのは、周知の話だ。

むろん、ドゥアラ候国もそのことはわかっている。候主ニーダ・ケアリーはナ・クラティスを警戒し、巧みな外交手腕で国を守ってきた。

また、ドゥアラ軍も柔弱な軍ではない。英主ニーダ・ケアリーの指揮の下、数ではナ・クラティス軍に及ばなかったが、数の不足を質で補い、勝てないまでも負けない力をナ・クラティスに示してきた。

ドゥアラ候国軍を攻略するのは、いかなナ・クラティス軍といえども容易なことではあるまいと、世情では言われている。

だが、ついにナ・クラティス軍が本気になったのか。それとも、勝てるという公算がついたのか。

「ナ・クラティスが勝ったら僕は……」

「そうだ、自由になれる。わたしの元に帰ってこられる、アシェリー」

帰ることができる。その言葉に、一瞬、アシェリーの口元が綻びかけた。

だがそれは、笑みになる前に止まった。

ナ・クラティスが勝つ。それは、ドゥアラが負けるということだ。負けて、ナ・クラティスに滅ぼされる。そうなった時、ニーダ・ケアリーはどうなる。亡国の候族を、今までナ・クラティスはどうしてきた。

アシェリーの顔が青褪めた。

候主一族は処刑。それが、ナ・クラティスのやり方だ。

戦になり、ナ・クラティスが勝利すれば、アシェリーは自由になるかもしれない。愛し続けたティエトゥールと共に暮らせるようになるのかもしれない。けれど、傷ついた十年、アシェリーをいとしんでくれたニーダ・ケアリーは死んでしまう。

ニーダ・ケアリーの死の上に、アシェリーの幸福は築かれるのだ。

——そんなこと……。

アシェリーはそれに耐えられるのか。

愕然とするアシェリーを、ティエトゥールは抱き竦め、囁いた。

「ドゥアラが無くなれば、おまえは自由だ。待っていてくれ、アシェリー。必ずドゥアラを滅ぼし、わたしはおまえを取り戻す」

「ティエトゥール様……」

どうしたらいい。どうするべきなのだ。

迷うアシェリーの心を封じるように、ティエトゥールが言葉を注ぎ込む。

「来月、わたしはナ・クラティスに戻る。そうして、夏にはドゥアラに進軍するだろう。そうしたら、遅くとも秋までにおまえは自由になる」

「でも……」

唇を、ティエトゥールがそっと押さえる。

「このことは誰にも内緒だ。おまえにだから話すんだ。なにも言わずに待たせたら、おまえも不安になるだろう？　あと半年、待っていてくれ、アシェリー」

「……ぁ」

やさしく、唇を啄ばまれる。

耳に注ぎ込まれた重い秘密に胸を塞がれながら、アシェリーはティエトゥールの与える口づけに目を閉じた。

酔いしれる身体と、重苦しい心、二つを抱えて苦悩しながら……。

§第十六章

何度、アシェリーはニーダ・ケアリーに言おうと思ったかわからない。けれどそのたびに、喉を塞ぐなにかが、アシェリーの言葉を止めた。

季節はそろそろ、初夏を迎えようとしていた。

夏はもう近い。ティエトゥールがドゥアラ侯国を去ってから、ひと月あまりの時間が過ぎている。

その間、侯主の口からナ・クラティスを警戒する言葉は聞こえなかった。侯主によると、ナ・クラティス軍は今、スルトバラン侯国の攻略にいそしんでいるらしい。

このまま、スルトバランの攻略が長引けばいいのに。アシェリーはそう願った。

ナ・クラティスの攻撃を侯主に告げることもできず、さりとて、ティエトゥールのことだけ考えることもできず、アシェリーにできるのは願うことだけだった。

自分でも、もうどうしたらよいのかわからない。

ティエトゥールの元に戻りたい。けれど、ニーダ・ケアリーの死を望みたくはない。

どちらも、アシェリーの本当の気持ちだ。だからこそ、どうしたらよいのかわからずにいた。

ティエトゥールから聞いたナ・クラティス軍の心づもりを侯主に話せば、侯主は迎え撃つ準備を進めるだろう。奇襲のつもりが迎撃を受け、ナ・クラティス軍は崩れるかもしれない。そうしたら、おそらくナ・クラティス軍を率いてくるであろうティエトゥールの身も危うくなる。

といって、言わずにいれば、今度はニーダ・ケアリーの身が危ない。いいや、ことはニーダ・ケアリー一身のことでは済まなかった。

ドゥアラの民は戦に苦しみ、負ければ、侯族は処刑の憂き目を見ることになる。侯主も、侯主の後継者であるまだ十代の少年の侯太子も、女子供にいたるまで、すべてが死を命ぜられる。

どちらかひとつに心を染めることができたなら、どんなによかっただろう。

アシェリーの心は二つに分かれたまま、鬱々と日日を送っていた。

そんなアシェリーを心配して、ニーダ・ケアリーは足繁くアシェリーの元に通ってくる。夜は必ず抱いて休み、食欲の失せたアシェリーのために、口にしやすい食べ物を細々と用意させる。少しでも気晴らしになるようにと、普段はめったに許さない外出もたびたび許可された。観劇、買い物、音楽会と、様々にアシェリーを楽しませようと、ニーダ・ケアリーは心を砕いてくれる。それがいっそう、アシェリーを苦しめた。

これほどの厚情に、なぜ自分は応えることができないのか。ティエトゥールを忘れ、ニーダ・ケアリーを愛することが、なぜできないのか。

「どうした、アシェリー。もう一口だけ、さ、口を開きなさい」

今夜も、ニーダ・ケアリー手ずから、アシェリーに夕食を食べさせようと、手を尽くしてくれている。ニーダ・ケアリーに背を抱かれ、やさしく口元に匙《さじ》を差し出された。

「はい、申し訳ありません、候主様……」

ゆるゆると、アシェリーは口を開く。差し込まれた匙から、柔らかく煮込まれた粥《かゆ》を飲み込んだ。一口飲み込むと、よくやったと褒めるように、候主がアシェリーの頬を撫でる。それにそっと目を閉じ、アシェリーはニーダ・ケアリーの胸に寄り添った。

候主はやさしい。とてもおやさしい。

一言、アシェリーが口にしさえすれば、終わるのだ。ナ・クラティスがこの夏、ドゥアラを攻めるつもりでいる、と。

その一言が、とてつもなく重い。

わかっている。言えば、ティエトゥールの命を危険に晒すかもしれないからだ。

なんと浅ましい人間なのだろう。卑しい人間なのだろう。恩ある候主に対して、これほどの裏切りはない。心も身体も、そして命すらも、アシェリーは候主を裏切ろうとしている。黙っていることは、裏切り以外の何物でもない。

「アシェリー、どうした？」

子供をあやすようにやさしく、侯主がアシェリーの顔を覗き込む。それにアシェリーは、頑是なく首を振った。

「なんでも……なんでもありません」

そして、侯主の胸に縋りつく。

明日にしよう。明日こそ、心を決めよう。そうやってまた、問題を先送りにしようとした。

けれど、時はもう、アシェリーの決断を待たなかった。

「——失礼いたします、侯主様！」

息を荒らげて、侯主側近の重臣が扉を開ける。後宮の、しかもアシェリーの居室に、こんなふうにして重臣が駆け込むことはかつてなかった。

アシェリーの身体がビクリと震える。なだめるように、ニーダ・ケアリーがその肩を抱きしめ、跪く重臣に視線を向けた。

「どうした？」

「ナ・クラティス軍が……」

重臣は唇を喘がせ、声を張り上げた。

「国境を破り、我が国に攻め入ってまいりました。一気呵成《いっきかせい》に国境の守りを攻め落とし、侯都に向かっていると、今、早馬が！」

「なんだと！」

張り詰めたニーダ・ケアリーの返答が遠くに聞こえる。

ナ・クラティス軍の侵攻——。

ついに、なんの準備もさせないまま、この日を迎えてしまった。

ゆっくりと、アシェリーは意識が遠のいていくのを感じていた。夜の闇のような暗さが、視界を塞いでいく。

侯主の腕の中、アシェリーはぐったりと倒れ伏した。

呆気ないほど簡単に国境の守りが突破でき、そのことで、ティエトゥールはアシェリーの協力を知った。

いや、協力という言い方はそぐわないだろう。あの夜の様子から、アシェリーは必ずしもこちらの言に賛同しているわけではないことを、ティエトゥールもわかっている。

候主とティエトゥールの間で迷いに迷い、結局言い出せないまま、今日の日を迎えてしまったというところだろう。

だが、それでいいのだ。積極的な意図はないにしろ、ティエトゥールの側に加担させることが、目的なのだから。

これは、一種の踏み絵だった。アシェリーの心が変わっていないことを、ティエトゥールはあの夜確信できていたが、そこからさらに一歩進めて自分の手を取らせるためには、無理矢理にでもアシェリーにティエトゥールを選ばせることが必要だった。

たとえ、迷いに迷った末の消極的な裏切りであっても、アシェリーはティエトゥールを選んだ。

その事実を盾に、アシェリーにさらなる——そしてより明確な——ニーダ・ケアリーに対する裏切りを演じさせる。

——許せ、アシェリー。

言葉に出さず、ティエトゥールはアシェリーに謝った。この裏切りは、きっとアシェリーの心を傷つけるだろう。ニーダ・ケアリーに対して、生涯の負い目を持たせることになる。

しかし、ティエトゥールは、十年前にスピティア伯爵家の令嬢を妻に娶《めと》ると決めた時から、手段を選ぶ男ではなくなっていた。

アシェリーは裏切りに傷つき、妻の存在にまた傷つくだろう。けれど、どれほど傷つけても、失うよりはましだった。

どんな犠牲を払っても、アシェリーをこの手に抱きしめて、逃がさない。たとえアシェリーが嘆き暮らすことになったとしても、もう二度と、いとしい存在を失うことはできなかった。

——他にはなにもいらない。

ドゥアラ侯国の侯都へと軍を進めながら、ティエトゥールは哀しく微笑んだ。

この恋以外、欲しいものはなにひとつない。誰を泣かしても、傷つけても、死なせても、アシェリー自身を苦しめることになっても、ティエトゥールはもうアシェリーのいない人生を送ることはできなかった。

道理など尊重しない。やさしさももういらない。たったひとつ、アシェリーさえ側にいてくれたら……。

「進め！　侯都マルサラを落とせば、ドゥアラ侯国は終わりだ。行って、ニーダ・ケアリーの首を落とすのだ！」

ティエトゥールの檄《げき》に、兵士たちが一斉に声を上げて応じる。戦は平民の兵士たちにとって、立身の好機だった。

それは、士官たちにとっても同じだ。

通常三日はかかる侯都マルサラへの道を、ティエトゥール率いるナ・クラティス軍は、ほぼ一日と半分で駆け抜けた。


籠城《ろうじょう》戦が始まった。

こじんまりとした侯都マルサラを、ナ・クラティスの大軍がぐるりと取り囲んでいる。蟻《あり》の這い出る隙間もない。

きわどいところであった、とニーダ・ケアリーに仕える臣下たちは胸を撫で下ろしていた。なんとか籠城戦に持ち込めたのは、侯主のおかげだった。

ナ・クラティスの突然の侵攻を知らされたニーダ・ケアリーは、即座に軍に命令を発した。

「侯都の城門をすべて閉め、兵糧の準備をしろ！

それから、各地の駐留軍に早馬を飛ばせ！」

侯主にだけは、ナ・クラティス軍が一気にマルサラまで駆け上がってくることが見えていたのだろう。

ドゥアラ侯国を落とすのに、ナ・クラティスは時間をかけていられない。何故なら、スルトバラン侯国との争いは、まだ続いているのだから。

二方面での戦は、いかなナ・クラティスといえども国力を消耗させるだろう。できるだけ時間をかけずに、ドゥアラを落とそうとするはずだ。となれば、侯都までの道々に駐在している小軍にかまける愚は避けるだろう。一息に侯都まで軍を進め、侯主の命を狙うはずだ。通常、ナ・クラティスからドゥアラの侯都までは三日かかるが、それを大幅に短縮した時間で駆け抜けるに違いない。

ニーダ・ケアリーはそう読んでいた。

だからこそ、すばやく城門を閉じさせ、兵糧の準備をできうる限り整えさせたのだ。元々城内に用意してあった分と合わせれば、これでかなりの期間籠城を続けることができる。

あとは、早馬で連絡を取った軍を侯都の郊外でまとめ、城内からの軍とともに、ナ・クラティス軍を挟み撃ちにしてしまえばよい。

「それにしましても、ナ・クラティスはこの時期になぜ、我が国に攻め入ってまいったのでありましょうか」

御前会議で、財務尚書が汗を拭《ふ》き拭《ふ》き疑問を呈する。それに、軍務尚書が頷いた。

「まことに。スルトバラン侯国の攻略もまだ終わっておりません。二方向での攻略は、ナ・クラティスにとっても負担のはず。合点のいかぬことでありますな」

「ですが、おかげでこちらは有利に戦えるではありませんか。籠城を長引かせて、ナ・クラティス軍の消耗を待つもよし。スルトバランに密使を送って、連携をとるもよし」

外務尚書が髭を扱きながら意見する。その意見に、集まった大臣たちは口々に頷いた。

　ナ・クラティスのいきなりの侵攻には驚かされたが、落ち着いてみれば、主導権はこちらの手にある。

「侯主様、スルトバランへ密使を送ること、お許し下さいませ」

　皆を代表して、外務尚書が侯主に言上する。

　ニーダ・ケアリーは頷き、密使の派遣を許した。

大臣たちの顔を見回すと、籠城戦の始まりのわりには、皆、呑気な顔をしていた。

　そのことに、ニーダ・ケアリーはふと危惧を覚えた。

「ナ・クラティスがあえてこの時期に侵攻してきたのには、なにかわけがあるやもしれぬ。内通者を持っている可能性も考えられる。油断せず、よくよく用心するようにいたせ」

　侯主は、大臣たちの気の緩みを戒めるように、訓戒を発した。一斉に、大臣たちが頭を下げる。

「承知いたしました。充分警戒いたします」

「頼んだぞ」

　ニーダ・ケアリーは頷き、立ち上がる。

　食料は充分にあり、ナ・クラティス軍の目をかすめ、密使を脱出させる抜け道も確保している。ドゥアラ侯国はけして孤立していない。

　それなのに、この胸騒ぎはなんなのか。

　重臣たちが平伏する中、ニーダ・ケアリーは御前会議の場を後にした。


　アシェリーは高熱を発し、臥《ふ》せっていた。ナ・クラティス軍侵攻の知らせが入った夜から熱を出し、一向に下がらない。

　高熱に息が上がる。身体の節々が痛い。

　それらを、アシェリーは罰だと考えていた。ナ・クラティスの侵攻を知っていたのに侯主に知らせなかった、その罰だ。

　側に仕える侍女が、額の手巾を取り替える。水に浸し、冷たくして絞り、高熱に苦しむ主人の額にそっと載せる。

アシェリーはその顔を、熱に浮かされた目で見つめた。まだ十四、五歳ばかりの初々しい少女だ。この秋には城勤めの年限も終わり、親元に帰るのだと話していた。そのまま幼馴染みの少年と祝言《しゅうげん》を挙げるのだと、頬を染めていたのを思い出す。

だが、今となってはもう、少女が親元に無事帰ることができるのか、わからなくなっていた。候都近在の農村で地主をしているという少女の両親は、籠城戦に巻き込まれた娘の無事を、どれほど心配していることだろうか。

――僕のせいだ……。

アシェリーの優柔不断が、候主に、候国の住人に、そして、この祝言を夢見ていた侍女に、惨禍《さんか》を与えようとしている。

「ごめんね……」

うわ言のように、アシェリーが呟いた。それを、侍女が心配そうに見つめる。もうずっと、アシェリーは「ごめんね」とうわ言を言い続けていた。

――なにがお心を苦しめているのだろう。

そう思いながら、侍女はそっとアシェリーのこめかみに浮かぶ汗を手巾で拭った。


深夜、ふと気配を感じ、アシェリーは目を覚ました。相変わらず熱は下がっていない。

枕元に控えている侍女は、うとうとと居眠りをしていた。

ぼんやりと、アシェリーは天井を見上げた。己の罪深さに、涙が滲む。

それを拭い、アシェリーは寝返りを打った。

「……？」

指に、なにかを握らされていることに気づく。だから、目が覚めたのか。

ドキリとした。以前にこれと同じような紙片を渡された時、ティエトゥールと密会したことを思い出す。

まさか、また――？

眠りこける侍女の様子を窺いながら、アシェリーは紙片を握りしめ、寝台から起き上がった。

クラリ、と視界が傾く。それをこらえ、なんとか立ち上がり、窓辺に近づいた。緞帳を開けると、窓の向こうに丸い月が、中空に上がっているのが見えた。その月の光を灯りに、アシェリーは手にした紙片を開く。

「あぁ……」

ティエトゥールの名、筆跡に、アシェリーはたまらず目を閉じた。こんな時に、いいや、こんな時だからこそか。

ティエトゥールは、城内の抜け道の存在を教えてほしいと、書いてきていた。

そんなことを知って、なにに利用するつもりなのか。第一、そんなに知りたいのなら、この紙片をアシェリーの寝台に忍ばせた主にでも頼めばいいではないか。

しかし、紙片にはアシェリーにしかできないことだと記されていた。抜け道の存在は厳重に秘匿されているのか。

「なんで……」

これ以上、ニーダ・ケアリーを裏切れと？　今でも、これほどまでに罪の意識を感じているというのに。

紙片を胸に抱きしめ、アシェリーは目に涙を浮かべた。

どうして、こんなことになってしまったのか。

あんなひどい別れ方をして、十年の時が過ぎ去っても、ティエトゥールはまだアシェリーを愛してくれていた。アシェリーも、ティエトゥールを忘れられなかった。

愛してもらえるのは嬉しい。まだ、一緒になりたいと言われるのにも、胸が高鳴った。

だが、いくら二人が一緒になるためとはいえ、今まで世話になった侯主を裏切ることなどできようか。ましてやこれは、ただの裏切りではない。負ければ、ニーダ・ケアリーは命を失うことになるのだ。

「無理です……ティエトゥール様……」

アシェリーは呻き、蹲った。ナ・クラティスの侵攻を言うに言えずにいたことだけでもこんなに苦しいのに、この上、ドゥアラ侯国を滅ぼすために手を貸すなど、どうしてできようか。

ティエトゥールはなぜ、こんなことを言うのだ。こんな人だったろうか。こんな、残酷なことを言う人だったろうか。

そんなことはない。潔癖なほどに生真面目で、そのせいで随分損をすることも多いのではないかと思われたほどだ。アシェリーとのことも誠実に、真剣に考えてくれていた。

だからこそ、グラフィー家に正式に迎え入れようと、母君の説得に懸命になってくれたのだ。アシェリーは愛人でよかったのに、正式な配偶者の身分を与えてくれようとした。

その高潔な誠実さに、アシェリーは心惹かれたのだ。

求めるもののためならば、誰を傷つけてもかまわない。そんな方を、十年間想い続けてきたのではない。

――断ろう。

自分はもはや、ティエトゥールのもとに戻れる身の上ではない。

きっぱりとそう決めて、アシェリーは寝台に戻るために窓に背を向けた。緞帳を捲《めく》り上げる。

その目が見開かれた。

「……っ」

息を呑む。目の前に、一人の女が立っていた。

「だ、誰」

問いながら、横目で部屋にいるはずの侍女の様子を窺う。

しかし、侍女は目覚める様子もなく眠っていた。なぜ、起きない。

心の中の疑問に答えるように、女が口を開いた。

「薬を与えております」

「そんなこと……あっ」

アシェリーの手から、女が紙片を取り上げる。女の顔には見覚えがあった。春頃からアシェリー付きの侍女の一人に加わった女だった。

「我が主からの指示、ご理解いただけましたか？　どうぞ、主の仰せに従って下さいませ。あの方は、あなた様にお会いすることだけを望みに、ここまで立身してきたのです」

ティエトゥールの手の者が、こんなところにまで入り込んでいたとは。アシェリーは愕然とした。ドゥアラの城内に、ティエトゥールはどれだけの手を伸ばしているのだろう。

事前に周到に準備していたのだろう。だが、それでも城内の抜け道の在処《ありか》は見つけられず、アシェリーから侯主に聞き出させようとしたのか。

アシェリーは唇を喘がせ、首を振った。

「そんなことは……できない」

切れ切れに、なんとか拒絶の言葉を口にする。これ以上、やさしい侯主を裏切ることはできなかった。ティエトゥールがずっとアシェリーを想ってくれていたことは、涙が出るほど嬉しい。

けれどそれは、こんな形ではない。こんなふうに、誰かを犠牲にした上でのことではない。

女は紙片を胸元にしまい、淡々と続けた。

「望まぬ結婚までしてあなた様のためにのし上がったというのに、そのお気持ちを拒まれるのですか」

「結……婚……？」

啞然として、アシェリーは呟く。女は、おや、と片眉を上げた。

「ご存じなかったのですか？　あの方はスピティア伯爵となられるために、先の伯爵のご令嬢とご結婚なされたのですよ。あの方の第一夫人は、そのご令嬢になられます」

「結婚って……そんな……」

呟くアシェリーの肩を、女が強く摑んだ。

「あの方は、どんな手段を使ってでもあなた様を望まれた。そのためには愛情のない結婚も、成り上がりという嘲りにも耐えてこられた。あなたはこれもご存じないでしょう。よろしいですか？　ご令嬢が産んだお子は、あの方のお子ではない」

女の言葉に、アシェリーは愕然と目を見開いた。

血統がなにより重要視されるのは、アシェリーも重々承知していた。いくら先代の伯爵の娘を妻にしたからといって、己の子ではない者を子として認めることなど考えられない。それではスピティア伯爵家の血は残っても、ティエトゥールの血統は絶えてしまう。

「……そんな恐ろしいことを、あの方はお認めになったのですか？」

アシェリーのような貧しい農家ですら、跡取りである長兄の権威は絶対であった。他の兄弟たちは塵芥のように簡単に女衒に売られていったが、長兄だけは食べるものを与えられ、父母に守られていた。それは、長兄こそがアシェリーの家の血統を守る者と考えられていたからだ。それほど、一家に流れる血統というのは重要視されている。

ましてや、ティエトゥールのような貴族の家系ならば、血統の重要性はいや増すはずだ。いくら婿養子とはいえ、己の血を引かない子の存在を認めるなど有り得なかった。

「どうして……！」

「いずれ、あなた様を伯爵家に迎えるためです。ご令嬢には、あの方以外に好いた方がおられた。ただしその方はすでに妻を迎えており、仮にもスピティア伯爵の一人娘を第二夫人にするような真似はできなかった。それでは、伯爵の名を大いに辱めることになる。だから、ご令嬢は父上の仰せの通り、あの方とご結婚なさる以外なかった。そこであの方は取り引きしたのです。自分には愛する相手がいる。今は行方がわからなくなってしまったが、いずれ必ず捜し出し、妻に迎えたい。あなたの子は、父親が誰であってもわたしの子と認める。だから、いつかわたしが愛する少年を妻に迎えることを許してほしい。ご令嬢は感激し、あの方の恋心をロマンティックなものだと受け入れられた。すべて、あなた様のためです」

アシェリーの身体が、グラリと揺らいだ。

「優れた武人である己の血を受け継がせることより、あの方はあなた様を得ることを選んだ。もう引き返すことはできません。あなたは我が主のために働かなくてはならない」

アシェリーは黙然と中空を見つめた。その瞳から、涙が一滴零れ落ちる。

「なんてことを……」

アシェリーの家は、長兄が守り、血統を次代に繋げ続けてくれている。いつかアシェリーが命を終え、魂だけの存在になった時、帰っていく場所を長兄が残してくれている。

しかし、ティエトゥールは――。

ティエトゥールの安息の場所はもう、消えてしまった。いいや、ティエトゥールだけではない。過去のグラフィー家の人々、ティエトゥールに繋がるすべての過去の人々の魂も、永遠に安らぐ場所を失ってしまう。

血が絶えるということは、そういう恐ろしいことであった。だからこそ人々は後継者を大事にし、子を産ませることを願うのだ。

黄泉《よみ》を当てもなくさ迷う人々。その、報われぬ魂のひとりに、ティエトゥールの魂も堕ちていく。

――どこまでティエトゥールは……。

アシェリーの頬を、涙がとめどなく零れ落ちた。

十年前のあの時、アシェリーはティエトゥールではなく、家族を選んだ。それが、アシェリーに課せられた責任だと思っていた。今はこんなに苦しくても、ティエトゥールはきっとじきに立ち直り、いずれまた新しい恋人を見つけるようになる。アシェリーのことも、記憶の彼方に忘れていくに決まっている、そう思った。

けれど、それは間違いだったのだ。十年の歳月も、二人の心を引き離しはしなかった。より深みに嵌まらせてしまった。

あの時、もしもアシェリーがティエトゥールの手を取っていたら、互いに今も、なんの憂いもなく笑い合っていられただろうか。

それはわからない。もしかしたら、ティエトゥールはアシェリーのために立身の道を外れ、そのためにアシェリーを憎むようになっていたかもしれない。それとも、アシェリーに絶えず無心を続けるサザル村の家族に、うんざりしていたかもしれない。

いずれにしろ、選ばなかった道の先がどう伸びていたのか、それは今更わかることではなかった。

今、わかっているのは、ティエトゥールが歪んでしまったことだけだ。アシェリーのために、あれほど高潔で、真っ直ぐな心に溢れていたティエトゥールの芯が歪められてしまった。

こんなことができる人ではなかったのに――。

ただ、アシェリーを得るためだけに、どんなひどいことでも、なにを犠牲にすることも厭わない人に変わってしまった。

あの時、あんなふうに手ひどく突き放さなければよかったのだろうか。やさしく、別れの理由を告げていればよかったのか。

後悔しても、もう遅い。

アシェリーは再び、選択の場に立たされていた。ティエトゥールを選び、恩ある候主を死に追いやるのか。国をひとつ道づれにして。

それとも、ニーダ・ケアリーを選び、ティエトゥールを再び突き放すのか。煉獄《れんごく》の炎の中に。

どちらを選んでも、誰かを傷つけずにはおかない。

「アシェリー様、どうかよくお考え下さい。あなたのためにすべてを捨てられたあの方を、再び裏切られませんよう」

涙を零しながら黙然と佇むアシェリーに、女は最後にもう一度そう囁いた。それを最後に、スルリと部屋から消えていく。

後には、眠りこける侍女と、立ち尽くすアシェリーだけが残された。

§第十七章

「スルトバランへの密使が戻ったか」

部下の報告に、ティエトゥールは頷いた。ドゥアラ側の密使の行き来をティエトゥールは知っていたが、配下の者には邪魔をするなと命じてある。今頃、ドゥアラの城内は大騒ぎになっていることだろう。

「それにしても、おまえも人が悪くなったな」

ティエトゥールの天幕に腰を据えたディアノスが言う。十年前、ともに武官の地位にいたディアノスは、今は文官に籍を変え、外交を主たる任務にしていた。今も、外務を司《つかさど》る人間として、ティエトゥールの軍に従っている。

手にした酒杯を軽く呷《あお》ったディアノスを、ティエトゥールは横目で見やった。

「人が悪くなったとは、心外だな。現実を見ろと、昔おまえたちも言っていただろう。きちんと現実を見て行動しているだけだ。それのどこが悪い？」

手酌で、自らの酒杯に酒を注ぎ足す。

それを眺めながら、ディアノスは肩を竦めた。

「わざとスルトバラン侯国と争い、それでドゥアラ侯国を油断させるとは、人が悪いだろう？　おまけに、スルトバランにはドゥアラの領土の一部を贈呈するお土産つきだ。密約を交わした上での戦いは、茶番といっていいだろう。可哀想に、スルトバランと協力してナ・クラティスと戦えると思っていただろうドゥアラの連中は、今頃真相を知って真っ青になっているんじゃないのか。それに、スルトバランの連中だって――」

もう一度、ディアノスは肩を竦めた。

ナ・クラティスは、スルトバランにいくら領土を譲ってやってもかまわない。なぜなら、いずれスルトバランもナ・クラティスの領土となるからだ。

ドゥアラ候国が滅んだ後、ナ・クラティスと直接領土を接することになると気づいたスルトバラン候国の者どもは、じきに現在の選択を悔やむことになる。ドゥアラ候国という餌に惹かれて、自らを守る無二の盾を滅ぼしたことに臍《ほぞ》を噛んでも、その時はもう遅い。

それを知っているからこそ、ティエトゥールはいくらでも、ドゥアラの領土をスルトバランに譲ってやれるのだ。

「欲をかいて、自らの足元を確認しない奴らが愚かなんだよ、ディアノス」

「まあな」

ディアノスは酒を口にしながら、長年の友人の顔を見つめた。いつの間に、ティエトゥールはこんな皮肉な目をするようになったのだろう。やはりあの子が、原因だったのか。

「……運命ってやつか」

ボソリと呟いたディアノスに、ティエトゥールが視線を向けた。

「なんだ？」

「いや、なんでもない」

ディアノスは首を振る。代わりに、ティエトゥールが間者として忍び込ませていた女から投げ文で送られた報告を、話した。

「ダメ押しをしておいてやったとさ。可哀想に、あの子はボロボロに泣いていたそうだよ」

「――そうか」

ティエトゥールの声が、低く落ちる。グイと酒を呷る友に、ディアノスは懸念を口にした。

「いいのか？　おまえの大事な子なんだろう？　おまえが傷つけてどうする。それであの子を手に入れたところで、いい結果にはならないんじゃないのか」

「いい結果など、最初から望んではいない。アシェリーがこの手に戻ってくれれば、それでいいんだ」

ポツリと呟かれた答えは、ティエトゥールの真実の思いだった。それだけに、ディアノスの胸を突いた。

「ティエトゥール、おまえ……」

友人がこうなった責任は、ディアノスにもないとはいえない。あの時、ディアノスも反対した。そうすることが、友のためだと思っていた。

たしかに今、ティエトゥールはスピティア伯爵となり、将軍位も手に入れている。七将軍の内、国王の信頼も最も篤い。武勇に優れ、武人らしい荒削りな風貌に、どこか孤独の影をまとわりつかせたティエトゥールに、宮廷のご婦人方の多くが、その歓心を買おうと躍起になっている。

だが、母親とは没交渉になって久しく、妻は夫に関心がない。生まれてきた息子は、妻とその恋人との間の子供だ。

ティエトゥールは独りだった。

もしもあの時、アシェリーを強引に落籍《ひか》し、二人が結婚していたら、出世もできず、ティエトゥールは下級士官のままだったかもしれない。

しかしその代わり、温かな家庭に恵まれていた。グラフィー家の後継の件もあり、いずれ跡継ぎの母となる女性を妻に加えなければいけなかっただろうが、それでも、愛する相手と共にいられれば、ティエトゥールは幸せだったに違いない。そうしてさしたる波乱もなく、友の人生は過ぎていったかもしれない。

富貴に恵まれていても、今のティエトゥールが幸福ではないことを、ディアノスは感じていた。

運命の相手だったのだ、と今にして思う。あの男娼の少年こそが、ティエトゥールの運命の相手だったのだ。

巡り会わなければ、知らないままでいれば、ティエトゥールはこんなに狂わなかっただろう。元の誠実で、真っ直ぐな青年のまま、実直な人生を送ったに違いない。

しかし、二人は出会ってしまった。

運命の相手に出会ってしまった男は、他のどんな美姫が相手であってももはや満足しない。その男にとっては、同性であろうが異性であろうが、美しくあろうが醜かろうが、巡り会ったその相手こそが、たった一人のいとしい恋人なのだ。

今はもう仕方がない。今更、時の歯車を逆転させることはできなかった。友のために、ディアノスはティエトゥールに協力をする。運命の少年——今は青年といったほうがいいが——彼を、ティエトゥールの手に取り戻させる。

戻ってきた彼がどんな生き物に成り果てているか、それはその時のことだ。ティエトゥールのように変質しているか。それとも、ティエトゥールの愛した少年のまま、その性質を変えられないが故に苦しみ続けるのか。

それは誰にもわからない。

「アシェリーのこと、頼んだぞ」

「ああ。ベネットの爺さんには手を出させないさ」

ディアノスは答え、酒盃を床に置くと天幕を出て行った。


その頃、籠城していたドゥアラ侯国の重臣たちは狼狽《ろうばい》していた。

ティエトゥールたちが意図したとおり、スルトバラン侯国とナ・クラティス王国が手を組んでいたことを知ったためだ。

「おのれ、スルトバランめ。墓穴を掘っていることがわからんのか！」

軍務尚書が罵声を上げる。ドゥアラ候国があってこそ、スルトバランはナ・クラティスの脅威をまともに受けずにすんでいるというのに、領土の割譲に目が眩み、己を守る盾ともなっているドゥアラ候国を攻め滅ぼそうとするとは、愚者の行いとしか思われない。

それとも、ドゥアラ候国から食い千切った領土の分、ナ・クラティスに対抗できる力を持てると考えているのか。

いずれにしろ、スルトバラン候国との戦いに振り分けられていたナ・クラティスの戦力はそのまま反転し、ドゥアラ候国に向けられる。それはちょうど、候都マルサラを包囲しているナ・クラティス軍に対抗するため、候都の南に集結させつつあるドゥアラ軍を、マルサラのナ・クラティス軍と挟み込むような形になる位置であった。

手を拱いていれば、マルサラ南部に集結しつつあるドゥアラ軍が、スルトバラン候国から反転してきたナ・クラティス軍とマルサラを包囲しているナ・クラティス軍とで挟撃されてしまう。

そうなってから、野外のドゥアラ軍を救援するためにマルサラから軍を発しても、逆にマルサラ城が手薄となったところを、ナ・クラティス軍に攻め込まれてしまう危険があった。

スルトバランからの軍勢が現れる前に、マルサラを包囲するナ・クラティス軍を叩くべし。

城内の空気は、そちらに傾いた。

候主の命《めい》を受け、候都に籠っていた軍勢がマルサラを出立しようとしていた。

その様子を、アシェリーは城中の尖塔《せんとう》から見下ろしていた。

――あの中のどれほどが、生きて帰ってこられるだろうか。

まだ戦いは始まっていないのに、不吉な予感が身の内から込み上げる。

マルサラ城内の人々は意気軒昂《いきけんこう》な気勢を上げているが、アシェリーの目に、それは空元気のように見えた。都内の空気が浮き足立っている。

城門の後ろに整然と部隊が並び、出撃の時を待っていた。

じきに、城外のナ・クラティス軍の背後で、戦端が切って落とされるだろう。マルサラの南に集結したドゥアラ軍が、まずナ・クラティス軍へ攻撃を始める。

それにつられ、ナ・クラティス軍がマルサラから離れ始めたら、城内にいる軍勢の出番だ。充分にナ・クラティス軍がマルサラから離れた時、候都に駐留していた軍がナ・クラティス軍の背後を襲う。

それだけ聞けば、なるほどドゥアラ軍が勝利しそうに思う。前後から挟み撃ちにされたナ・クラティス軍は、ひとたまりもないはずだ。

そう自身に言い聞かせるのに、胸に巣食う不安は無くならない。

視線の先で、遠く城の外に土埃が舞い上がるのが見えた。いよいよ始まったのだ。

耐え切れず、アシェリーは窓から顔を背けた。その目に、後ろに控えた侍女が映る。

それは、あの夜の女だった。

「いかがあそばされましたか、アシェリー様」

女の声は常に淡々と、感情を窺わせない。

「……部屋に戻る」

顔を背け、アシェリーは塔から降りようとした。その手を、女が強く摑む。

「いけません。戦の様子を、とくとご覧になって下さいませ」

「いやだ」

しかし強引に、女はアシェリーを窓辺まで連れて行った。

「さあ、ナ・クラティス軍が動き始めましたよ。後背を襲う敵に、矛の向きを変えようとしております」

ナ・クラティスの大軍が向きを変える。見る見るうちに、マルサラを囲む軍勢が引いていった。待ち構えたように、マルサラから軍勢が飛び出していく。

そして――。

ほとんど一日、アシェリーは尖塔の上階で立ち尽くしていた。

「ひどい……」

頬を伝う涙は、拭っても拭っても溢れてくる。

戦いは、一方的な虐殺であった。誘われたと見せかけて、誘ったのはナ・クラティスのほうであった。ナ・クラティス軍は、城にこもる兵を野外におびき出したかったのだ。そのために、あえて後背のドゥアラ軍に反応した振りをした。

充分にマルサラの軍勢を城の外におびき出したところで、横合いから伏兵を飛び出させる。

伏兵の存在をまったく想定していなかった城からの兵は、ひとたまりもなかった。

元々、城を守っていた兵はさほど多くない。気勢を削《そ》げば、後は容易《たやす》かった。

城の兵が片付けば、次は、南のドゥアラ軍だ。彼らを足止めする役割を、ナ・クラティスの割り当てられた部隊はしっかりと果した。

後は、戦闘というよりも虐殺であった。数で劣るドゥアラ軍は次々と撃破され、散っていく。しっかりと城門を閉めたマルサラは、敗残兵を入れるために、門を開こうとはしなかった。

それは、当然のことであったかもしれない。自軍の兵を入れるために城門を開けば、同時に、ナ・クラティス軍もなだれ込む。そうなれば、ドゥアラ侯国はもう終わりだ。

野外でドゥアラ軍が惨敗した以上、マルサラは最後の砦《とりで》であった。落とされた時が、ドゥアラ侯国滅亡の時だ。

だから、城門を開かなかったのは正しい。たとえどれほど、門を開けてもらえなかったドゥアラ兵が絶望のうちに死んでいったとしても――。

涙を流すアシェリー様、どうぞ侯主に、抜け道の件をお訊ね下さいませ。それさえわかれば造作もなく、我が主は侯都を落とします。降伏が早まれば早まるほど、犠牲も少なくすむのですよ」

「黙れ……」

短く吐き捨て、アシェリーは唇を噛みしめた。窓に背を向け、今度こそ自室へ向かい歩き出す。

その後ろを、女は黙ってつき従う。マルサラは、内に籠られれば、難攻不落の要害だ。落とすのは、非常な困難を伴う。

しかし、抜け道さえわかれば話は別だ。兵の一部隊を城内に侵入させ、城門を守る兵と戦い、中から城門を開けさせることができる。そうしたら、後は数で押して攻め入ればよい。

ただし、ドゥアラ側でも抜け道の重要性はわかっている。その場所を知る者は、ごく少数に留められていた。

裏切るのか、裏切らぬのか。

ティエトゥールを取るのか、侯主を取るのか。

苦悩するアシェリーの背を、侍女に化した女がじっと見つめていた。

自分はどうするべきなのか。アシェリーには答えが見出せなかった。

ナ・クラティスの侵攻を黙っていた上、さらにニーダ・ケアリーを裏切ることはできない。

だが、アシェリーを取り戻すためにここまでのことをしたティエトゥールにも、心が揺れていた。侯主を裏切れないということは、自分のせいで歪んでしまったティエトゥールを、もう一度《ひとたび》突き放すということになるからだ。

誠実で、高潔な人だった。不器用だけれど真っ直ぐな人だった。

その人を暗く歪ませたのは、アシェリーだ。

もう一度、今度はもっと深みに、愛する人を突き落とすのか。血統を次代に繋げることすら拒絶し、ただアシェリーを取り戻すためだけに、権勢の階段を駆け上がってきたティエトゥールの手を、再び拒むのか。

愛しているのに――。

自室で、アシェリーは床に敷いたクッションの端を握りしめた。

と、いきなり、声もかけずに扉が開いた。

「あ……」

顔を上げたアシェリーは、慌てて跪いた。

ニーダ・ケアリーであった。少し疲れた顔をしているのは、気のせいではないだろう。

ニーダ・ケアリーは無言でアシェリーの側に腰を下ろし、アシェリーを抱き寄せた。

「……侯主様」

お気に入りの寵妾の金の髪に、頬を埋める。

少しでも慰めになれたらと願いながら、アシェリーはニーダ・ケアリーの背に腕を回す。ぴったりと身体を密着させて抱きつくと、くっついた箇所から温もりが伝わってきた。

「表にいらっしゃらなくて、よろしいのですか」

後宮と対比される執務の場は、通常『表』と言い表される。今は、私的な空間である後宮に来ている場合ではないはずだった。現に、戦が始まってから、ニーダ・ケアリーがアシェリーの寝所に来ることはあまりなかった。

「ああ、よいのだ」

深い吐息とともに、ニーダ・ケアリーが答える。

抱きしめる腕が少しだけ、強くなった。

そのまましばらく、ニーダ・ケアリーは黙ったまま、アシェリーを抱き竦めていた。

「……アシェリー」

ややあって、言葉を発した。

「わたしの元に来て、十年か。そなたは変わらず美しいな。――この十年、よく仕えてくれた。城の中で、そなたの存在だけがわたしの心を癒してくれた。礼を言う」

「侯主様、どうして急にそんな……。僕など、なんのお役にも立ちませんのに」

それどころか、ナ・クラティス軍の侵攻を知りながら、それを告げなかった。城内一の裏切り者だ。

後ろめたさに、アシェリーは唇を嚙みしめる。

ニーダ・ケアリーは小さく笑いを洩らした。

「己の価値は、自分自身ではわからぬものだ。そなたに寄り添われ、すべてを受け止められることで、わたしは癒された。どの妃にも、愛妾たちにもできなんだことだ。だからな、アシェリー」

そう言うと、ニーダ・ケアリーは声を囁きにひそめた。

「――城の裏手の花園だ。そこの隅にある道具小屋が入り口だ」

「……え？」

いきなり言われた言葉に、アシェリーは侯主を見上げた。瞳を瞬きし、頰を撫でるニーダ・ケアリーを見つめる。

「庭師の道具を置いてある小屋を、おまえも知っているだろう？　そこの肥料の下に隠れている。城の外への脱出口だ」

「侯主様……どうして……」

意味を理解し、アシェリーの目が見開かれた。

アシェリーの額にかかる髪を、ニーダ・ケアリーはそっとかき上げた。

「時期が来たら、そこから逃げなさい」

「侯主様……それは……」

「宝石を、いつでも持っていかれるようにまとめておきなさい。おまえは生きるんだ」

アシェリーは言葉を失くした。ニーダ・ケアリーの想いの大きさに。どこまでも、アシェリーを大切にしてくれる心に、圧倒される。

――違う。僕にはそんな値打ちなんてない。ニーダ・ケアリーを選べない自分。ティエトゥールとの間で惑う自分。

そのすべてに、罪の意識が湧き上がる。

この心に応えるべきだ。ともに逝《い》きますと告げるべきだ。

ああ、しかし、侯主とともに逝ったなら、残されたティエトゥールはどうなる。別れた十年であれほどに変貌してしまった彼を、さらに歪ませるのか。

――ティエトゥール様……ティエトゥール様……!

やさしい愛をくれる人に、どうして自分の心は応えないのだろう。この期《ご》に及んで胸に浮かぶのは、どうして別の人なのだろう。

ティエトゥールを愛していると、心が叫ぶ。どうして彼を見捨てられるのだと、恋情が責める。

アシェリーは目に涙を浮かべ、ただ首を振った。

泣き濡れる頬を、侯主の手がやさしく撫でた。

「おまえはやさしい子だから、生き延びた自分を責めるかもしれない。だが、どうかそんなことはしないでほしい。生きてほしいというのは、わたしの願いなのだ」

「――いいえ、いいえ、侯主様」

ようやく言葉を発することができ、アシェリーは侯主の腕に縋りついた。

「どうか、この場で僕をお切り捨て下さい。先に冥《めい》府《ふ》で、侯主様をお待ち申し上げております、どうか……」

いっそ、ティエトゥールへの想いごと、侯主の手で葬《ほうむ》ってほしい。

しかし、侯主はただ笑うだけだった。

「冥府に先に行くのはわたしたち一族だ、アシェリー。おまえはまだ若い。生きて、幸せになっておくれ。それがわたしの、今生《こんじょう》の願いだ」

「いいえ、侯主様……いいえ……」

ニーダ・ケアリーは泣き咽《むせ》ぶアシェリーの髪を、なだめるように何度も、何度も撫でた。

アシェリーは己の罪に慄《おのの》いた。

§第十八章

夜明けの白々《しらじら》とした空を、アシェリーは見上げた。窓辺から寝台を振り返ると、候主ニーダ・ケアリーが深い眠りについているのが見える。

その寝顔を、アシェリーはじっと見つめた。

寝台に歩み寄り、枕元に静かに腰を下ろす。寝入っている候主の頰を、アシェリーはそっと片手で触れた。包み込むように触れ、そのまましばらくニーダ・ケアリーを見下ろす。

ドゥアラ軍がナ・クラティス軍に大敗したのは、昨日のことであった。ナ・クラティス軍がマルサラに来てからは、さて何日が経っているだろう。

アシェリーは指折り数えた。

半月余りといったところだろうか。

籠城だけなら、まだあと三月《みつき》や半年は続けることができるだろう。

けれど、昨夜《ゆうべ》のニーダ・ケアリーからは、敗色の気配が濃厚に感じられた。候主自身が、もはや先の展望を持てないのだろう。

使者を各国に発したとして、いかほどの国がドゥアラ侯国の窮状に味方してくれるのか。

その予想も、ニーダ・ケアリーにはついているのかもしれない。

アシェリーにも、なんとなくぼんやりとわかる。

アシェリーは政治向きのことはなにひとつわからない無学な人間だが、十年も候城で暮らせば、感覚的に見えてくるものがある。

ナ・クラティス王国には、時の勢いというものがあった。

生国《しょうごく》にいる時にはそれがわからなかったが、ナ・

クラティスを離れてみるとよくわかる。

その勢いが、実際以上に、ナ・クラティスを大きな国に見せていた。

今、ドゥアラは軍のほとんどを撃破され、かろうじて候都を守っているだけの状況だ。籠城を続けたところで、ドゥアラ自身がこの先打って出る余力は残っていない。

また、各国に密使を発しても、救援を請えるだけの餌になるなにかを、ドゥアラ候国は持っていなかった。

沿岸諸王国を構成する諸君候国が、ひとつにまとまってナ・クラティス王国に対抗するようになれば、あるいは勝ち目が見えてくるが、各君候国は互いに争い、あるいはナ・クラティスに迎合し、とても一枚岩となって対抗できるだけのまとまりがなかった。ナ・クラティスが王国として自立して以来、沿岸諸王国の王位も、昔ほどの権威を持っていない。

政治向きのことにはほとんど関わりを持っていないアシェリーから見ても、先の展望はまったくの闇としか思えなかった。

だからこそ、ニーダ・ケアリーはアシェリーに、マルサラからの抜け道を教えたのだ。宝石をまとめておけと、指示まで出して。

しかし、その道を使って、アシェリーが落ち延びることはないだろう。

——この方は、僕に生きてほしいと仰って下さったけれど……。

その気持ちはとても嬉しい。胸が痛くなるほど、嬉しかった。ただ、ついにニーダ・ケアリーを愛することができなかったから、苦しくもあった。

ニーダ・ケアリーの頰から掌を離し、再び、アシェリーは窓辺に歩み寄った。後宮のアシェリーの居室はマルサラ城の最奥で、そこの窓から候都の外は見えない。都の町並みもまったく視界に入らず、昨日の敗戦で騒がしい都内をよそに、ここは別世界のように静かだった。

――可哀想なティエトゥール様。可哀想な侯主様。

そして、可哀想な僕。

新しい朝の日差しを眺めながら、アシェリーは胸に密やかに呟いた。

いつか、数十年、数百年の時が過ぎて、今この時の戦いはどんなふうに歴史に記されることになるだろう。

もしかしたら、たったの一行で終わってしまうかもしれない。その中で生きていた人間がなにを考え、誰を思い、どうやって生き抜いたのか、歴史書は沈黙したままだろう。

罪を裁くのは、ただ神々だけだ。

アシェリーは顎を上げ、朝空を見上げた。

ティエトゥールはアシェリーを取り戻し、それで幸福になれるのだろうか。

ずっとそのことを、一晩中考えていた。アシェリーがニーダ・ケアリーを裏切り、抜け道を教え、それによってドゥアラ侯国が滅び、ティエトゥールはアシェリーを取り戻す。ずっと、二人で共にいられる。

けれど、その想像の中で、ティエトゥールが変わる姿を、アシェリーは見ることができなかった。

ティエトゥールは、もう昔のティエトゥールではない。人を蹴落《けお》とし、傷つけ、騙し、あるいは命まで奪い、それでもティエトゥールは後悔という言葉を知ることはない。

それほどに、アシェリーが傷つけてしまった。

いとしい人を変えたのは、アシェリーだ。

涙はもう、アシェリーから零れ落ちることはなかった。

どうすることが、最もティエトゥールのためになるのか。アシェリーはまた、選び間違えているのかもしれない。

それでも、これが今のアシェリーが考えつく、一番の選択だった。

振り返り、アシェリーはニーダ・ケアリーをじっと見つめた。声に出さず、胸の内で呟く。

——侯主様、許して下さいとは申しません。ご厚情にお応えできなかったこと、申し訳ありませんでした。

深々と一礼する。

それからアシェリーは、隣室に姿を消した。手紙を書くために——。


ディアノスは女から届けられた紙片を、掌で握りしめた。

——ついに……。

遥かに見えるマルサラ城を見上げる。あの少年は、どんな思いでこの紙片を書き上げたのだろう。

アシェリーの苦しみを思い、ディアノスは眉間に皺を寄せた。

だがこれで、戦に勝てる。

ディアノスは紙片を持ち、ティエトゥールの天幕に向かった。

「——おい、来たぞ」

言葉少なに、友人に紙片をつき出す。それにティエトゥールは、視線を落とした。

「来たか」

ティエトゥールの口元に、ゆっくりと笑みが浮び上がった。それは、どこか禍々《まがまが》しいものを感じさせる笑みだった。

ディアノスの背筋が、ゾクリと震えた。ティエトゥールは半ば狂っているのかもしれない。あらためてそう感じた。

「アシェリーの願い、聞き届けてやるのだろうな」

思わず、ディアノスは念を押す。アシェリーの手紙には抜け道のこと、それから、侯都の住民に危害を加えないでほしいということが書かれている。戦には、略奪・強姦《ごうかん》はつきものだ。それをどうかやめてほしいと、アシェリーは紙片で懇願していた。

ディアノスの言葉に、ティエトゥールは鼻を鳴らした。

「それで兵が治まると思うのか？」

「ティエトゥール！」

声を上げるディアノスに、ティエトゥールはカラリとした笑い声を上げげた。

「冗談だ。わたしだって、必要以上にアシェリーを傷つけるつもりはない。一切の略奪・強姦は厳禁だ」

「ああ、そうしてくれ。裏切りの代価は、あの子には重すぎる」

呟いたディアノスの顎を、ティエトゥールが軽く持ち上げた。

「どうした、ディアノス。馬鹿にアシェリーを心配しているじゃないか。おまえは反対だったろう？　あの子は、いかがわしい男娼だ、と」

揶揄《やゆ》する眼差しに、ディアノスは視線を逸らせた。

「あの子自身を嫌っていたわけじゃない」

「……そうだな。身分は男娼であっても、アシェリーの心は黄金でできていた。可哀想に、この手に戻ってきても、あの子は泣いているだろう」

わずかに声が、低く落ちる。

ディアノスは、ティエトゥールの顔を見ることができなかった。顔を逸らせたまま、口を開いた。

「大事にしてやれ、ティエトゥール。今のおまえなら、あの子を屋敷に囲っても、文句を言わせないだけの力がある」

「そうだな。そのために、ここまで来た――」

この戦が終わった時、もう二度とアシェリーをこの手から離しはしない。

そんな友人の声が聞こえるようだった。

だが、それは言葉にはされず、ティエトゥールは天幕の入り口を勢いよく跳ね上げ、副官を大声で呼ぶ。

「作戦が決まったぞ！　手はずを整える。来い！」

その後ろ姿をディアノスは黙然と見つめ、それから、マルサラ城のある方向を振り仰いだ。天幕の中から、城の姿は見えはしない。

けれど、ディアノスの目には、城の中に佇むアシェリーの姿が映っていた。

その姿は、十年前の少年のままだ。成人したアシェリーを、ディアノスはまだ見たことがなかった。

金色の髪、翠の瞳、美しい容姿をしているのに、その姿はどこか影が薄い。

寂しげな面差しをした少年であった。

幸せになってほしい、ディアノスはそう強く思った。

それが果たせない願いであることを、どこかで感じているのかもしれない。

それだけによりいっそう強く、ディアノスはアシェリーの幸福を願うのだった。アシェリーと友の幸福を。


昼から夜にかけて、アシェリーはまんじりともせず、居室に座り込んでいた。


賽はもう投げられた。

ティエトゥールの息のかかった侍女は、アシェリーに近い部屋で宝石をまとめている。女は「今夜」、とアシェリーに一言囁いていた。

その時を、アシェリーは静かに待っていた。

昼間、小さな戦闘が城門付近であったらしい。陽動だ、と女は言っていた。夜になにかあるのではと警戒されないために、昼間、城門を攻撃しておいたのだ。

本命は、今夜であった。

血のような夕日がゆっくりと落ち、天《そら》に星が瞬きだす。

人のざわめく気配が静かになる頃には、もう夜半過ぎとなっていた。

シン、と空気までもが寝静まったかのように、都内は静まり返る。起きている人間は、時折出歩く歩哨《ほしょう》くらいのものだ。

さらに一時《ひととき》、二時《ふたとき》、時が過ぎた。

バタバタと廊下を駆ける人の気配、ざわめく空気に、アシェリーはゆっくりと眼差しを上げた。

――……来たか。

ゴクリと唾を呑み込み、女が来るのを待った。

しばらくして、居室に侍女が入ってくる。

「参りましょう、アシェリー様」

それに頷き、アシェリーは女と共に居室を出た。その袖を、そっと引く。

「昼間にまとめた宝石の他に、持っていきたいものがあります。いいですか？」

なぜ、昼間のうちに言わなかったのかと言いたげに、女の眉がひそめられる。しかし、ものがものだから、と内容を囁いたアシェリーに、溜息をついた。

「侯主の絵姿など、お捨て置き下さい。あなた様は、これからはスピティア伯爵の妻としてお暮しになるのですよ」

「供養のために持っていきたいのです。僕のために……僕の裏切りのために亡くなる方を……せめて絵姿なりとも持っていかなくては、祈りを捧げなくては……」

アシェリーは声を詰まらせ、泣き伏した。彼女の前でよく涙を浮かべていたから、またかと女は首を振る。

しかし、グズグズと泣くアシェリーを宥めているほうが時間の無駄だと考えたのだろう。仕方がなさそうに、「どちらです」と言ってきた。

うまくいった。

アシェリーは安堵しそうになった表情を、涙で隠し、女を目的の場所に案内する。絵姿や本を保管するために、窓が高い場所にしつらえられている部屋だ。そういったものの保管場所のため、倉庫として、後宮の住まいからは少し離れたところに建てられている。

そこに女を連れて行き、不器用に鍵を使って扉を開けたところで、「暗い……」と怖気づいた振りをした。

女が舌打ちし、先に中に入ってくれる。完全に入室したところで、アシェリーは素早く扉を閉めた。急いで鍵をかける。

「アシェリー様……！　なにをなさるのですっ。開けて下さい！」

「大声を出しても、今は誰も気づかないよ。じきにナ・クラティス軍が城内に侵入してくるだろうから、その時に助けてもらうといい」

「アシェリー様、なにをなさるおつもりですか！　開けて下さい！　アシェリー様！」

「さようなら」

扉越しにくぐもった声を上げる女に別れを告げ、アシェリーは次なる目的の場所に急いだ。廊下を忍び足で駆け、東にある宮に向かう。

そこに駆けつけた時、アシェリーは呼吸を荒くしていた。

入り口で、その宮の主が待っていた。アシェリーを認めて、深く一礼する。ニーダ・ケアリーとの間に二人の侯女を儲《もう》けたラルーサ妃だった。

アシェリーが来てから十年の間に、二人いた侯女のうち、一人を病で亡くしている。

「アシェリー様、ありがとうございます。姫をお救い下さり……」

涙を浮かべて、ラルーサが礼を言う。彼女とは昼のうちに、手紙を交わしていた。

それに小さく首を振り、アシェリーはラルーサを急かした。もうあまり時間がない。

十一歳になったばかりの侯女は、ラルーサの側で緊張した面持ちで立っていた。もう一人、彼女と共に行くことになっている侍女が、側にいた。

「さあ、姫様、参りましょう」

すでにラルーサより言い含められているのか、侯女はコクリと頷く。それから、母を見上げた。

「お母様……」

「行きなさい。幸せにね。あなたが幸せに生き延びることが、わたくしの願いよ」

「……はい、お母様」

「頼みます、アシェリー様」

「はい」

短い別れのあと、アシェリーは侯女と侍女を連れて、後宮の宮から離れた庭園の端に急いだ。

本当なら、ニーダ・ケアリーから教えられた抜け道に案内したかったが、それはすでにティエトゥールに教えている。

そこで思いついたのが、昔下働きの女性に笑い話として教わった、下水から川に出る地下水道だった。

侯主の寵愛を一身に集めてはいても、元々の出自から権勢を振るう気力など湧かなかったアシェリーは、気楽な身分の相手と話すのがちょっとした息抜きであった。その時に聞いたのだ。

昔、洗濯女の一人が洗い場から貯水池に落ち、流されて下水に入り、気がついたら、都外の川に落ちていたという話だ。

濡れるし、汚れもするだろうが、それならひとまず、侯都から脱出できる。さらに言えば、抜け道と違って、出る場所は都外のひと気のない川なのだから、ナ・クラティス兵に見つかる危険も少ない。

アシェリーの申し出に、ラルーサはしばらく考えたあと、賭けることを決断した。自分は侯主と共に滅びてもいい。しかし、娘は。

人目を忍び、アシェリーたちはひと気のない洗濯場から地下へ入った。水の音を頼りに階段を下りていくと、だんだんムッとした臭いが鼻をついてくる。

臭気《しゅうき》に、侯女が鼻をしかめた。しかし、侍女は下水を発見して、流れる方向を確認している。

「しばらくは通路がありそうです。姫様、流れを辿ってまいりましょう」

侯女につき従う役目に選ばれただけあって、なかなか胆力のありそうな女性だった。彼女に任せておけば、なんとか脱出できるだろう。

「アシェリー様、このような方法をお教え下さり、ありがとうございました。姫様は必ず、お守りいたたします」

「アシェリー様は？　ご一緒して下さらないのですか？」

侯女が幼い声で訊いてくる。アシェリーはゆるく首を左右に振った。

「僕は参りません。まだ務めが残っております」

「務め？」

「はい」

アシェリーは侯女へと膝を屈めた。可愛らしい頬を、そっと掌で包む。ニーダ・ケアリーに少し、その面差しは似ていた。

「姫君、どうかお幸せに。お幸せになることだけ、お考え下さい。それが、お父上とお母上の願いです」

万感の思いをこめたアシェリーの言葉を、侯女は黙って聞いていた。大きな黒い瞳が、じっとアシェリーを見つめている。

アシェリーが微笑みかけると、侯女はコクリと頷いた。

「さ、姫様、参りましょう。わたくしの家には、兄が三人もいるのですよ。いささか乱暴者ですが、女の子にはめっぽう甘いのです。わたくしも、よってたかって甘やかされましたわ。姫様もお覚悟なされませ」

「まあ……」

兄弟と言えば、聡明で穏やかな侯太子と、盲目のおとなしい兄しか知らない侯女は目を丸くする。

しかし、この侍女の様子なら、彼女の家で侯女も健やかに成長できるだろう。

そのことに安堵しつつ、アシェリーは二人を見送った。侯太子を救うことはできなかったが、姫ならば生死の確認も侯子ほど厳重ではない。なんとか落ちのびられれば、生きる芽はある。

二人の姿が消えると、アシェリーはそっと下水から忍び出た。

これで、ニーダ・ケアリーの血統は途切れずに続いていく。あの侍女と家族に守られ、形を変えてドゥアラ侯室は継承されていくだろう。密かに続くその家系に守られて、ニーダ・ケアリーの魂は帰る場所を得ることになる。

それだけが、アシェリーにできる唯一の贖罪《しょくざい》であった。

とぼとぼと歩くアシェリーに、遠くから怒声が上がるのが聞こえた。

侯都の城門を開けたナ・クラティス軍が、ついに宮城近くにまで迫ってきたのだろうか。

アシェリーはハッとした。

――急がなくては。

足に力をこめ、再び走り出す。急いで、今度はニーダ・ケアリーがいるであろう、宮城の侯主の私的な部屋部屋のある区域へ向かう。

すでに城内は混乱し、アシェリーを見咎《みとが》める者はいなかった。

「侯主様！」

部屋部屋の扉を乱暴に開け、侯主の行方を捜す。

侯主の姿は見当たらない。

それでは、表の執務室か、それとも広間に皆といるのか。

そのいずれにも、ニーダ・ケアリーはいなかった。

「いったいどこに……」

途方に暮れて、アシェリーは呟く。同じように走り回っている大臣の一人を捕まえて、問いかけてもみた。

大臣は首を振った。

「わかりませぬ。侯主様は我らにご指示を出された後、姿を消してしまわれた」

「侯子様やお妃様がたは？」

「自裁の準備に入っておられる。あるいは侯主様もいずれかで……」

そう言葉を濁し、大臣は侯主に命じられた役目を果たすために、走り去った。

あちこちで、文書が焼かれる臭いがする。

侯主はいったい、どこに消えたのだろうか。

アシェリーは視線をさ迷わせた。

その視線が、一点で動きを止める。

「……そうだ」

ニーダ・ケアリーはあそこにいるに違いない。

思いついた場所に向かい、アシェリーは再び走り出した。


「まだアシェリーは来ないのか！」

側に駆け寄るディアノスに、ティエトゥールが声を落として訊ねる。戦闘が始まってもう二時《ふたとき》あまりが過ぎていた。とっくに、アシェリーがティエトゥールの元に来てもおかしくない頃合いだ。あの女は、なにをしているのだ。

せっかくアシェリーに抜け道の存在を告げさせることで、明確な裏切りの証拠を作り出したというのに、肝心のアシェリーが来なくては意味がない。

ティエトゥールは、ソースティン・ベネットの賢しらしい援助が無くても、ドゥアラ侯国を落とす方策はあった。

ただ、アシェリーを引き込んだのは、彼自身を救い出すためだ。ニーダ・ケアリーの寵妾のままでは、ティエトゥールのもとに引き取れない。ナ・クラティスの手の者であったという証拠があれば、別だ。そのために、アシェリーを裏切りの道に引き込んだのだ。ソースティン・ベネットの策謀にも乗ったふりをした。

それなのに――。

ティエトゥールの目に、苛立ちが浮かんでいた。

「……まだだ」

ディアノスが言葉少なに首を振る。

二人はほぼ同時に、炎を上げるマルサラを見上げた。都内の各所から火の手が上がり、よく見ると、宮城からも炎が見えている。

「アシェリー……」

あの炎の中に、まだアシェリーはいるのか。

――なぜまだ来ない！

苛立つティエトゥールに、ディアノスが口を開いた。

「もう一人、別の者を城内に入れてみよう」

「そうしてくれ。もしも……」

言いかけ、ティエトゥールは首を振った。

「なんだ、ティエトゥール」

「……いや、そんなはずはない。なんでもない、ディアノス」

ふと胸に湧き上がった疑念を押し殺し、ティエトゥールは炎上するマルサラを見つめた。


「候主様！」

見つけた、とアシェリーは声を上げた。ニーダ・ケアリーは、昨日アシェリーが戦いの様子を見ていた尖塔にいた。

「アシェリー、なぜ、まだここにいるのだ」

驚いた様子で、ニーダ・ケアリーが問う。アシェリーは候主の足元に、膝をついた。床に頭をぶつける勢いで、平伏する。

「申し訳ございません！　僕が、ナ・クラティスに抜け道を教えました」

「――そうか」

ニーダ・ケアリーの声は静かだ。衣擦れの音で、候主が再び窓辺に向きを変えたのを、アシェリーは感じた。

「候主様……」

おずおずと、アシェリーは顔を起こし、ニーダ・ケアリーを見上げた。アシェリーの横顔は穏やかに静まり、その目は粛然と城下を見つめていた。

しばらくして、その口が開いた。

「おまえは、ナ・クラティス人だったか」

どこか、諦念を感じさせる口調だった。

アシェリーは唇を引き結び、それから低く答えた。

「……はい」

「そうか。それで、どうするのだ？　ナ・クラティスはおまえを迎え入れてくれるのか？」

侯主の声はどこまでもやさしい。

アシェリーはその姿を、真っ直ぐに見つめた。逃げることは許されない。その問いかけに真摯に答える義務が、アシェリーにはある。

そのために、ここに来たのだ。

「はい、侯主様。ですが、ナ・クラティスに戻るためにやったわけではありません」

「では、なんのために？」

ニーダ・ケアリーに、責める響きはまったくない。終焉を前に、その心は凪のように静まっているようだった。

アシェリーは震える息を吐き出し、答えた。

「——決着をつけるために」

「決着？」

ニーダ・ケアリーが振り返った。

「決着とは、なんの？」


その目に浮かぶのは怒りではない。アシェリーを心配する色だった。

その思いに、アシェリーの眦に涙が滲む。何度も、何度も思った。どうしてこの方ではダメだったのだろう、と。

アシェリーは涙をこらえるために鼻を啜り上げ、口を開いた。すべてを告白する時だった。

「……僕は、ナ・クラティスの北の辺境にあるサザルという村で生まれました。家は貧しく、十歳の年に女衒に売られ、ナ・クラティスの都クラティアの娼館で春をひさぐようになりました。そこで……あの方と出会ったのです」

涙で滲んだ目に、初めてティエトゥールと出会った時の情景が映る。友人たちと四人で、ティエトゥールは娼館にやって来た。そこで、並んでいる男娼たちの中から、アシェリーを選んでくれたのだ。

そして、恋に落ちた。

アシェリーは目を閉じた。涙が一滴《ひとしずく》、頬を伝った。

「僕はあの方を愛しました。あの方も僕を……。けれど、一緒にはなれなかった。僕は卑しい男娼で、あの方は貴族だったたから――」

アシェリーは言葉を切る。それを、ニーダ・ケアリーが促した。

「別れたのか？」

「ちょうどその頃、同じように娼館に売られていた姉が亡くなり、僕は姉の分まで、田舎の家族のために稼がなくてはならなくなりました。あの方は僕を身請けして下さると仰っておられましたが、その話はなかなか進まず……。あの方のお母上が大反対なさったんです。当たり前ですよね。だってあの方は、僕を正夫人になさろうとして下さったんです。反対なさるのも当然です。別れるのが正しいことだと、あの頃の僕は思いました。だから、同じ頃に身請けを申し出て下さった、ベネット様からのお話を受けることにしたのです。そうして僕はベネット様から教育を授けられ、候主様に出会った……」

ニーダ・ケアリーが、ふと微笑んだ。

「男娼だったとはわからなかったよ、アシェリー。おまえはとても可愛くて、清らかで……。身体のことを言っているのではない。心根が、とても清らかだった」

「候主様……」

ニーダ・ケアリーの目に映るアシェリーは、いったいどんな姿だったのだろう。少しもこのやさしい人の愛情に応えることのできなかったアシェリーは、候主のいとしむような語り口に、胸が痛んだ。

「アシェリーは、その『あの方』に会いにいくのだな」

穏やかな声に、アシェリーは「はい」と頷いた。

「別れることが、あの方にとって正しいことだと、僕は思っていました。でも、そうではなかった。あの方は――」

涙がこみ上げる。それを飲み込み、アシェリーは続けた。

「あの方は、きっと僕を忘れる、そう思っていました。一時《いっとき》は僕を捜すことはあっても、時間が、この想いを風化させてくれる。どんな物語でもそうでしょう？」

目に涙をいっぱいに溜めているアシェリーに、ニーダ・ケアリーは深みのある眼差しで頷いた。

「だが、そうではなかったのだな」

温かな声に、アシェリーの唇が震える。

「そうです……」

涙で、アシェリーの声は掠れた。

「十年……。十五歳で別れてから今まで、十年間ずっと、あの方は僕を捜していらした。捜して捜して……そして、二度と僕を失わないために、自らを変えられた。高潔な正義の人だったのに、心の真っ直ぐな、綺麗な人だったのに、あの方は……！」

「アシェリー」

ニーダ・ケアリーの手が慰めるように、アシェリーの髪に触れる。

「あの方は僕のためにすべてを捨てられた。家も、名も捨て、別の男を心に住まわせる女性を妻にした。あの方のお子は、あの方の血を引いていない。でも、僕を取り戻す力を手に入れるために、あの方はその女性と結婚し、地位と力を手に入れられた。今は、僕を手に入れるためなら、どんな手段《て》を使うことも躊躇わない。たとえそれが、僕自身を傷つけることであっても……！」

ティエトゥールの狭窄《きょうさく》化した視野に映るのは、ただアシェリーを取り戻すことだけだ。その妄執に取りつかれ、他を省《かえり》みない。

歯車の狂いを正すのは、アシェリーの責任だった。

「抜け道を教えるようにと言ったのは、その男なのだな」

「……はい」

「男の名は？」

ニーダ・ケアリーの問いに、アシェリーは一瞬、ブルリと身を震わせた。

しかし、その唇は開かれる。

「——スピティア伯爵ティエトゥール・レイ・アルトゾル」

ニーダ・ケアリーの目がわずかに見開かれた。ドゥアラ侯国を攻める将軍が、アシェリーの『あの方』だったのかと驚いた様子だ。

だが、わずかののちにひとつ頷いた。

「たしか、現在のスピティア伯爵は、先代の伯爵の娘婿だったな。伯爵の一人娘と結婚し、スピティア伯爵位を我が物にしたと聞く。——そうか、アシェリーのためだったのだな」

「はい……」

ニーダ・ケアリーの己に言い聞かせるような呟きに、アシェリーは短く答えた。

その会話だけで、様々なことを察したのだろう。

「恋とは……怖《おそ》ろしいものだな」

しみじみと、ニーダ・ケアリーが声を落とす。

そうだ。怖ろしいものだと、アシェリーも思った。

恋ゆえにアシェリーはニーダ・ケアリーを裏切り、恋ゆえにティエトゥールは己の信じる正義を捨てた。

そして恋ゆえに、アシェリーは心を決める。

「伯爵と会ってどうするつもりなのだ、アシェリー」

侯主の問いかけに、アシェリーは侯主の目を真っ直ぐに見つめた。

「決着をつけます。あの方にとって、一番よい結果になるように——」

「一番よい結果？」

「はい」

答える前に、アシェリーは容儀を改めた。先に話しておくべきことがある。

「侯主様、勝手ではありますが、侯女様を外にお逃がしいたしました」

「侯女を？」

「はい。侯室の血統を途絶えさせないために——」

深く拝礼すると、ニーダ・ケアリーが軽やかな笑声を上げるのが聞こえた。

「共に滅びるしかないと思ったが、そうか、逃がしたか」

「お許しも得ず、勝手なことをして、申し訳ございません」

アシェリーは平伏する。床に額をつけるアシェリーの頭に、ニーダ・ケアリーは軽く触れた。

抜け道のことを告げようが告げまいが、ドゥアラ候国の滅亡はもはや避けられないことだった。アシェリーの裏切りは、裏切りであって裏切りでない。ただ候国の死期を、少しばかり早めただけだ。

だから、アシェリーが思っているほど、ニーダ・ケアリーはアシェリーの裏切りを裏切りと思っていなかった。

ただ、アシェリーがわずかでもニーダ・ケアリーのことを気にかけてくれたのが嬉しい。

「ありがとう、アシェリー」

「いいえ、いいえ、候主様」

アシェリーは恐懼《きょうく》して、首を振る。思いがけなくも温かなニーダ・ケアリーの言葉に、アシェリーはいっそう己を責めた。こんなことくらいしか為し得ない己に、申し訳なさが募る。

ニーダ・ケアリーはいとしい愛妾の金の髪を、やさしく撫でた。撫でながら、訊いた。

「で、決着とは？　アシェリー」

「候主様……」

アシェリーは唇を噛みしめた。愚かな身で、精一杯考えた結論だった。

静かに、顔を上げる。

ニーダ・ケアリーは決意を浮かべたアシェリーに、ゆっくりと頷いた。

アシェリーはわずかに微笑みに似た表情を浮かべ、口を開いた。

「――共に……果てます」

「アシェリー……！」

ニーダ・ケアリーの目が見開かれる。その目を、アシェリーは必死で見上げた。

「一生懸命考えました。あんなに哀しく変わってしまったあの方を、どうしたら哀しさからお救いすることができるのか。どうしたら、昔のようなあの方に戻って下さるのか。でも――」

言葉を切り、アシェリーは泣き笑うような顔になった。

哀しいのに、嬉しい。自分はなんと罪深い人間なのか。だって――。

アシェリーは再び続けた。

「僕は愛しているんです。たとえ、十年前と変わってしまっても……僕以外を求めないあの方を」

「アシェリー……」

ニーダ・ケアリーがアシェリーの肩を摑む。アシェリーは熱に浮かされたように、続けた。

「あの方は僕以外を好きにならない。僕以外を愛さない。僕も同じです。おやさしい侯主様のもとにいても、どうしても、あの方を忘れられなかった。こんなふうに周りを傷つけて尚、求めることをやめられない。そんな僕たちが、この世で幸せになれるはずなんてないんです」

「アシェリー、おまえは……」

ニーダ・ケアリーが絶句する。なにかを言おうとして拳を握り、視線を彷徨《さまよ》わせ、しかし、最後に絞り出すように呻いた。

「……それが、そなたの思う道なのだな」

「はい……」

アシュリーの目に迷いはなかった。侯主が息を吐き、天を見上げる。

「幸せになって……ほしかったのだがな」

「申し訳ありません」

「是非もない。それがおまえの選んだ道ならば。――行きなさい、アシェリー。おまえの愛する人を手に入れろ」

「はい……はい、侯主様」

頷き、アシェリーはニーダ・ケアリーを見つめた。その相貌を記憶に焼きつけるようにじっと。そして、深々と頭を下げる。

「長い間、ご寵愛を賜り、ありがとうございました」

「うん。おまえと共にあれて、わたしも幸せだった」

顔を上げ、アシェリーは涙をグイと拭った。

「——行きます」

そう言って、侯主に背を向ける。背中に、ニーダ・ケアリーの眼差しを感じながら、階段を下りた。塔を出たところで、振り返る。ここで、自らが治めた街を眼下に眺めながら、ニーダ・ケアリーは命を絶つのだろう。アシェリーたちと違い、誇り高き侯主として、天の国に行くに違いない。

だが、アシェリーは天の国への道など求めない。ティエトゥールとともに、地獄へ行くことを選んだのだ。

二人で一緒に逝こう。

アシェリーはティエトゥールの元に向かうために、再び抜け道のある城の裏手に向かった。

§第十九章

——ドウウウゥゥゥウンンンッッッ！

穴から這い出たアシェリーの耳に、爆発音が聞こえた。

背後を振り返ると、城のある方角から白い大量の煙と炎が上がるのが見えた。

ニーダ・ケアリーが自裁したのだ、と直感的にわかった。

アシェリーは両手を組み、短く祈りを捧げた。

祈りが終わるのを待ってから、側に控えた男がアシェリーを促す。

「さ、参りましょう」

男は、なかなかやって来ないアシェリーに焦って、ディアノスが派遣した者であった。

「はい」

頷き、アシェリーは男の後に従って歩き出した。

目立つ金髪を隠すために、アシェリーは頭を布で巻いていた。そのせいで、下働きの小者のように見える。男の後をついていくアシェリーは、他人の目にはまさに小者と映ったろう。

巧みに人のいる地点を避けながら、男はアシェリーをティエトゥールの元に連れて行く。

小半時ほど歩き、アシェリーは大きな天幕の中に案内された。

「こちらでお待ち下さいませ」

そう言って、男は短く一礼して、去っていく。

調度品の様子から、ここはティエトゥールが使用している天幕なのだろうとわかった。

――やっと着いた。

アシェリーは大きく息を吐き、天幕の隅に腰を下ろした。

マルサラでの戦闘は、まだしばらくは続くだろう。候主一家は自決したとはいえ、散発的に抵抗する勢力がそこかしこに残っている。

膝の上に置いた手を、アシェリーは強く握った。

こうしなければ、身体の芯から震えが止まらなくなる。

たくさんの人を犠牲にした。見殺しにした。

アシェリーの全身はもう、見えない血でべっとりと汚れている。

最後の血は、アシェリーとティエトゥールの血だ。

黙然と、アシェリーはティエトゥールが来るのを待った。おそらく、戦いが終わってからだろう。指揮官ともなれば、やることは山のようにある。

時折、アシェリーをここまで案内した男が、食べるものや飲み物を運んでくる。

アシェリーは飲み物だけもらい、食事は丁寧に断った。食欲は、もうずっと前から無くなっていた。

離れていた道が、やっとひとつに繋がる。その時が、近づいていた。

待っているアシェリーの口元には、うっすらとした微笑が浮かんでいる。もうこれで、二度とティエトゥールからは離れない。その哀しい至福だった。

待つ時間は楽しかった。ひと時、ひと時、ティエトゥールの姿を思い浮かべる。

初めて会った頃の姿。

思いが通じ合った後の一番幸せだった時。

睦み合えた幸福。

そして、十年の後《のち》に再び相見《あいまみ》えた驚き。

もう一度、愛してもらえた喜び。

すべて、大事な記憶であった。

別れる時に渡した愛想尽かしの手紙に、騙されてくれなかったのが嬉しい。

十年の間、ずっと捜してくれていたのが嬉しい。

そしてこうして、取り戻そうとしてくれたのが嬉しい。

嬉しくて、哀しい。

それももうすぐ終わる。アシェリーが最後にする。


夜更けに始まった戦いは、昼になっても続き、ようやく終わった時には夕方になっていた。

空が茜色に変わり、夜へと色を変えていく。

天幕に灯りが灯された頃、ティエトゥールが姿を現した。

「アシェリー……！」

アシェリーの姿を目にした途端、ティエトゥールは駆け寄り、その身体を抱きしめた。

「待っていたぞ、アシェリー。こうしてもう一度、この手におまえを取り戻す時を、どれほど望んでいたことか！」

「ティエトゥール様……」

喜ぶ声は、十年前のまだ誰に対しても誠実だった頃のようだ。その無邪気さが、胸に痛い。

アシェリーはティエトゥールの胸に頬を埋めた。胸いっぱいに、ティエトゥールの匂いを吸い込む。

「ずっと一緒にいられるのですね、ティエトゥール様」

涙が出そうだ。鼻の奥が、ツンと痛んだ。

「ああ、ずっと一緒だ」

ティエトゥールが、熱く囁く。

アシェリーは目を閉じた。ずっと、ずうっと一緒だ。地の底までも。

そっと、袖の中に手を忍ばせた。ティエトゥールは、アシェリーに会うために鎧《よろい》を脱いでいる。非力なアシェリーにも、チャンスはある。

静かに、アシェリーは刃を袖から抜き出した。そしてそれを、ティエトゥールの心臓に突き立てようとする。

しかし、寸前で気づかれた。

「——アシェリー！」

「くっ……っ、放してっ」

手首を掴まれる。痛みに、アシェリーは呻いた。

「ティエトゥール様、どうか……っ」

「なにをする、アシェリー！　どうしてだ」

「……あっ！」

強く手首を握られ、アシェリーの手から刃が落ちた。せっかくの機会であったのに、果たせないとは。

素早く、ティエトゥールが刃を遠くに蹴り飛ばす。そして、もがくアシェリーを抱き竦めた。

彼には、アシェリーの行動が理解できないようだった。

「どうしてだ、アシェリー。なぜ、わたしを殺そうとする！」

「僕も一緒に死にます。だから……っ」

必死に叫び、アシェリーは、押さえつけてくるティエトゥールを見つめた。

「一緒に逝きましょう」

「なぜだ」

ティエトゥールの目に、苦悩が浮かんでいる。ティエトゥールはアシェリーに拒まれたと思っているのだろうか。

そうではない、とアシェリーは首を振った。

「愛しているからです」

愛しているから、共に果てるしかないのだ。

「ならばなぜ……！」

縋るように、ティエトゥールがアシェリーを見つめる。抵抗の余韻で息を荒くしていたアシェリーの足から、ずるずると力が抜けた。

二人して、天幕に敷かれた絨毯の上に座り込む。腕の中にアシェリーを閉じ込めたまま、ティエトゥールはもう一度「なぜ」と呟いた。

おそらく、ティエトゥールにはわからないのだろう。それがアシェリーに、ティエトゥールとの今の距離を感じさせる。

哀しい。

十年前に、アシェリーが生み出した距離だった。アシェリーが刻んでしまった距離だった。

その哀しさを押し殺し、アシェリーは、ティエトゥールの肩に額を押し当てた。

「あなたを愛しています。なにを犠牲にしてもいいほどに。だから、共に死ぬのです」

言葉を切り、アシェリーは顔を上げた。表情を無くしたティエトゥールが、アシェリーを見下ろしている。

それを、いとしげにアシェリーは見返した。いとしくて、いとしくてたまらなかった。

この人と幸せになりたかった。ずっと一緒にいたかった。

でも、それは今生では叶えられない。

「候主様は、おやさしい方だった。ずっと、僕をやさしく愛して下さった。お妃様方もお子たちも、素性の知れない僕を快く後宮に迎えて下さった。ドゥアラで僕は、穏やかに受け入れてもらった。それなのに、その人たちを裏切って、僕はティエトゥール様に協力した。迷っていたとはいえ、ナ・クラティスの攻撃の意図を知らせず、候主様が教えて下さった抜け道のことも、あなた様に教えた。そのために、マルサラ城は落城し、候主様方は自害なされた。全部、僕の裏切りだ。すべては、あなたを手に入れるために」

どうかわかってほしい。アシェリーは祈りをこめて、ティエトゥールを見つめた。

「あなたを諦められない。どんな手を使ってでも僕を得ようとするあなたが、嬉しい。あなたが僕のために道理を捨てたように、僕もあなたのためならばなにをしてもかまわないと思った。罪深いでしょう？　こんなに罪深い僕が——僕たちが、幸せになんてなれっこない。そうでしょう？」

「——だから、一緒に死ぬのか」

ティエトゥールが低く呟く。アシェリーはその頬に、指を伸ばした。触れると、温かい。

けれど、触れている彼は、かつてアシェリーの愛したティエトゥールではなかった。今も愛しているが、それは哀しい愛だった。

「あの時、ちゃんとティエトゥール様に言えばよかったね。同じように娼館に売られていた姉が死んで、田舎の家族からの金の無心が、僕一人に背負わされたって。これ以上迷惑をかけたくなくて、だから、別の人の身請け話を受けたって、ちゃんと言えばよかった。僕には貧しい家族がついているから、お金がかかるよって。ティエトゥール様に全部話して、相談すればよかったね。黙って一人でなんとかしようとしないで、話せばよかった。黙って行ってしまった、僕が悪かったんだ。ごめんね、ごめんなさい、ティエトゥール様。ごめんなさい……」

「アシェリー……」

ティエトゥールの顔が、呆然としたものに変わる。それを見つめながら、アシェリーは続けた。

思いのたけを、全部口にしようと思った。言わずにいたから、ちゃんと相手に向き合おうとしなかったから、アシェリーもティエトゥールもこんなに歪んでしまった。

「——十年、ずっと気持ちが変わらないなんて思わなかった。一時《いっとき》は辛くても、すぐに忘れると思っていた。自分の気持ちも、ティエトゥール様の気持ちも、こんなに長く続くなんて……。僕を取り戻すために、ティエトゥール様がこんなふうになるなんて……」

「今のわたしは、おまえの好きなわたしではないか？」

「ううん」

アシェリーは即答し、首を振った。

「あなたは、昔愛したあなたじゃない。でも、どうしてだろう。あなたは僕のためにこんなに変わってしまったのに、昔あった誠実さも、高潔さももうないのに、それでも僕は……あなたを愛している。僕のためにすべてを捨ててくれたことを、嬉しいと思ってしまう」

そう。なにより罪深いのは、そう思ってしまうアシェリー自身だった。

アシェリーは目に涙をいっぱい溜めて、ティエトゥールを見つめた。

「愛しています。十年前からずっと、別れた後もあなたを忘れることはできなかった。僕の心はいつだって、ティエトゥール様のものでした」

「それでも、わたしの元にいては幸せになれないのか？」

アシェリーは首を振った。

「どこにいても、もう幸せになんてなれません。僕らの愛は、誰かを傷つけてばかりいる。けれど、生きている限り、どんなあなたでも僕は愛さずにはいられない」

ティエトゥールが押し黙る。

「だから僕は、ここに来た」

すべてを終わらせるために。

「——僕と一緒に、死んで下さい」

「アシェリー……」

「やめろ——っ！」

突然、ティエトゥールが言いかけた言葉を、女の叫びが遮った。

「伯爵様を裏切るなんて、許さない！」

天幕が捲り上げられ、女がアシェリーに飛びついてくる。

「やめろっっ！」

とっさに、ティエトゥールがアシェリーを突き飛ばしたが、胸を突こうとした女の短剣がアシェリーの肩に突き刺さった。

「――あぁっっ」

激烈な痛みに、アシェリーは声を上げる。目の端で、ティエトゥールが女に向かって剣を振り上げるのが見えた。

それを、女に続いて天幕に入ってきた男――ディアノスが止めた。

「やめろ、ティエトゥール！　味方だ」

女は、アシェリーとナ・クラティス側との繋ぎとなっていたあの侍女だった。閉じ込めてきたのだが、ナ・クラティス軍の侵入と合わせて、脱出したのだろう。そのことを訴える。

「わたしを閉じ込めたのは、伯爵様を殺害するためだったのですね！　だから、あんなことを……！」

「ティエトゥール、本当なのか？　この女が、王宮でアシェリーに閉じ込められたと報告があり、急ぎ連れてきたのだが、天幕の中からおまえたちの話が……。アシェリーは、おまえを殺しにきたのか？」

ディアノスが女をとり押さえながら、友人に確認する。

ティエトゥールは、肩に短刀が突き刺さったアシェリーを介抱しながら、怒鳴り返した。

「違う！　共に死のうとしただけだ！」

「なっ……！」

ディアノスが絶句する。

その友に、ティエトゥールは「医者を呼べ！」と怒鳴った。

「伯爵様、どうしてそんな男を庇うのです。その男は……！」

「黙れ！　おまえごときが口を出していい話ではない。――これは、わたしの罪だ。わたしが、ここまでアシェリーを追い込んでしまった。死ぬより他に、共にいられないと……」

「ティエ……トゥール、様……ごめん、なさい」

苦しい息の下から、アシェリーが呟く。透き通るような翠の瞳が、ティエトゥールを見つめていた。

「なにを謝る」

「だって……僕だけ先に……逝きそう……」

ちょうど血管を傷つけたのか、血が溢れるように吹き出していた。気が遠くなる。一緒に逝くつもりだったのに、自分とティエトゥールはつくづく運命に恵まれない。やはり、共になれない運命なのか。

「馬鹿な……！　死なせるものか。すぐに医者が来る」

吐き捨てるように、ティエトゥールが否定する。続いて、心に刷り込むように唸った。

「共に死んでもいいかと思ったが、やはりダメだ。わたしはおまえを取り戻すために、悪魔に魂を売った。わたしたちは幸せになるんじゃない、アシェリー。生きている限り、愛し合うんだ。誰を犠牲にしても。たとえ、神々に背いてでも！」

「ティエトゥール様……」

傲慢なほどのティエトゥールの言葉に、アシェリーは耐えられないと目を潤ませる。運命は、人の身には変えられない。変えられないはずだ。

――あぁ、でも……。

ティエトゥールの想いの強さに、目の眩むような思いに襲われる。

『誰を犠牲にしても。たとえ、神々に背いてでも』

歓喜が――そう。とんでもない歓喜が込み上げた。狂っているのはティエトゥールだろうか。それとも、アシェリーだろうか。

自分は人ではない。人でなしに落ちる。喜びと共に。煉獄の喜びと共に。

友の激白に、ディアノスはアシェリーの様子を窺った。今度こそ本当に、友人は愛する人を壊してしまうのではないか。

だが、危惧したディアノスの耳に聞こえてきたのは、小さな、掠れたような笑い声だった。アシェリーが立てる声だった。

「ひどい方だ……あぁ、でも、なんていとしい。幸せになるのではないのですね、ティエトゥール様。罪と一緒に……僕たちは、生きている限り愛し合うのですね」

「生きている限りではない。死んでもだ」

抱き支えるアシェリーの手を、ティエトゥールは強く握った。決して逃すまいとするかのように、力強く。

「死んでも、おまえを離さない。二度と」

「嬉しい……」

アシェリーが微笑んだ。それは、愛する男と、共に煉獄に堕ちる覚悟を決めた微笑みだった。狂う覚悟を定めた微笑みだった。

§第二十章

「う……ん……」

クッションを枕に横たわった青年が身じろぎ、小さな声を上げげた。少しずつ、覚醒が近づいているのだろう。

しばらくして、ぼんやりと青年の目が開く。

真冬であったが、室内はほどよく暖められ、心地よい。

わずかに青年が身体を起こすと、すぐ横に胡坐をかき、本を読んでいた男が視線を上げる。

「起きたか、アシェリー」

男はティエトゥールであった。まだ半分寝ぼけたような顔をしているアシェリーは小さく欠伸をし、猫のように身体を丸めて、再び目を閉じた。

「眠い……」

苦笑して、ティエトゥールはアシェリーの喉元をくすぐる。

「うぅん……」

いやがって、アシェリーは首を振った。

ナ・クラティスに戻って、もう三月《みつき》ほどが過ぎていた。怪我はもう、ほとんど治っている。

肩を刺し貫いた刃は、アシェリーの血管を傷つけていた。そのため、アシェリーは生死の境をさ迷うことになった。

生還できたのは、医者と神官の助けをおおいに借りたおかげだ。

今はナ・クラティスに戻り、アシェリーはティエトゥールと共に暮らしていた。

こんなのどかな冬の日には、つい過去の日々を忘れそうになってしまう。

アシェリーはぼんやりと目を開け、床で本を読むティエトゥールを見つめた。

相変わらず、ティエトゥールはスピティア伯爵として忙しい日々を送っている。

伯爵家に入ったアシェリーは、伯爵夫人に熱烈な歓待を受け、目を白黒させたことを思い出す。

「よかったわ。見つかったのね。わたくし、ずっとあなたがここに来て下さるのをお待ちしておりましたのよ。よかった」

そして夫人はティエトゥールを見上げ、

「わたくし一人が幸せでは気が引けますもの。あなたのいとしい方が見つかって、本当によかったこと。おめでとう」

そう微笑んで、アシェリーの居室を甲斐甲斐しく世話してくれた。

――なんだか想像していたのとだいぶ違ったな。

アシェリーは、クスリと笑った。

その声を聞きつけ、ティエトゥールが本を閉じる。

「なにを笑っている、アシェリー」

「なんでもありません。思い出し笑いです」

「そうか」

時間が、穏やかに流れていく。

ティエトゥールがそっと、アシェリーの唇に口づけた。

「……ん」

「アシェリー……」

穏やかな時間は、幸せだと感じる。だが、幸福かどうかはどうでもよかった。

ティエトゥールがアシェリーを愛し、アシェリーもティエトゥールを愛している。

それがすべてで、その他のことはもういい。

と、ツキリ、とわずかに胸が痛んだ。

どこからか、いいんだよ、と言い聞かせるニーダ・ケアリーの声が聞こえた気がした。

――愛する男を手に入れろ。

最後の、侯主との会話が蘇る。

――はい。僕は愛する男を手に入れました。

口づけながら、アシェリーの目尻から涙が一滴《ひとしずく》零れ落ちた。

それに気づいたティエトゥールは無言で、今度はアシェリーのこめかみに口づけた。涙をそっと吸いとっていく。

哀しみも後悔も、すべて二人のものだった。

ティエトゥールは、アシェリーを抱き上げた。

「欲しくなってしまったよ、アシェリー」

「……もぅ」

アシェリーは苦笑を浮かべ、ティエトゥールの肩に腕を回した。

召使いが扉を開き、ティエトゥールはアシェリーを寝室に運んでいく。

寝台に下ろすと、いとしげに唇を啄ばんだ。

すべての罪を背負い、二人は共に生きていく。

伸しかかる身体の重みを、アシェリーはそっと抱きしめ、受け止めた。服を脱がせ合い、肌と肌が触れ合うと、ほぉと深い溜息が零れてしまう。

「どうした、アシェリー」

「……しばらく、このままで」

足と足を絡ませ、全身を触れ合わせる。互いの身体の温《ぬく》みが伝わり、同じ温かさに溶けていく。

寂しい日々も、これで寒くない。哀しみを分かち合い、苦しみを共に背負い、そうして、二人だけの罪に堕ちる。

それは甘美な、愛欲の檻だった。誰を犠牲にしても消すことのできなかった、煉獄の愛だった。

「……ぁ」

ティエトゥールの唇が、アシェリーの首筋を伝い下りる。やさしく、指が下肢をまさぐる。

「ぁ……あぁ……んっ」

乳首を口に含まれるのと同時に、花芯を握られた。ティエトゥールの指が、やわやわと扱き出す。

「あ、あぁ……」

アシェリーは甘い声を上げた。胸を吸うティエトゥールの頭を、抱きしめる。

続いて、扱かれる花芯から、濡れた音が聞こえてくる。先端から、もう蜜が滴り出していた。

アシェリーは、さらに大きく足を開いた。

しどけなく開く腿を、ティエトゥールがやさしく撫でる。それから、花芯から手を離し、胸に押し上げるようにして、アシェリーの足を押し開いた。

「んっ……」

淫らな蕾を、ティエトゥールがじっと見つめているのがわかる。そこはもう、ヒクヒクと口を喘がせていた。

「可愛いな、アシェリー」

フッと息を吹きかけられる。

「あっ……！」

ビク、蕾が窄まり、すぐにまた口を開く。

アシェリーの滴らせた蜜で濡れた指を、ティエトゥールはそっと蕾に咥えさせる。

「あっ……ん……」

キュッ、と襞が窄まるのを、アシェリーは感じた。小刻みに指を揺すられると、絶え間なく声が上がってしまう。

アシェリーのそこは、数多くの男の怒張を咥え込んできたはずなのに、無垢な処女のように可憐な桜色をしたままだった。

「アシェリー……」

指を咥え込ませたまま、ティエトゥールは繊細な襞をペロペロと舐めた。

「やっ……あ、あぁ……あぁ、んっ」

襞はひくつき、指に絡みつく。可憐な色をしながら淫らに蠢くアシェリーの秘密の蕾に、ティエトゥールは目を細めた。

たっぷりと襞を濡らしてから、ティエトゥールは舌を離す。代わりに指を二本に増やし、唇は花芯に移動させた。

「んっ、ふ……あぁぁ……っ」

二本に太さを増した指に深々と後孔を抉られ、花芯をチロチロと舐め上げられ、アシェリーは背筋を仰け反らせる。

「や……だめ、っあ、ティエトゥール様……っ」

下から上、上から下と、丁寧に花芯を舐めていく。横から幹を咥え、軽く吸う。

ティエトゥールの口の中で、青年とは思われない薄い色をした性器がプルプルと震えた。

トロリトロリと、蜜が滴り落ちてくる。

十歳の幼い頃から娼館にいたアシェリーの身体は、本人の意思に反して淫らであった。その性器は、本来の男としての使用は、なされたことはないだろう。常に男に可愛がられ、乳首を吸われたり、後ろに挿入されたり、あるいは直接触れて扱かれて、蜜を迸らせるだけだ。

本来性器でないはずの後孔も、男を咥え込んで悦ぶように、作り変えられている。

その淫らさは苦痛であったかもしれないが、しかし今は、アシェリーにとってひとつの救いになっているのではないかと、ティエトゥールは思った。

淫らであればあるほど、感じやすければ感じやすいほど、アシェリーの心はそのひと時、解放される。

肉奥の深みで指を蠢かしながら、もう片方の指で、ティエトゥールはアシェリーの淫らな花芯の根元を押さえた。

「ひ……っ」

快楽の頂点に向かおうとしたそれを塞き止められ、アシェリーが声を裏返させる。

「や……ティエトゥール……様……あぁ」

「まだだ、アシェリー」

続けて何度か名を呼び、アシェリーの意識をティエトゥールに向けさせる。

やさしいけれどきっぱりと、ティエトゥールはアシェリーに命じた。

「アシェリー、もっとたくさん舐めてやりたいから、足を持つんだ。自分で足を持って、わたしが舐めてやりやすいように開きなさい」

「そんな……っ」

アシェリーの全身が、薄桃色に染まる。

「アシェリー、いい子だから……さあ」

囁き、花芯の先端に口づける。ついでに、チュルと音を立てて蜜を吸った。

「や、あぁぁっ……っ」

ヒクンとアシェリーの身体が硬直する。しかし、根元をティエトゥールに押さえられているため、達することができない。

ビクン、ビクンとアシェリーは下肢を揺らした。

「や、やぁ……ティエトゥール様……あ」

「足を持って、さあ、アシェリー」

それでもやろうとしないと、後孔に挿入した指で、中の襞をゆっくりと撫でた。

「あぁっ……んぅ」

根元を押さえた花芯が跳ねる。

「アシェリー、やってくれ。ほら、いい子だ」

「ん……ん、ぅ……ひど……い……あぁ」

ようやく、アシェリーはしゃくり上げながら、両手を伸ばし、自らの膝裏を抱え上げた。

頬が真っ赤に染まっている。色が白いせいで、よけいに赤く見えた。

「……こ、こう？」

耳まで赤く染めながら、アシェリーは捧げるように大きく足を開いた。自分で膝を持つ体勢のため、どうしても大胆な広げ方になってしまうのだ。

ティエトゥールは満足そうに目を細めた。

「そうだ。これならたくさん舐めてやれる」

「く……ぅ……んっ」

褒美として、ティエトゥールは奥を指で撫でながら、先端の蜜を滴らせる小さな口を舐めてやった。それから、口を開いて、根元まで花芯を咥える。舌を絡めながら、ゆっくりと唇で花芯を扱くように上下させた。

「あ、あ、あ……あぁ……んっ、ゃ」

与えられる快楽が強いのか、アシェリーは首を振ってそれを逃がそうとする。髪が枕を叩く乾いた音が、寝室に響いた。

ひとしきり花芯を可愛がると、今度は点々と口づけの痕を散らしながら、ティエトゥールは唇を後孔に移していく。花芯は、根元を縛めた指の親指だけ開放して、ひくつく幹を軽く撫でる。

アシェリーは、身体が少しずつ快楽に溶けていくのを感じていた。だんだんと、蜜を吐き出すことしか考えられなくなっていく。

「ティエトゥール様…ティエトゥールさ……ま……ぁう」

三本目の指が、はしたない後孔に与えられた。

襞が、淫りがましく指に絡みつくのを感じる。吸いつき、ゆるみ、また吸いついた。

「や、やっ……も、やぁ」

下肢がねだるように揺れる。恥ずかしいのに、淫らにねだる動きを止めることができない。

こうなると、もうダメだった。

ティエトゥールは誰よりも、アシェリーを感じさせる。頭の芯まで蕩かせて、もうなにも考えられなくさせてしまう。

「ふっ……んぅ……ふ……あぁ、欲し……ぃ」

羞恥が霞み、アシェリーは求める言葉を口にした。

「なにが？」

わかっているのに、ティエトゥールが意地悪く訊いてくる。

アシェリーは首を振って、小さく答えた。

「ティエトゥール様……の……」

「わたしの、なに？」

「……ひっ」

最奥の、花芯と直結している弱みを、ティエトゥールの指が抉った。弱く撫で、強く押す。

アシェリーの目が見開かれる。

「食いちぎられそうだ」

笑い混じりに、ティエトゥールが囁いた。奥の弱みを指先で探ると、後孔が痛いほどに指を締めつける。躍り上がる花芯を押さえ、根元の縛めをきつくした。

「やぁ……ぁ……」

掠れた喘ぎを、アシェリーが上げる。

そこに、ティエトゥールは囁いた。

「言ってくれ、アシェリー」

この瞬間が、最も興奮する。ティエトゥールは呼吸が熱くなるのを自覚した。

アシェリーが啜り泣きながら、口を開く。

「ティエトゥール様の……もの……おっきな、もの……僕に、下さ………い」

ティエトゥールの唇が、満足気に上がる。食いしめてくる後孔から、ゆっくりと指を引き抜いた。

襞がまとわりつき、蕾から離れる時には、粘着音と共に最後まで指に吸いついてくる。

淫らで極上な、男のための性器だった。

そこに、ティエトゥールは自らの雄芯を擦りつけた。それはすでに、タラタラと蜜を零し、幹をたっぷりと濡らしていた。

我慢をしていたのは、ティエトゥールも同じだ。雄を求めて口を開閉させる蕾にひと擦りし、すぐにそこから怒張を離す。

一旦離したそれを、見せつけるように上体を起こし、アシェリーに大きさを誇示した。

「おっ……きい……」

子供のように舌足らずなのは、アシェリーの意識がだいぶ飛んできた証拠だ。

今のアシェリーの心にはもう、ティエトゥールのことしか存在しないだろう。

あの日、アシェリーの言葉を聞いた時、ティエトゥールの胸に湧き上がったのは、紛れもない歓びだった。

共に果てたいと、アシェリーは言った。傷つけることを恐れてティエトゥールの手を離すのではなく、手を取り合って堕ちたいと。

それは、ティエトゥールがただひたすらに求めた、アシェリーの愛だった。

アシェリーの愛は、常にティエトゥールの元にある。離れていても、側にいても、いつも変わらず、この美しい恋人はティエトゥールを愛してくれていた。

今も、愛してくれている。

だから。

ティエトゥールはアシェリーに見えるように、一度、二度、自らの怒張を扱いた。

ムクリとすでに大きかった男根が、さらに逞しく成長する。

「ぁ…………」

アシェリーの喉が、コクリと鳴った。

「挿れるぞ、アシェリー」

「ん……」

子供のようにあどけなく、アシェリーが頷く。

それに微笑み、ティエトゥールは漲る雄蕊の切っ先を、襞を喘がせる蕾に押し当てた。

先端で、入り口を引っかけるように軽く開かせる。ヌルと入り込んだ亀頭を、蕩けたアシェリーの後孔は柔らかく口を開いて咥えていった。

「あ……ん……」

あえやかな声が、ティエトゥールの耳朶をくすぐる。

張り出した太い部分で、愛らしい襞を限界まで押し広げながら、ティエトゥールは縛めていた花芯の根元から指を離した。

「あ………」

屈み込み、赤く染まったアシェリーの耳に、唇を寄せる。

そして、囁いた。

「——愛してる、アシェリー」

囁きと同時に、思い切り深く、怒張を突き入れた。

「あぁぁぁっっ——っっ……っ！」

花芯から蜜が迸る。背筋を反り返らせ、アシェリーが高い悲鳴を上げた。

蜜が、二人の顎にまで飛び散る。

ビクビクと跳ね上がる身体を押さえつけ、ティエトゥールは奥を小刻みに突いてやった。

「ぁ……ぁ……ぁ……ぁ……」

焦点の合わない目をして、儚い声でアシェリーは喘ぐ。

収縮する内部を小刻みに抉られ、アシェリーは何度も身体をひくつかせて、蜜をトロトロと零した。

「アシェリー……アシェリー？」

ふいに、腕の中の感触が重さを増す。蜜を飛ばして自失したのだと、ティエトゥールはわかった。

「……可愛いアシェリー」

腕の中のいとしい恋人に、ティエトゥールは口づけた。本当はこのまま気がつくまで休ませてあげたいが、それではこちらが限界だ。

「すまないな、アシェリー」

囁き、ティエトゥールはあらためて、アシェリーの両足を抱え、押し広げた。

ぐぅっと深いところまで、雄蕊を呑み込ませる。

それから、中で少しだけ男根を揺らした。

「……ん、ぅ……ぁ……」

あえやかな声を、アシェリーが洩らす。中がヒクヒクと痙攣《けいれん》した。

「動くぞ、アシェリー」

気を失ったままのアシェリーに、ティエトゥールは甘く囁く。けれど容赦なく、動き出した。

「あっ……あ、あ、あ……あああぁ」

切なげに、アシェリーが高く鳴く。ぐったりと力を失った両手が投げ出され、赤く腫れてプクリと勃ち上がった胸の実を見せつけるように、軽く背筋を仰け反らす。

「誘われてしまうな」

ティエトゥールは苦笑した。起きていても、気を失っていても、アシェリーの身体はえもいわれぬ媚態を見せる。

ゆったりとした律動でアシェリーを鳴かせながら、ティエトゥールは食べてと誘う胸の実を、そっと唇に挟んだ。

「あぁ……」

溜息のような喘ぎが、アシェリーから零れる。

「気持ちがいいか、アシェリー？」

愛らしい乳首を吸いながら、ティエトゥールが訊ねる。もちろん、答えが返るとは思っていない。

チュ、と強く吸い上げると、それに応じて、アシェリーの中が淫らに収縮し、ティエトゥールの雄芯を食いしめる。

軽く歯を立てると、「……ひっ」と声を裏返して、腰を突き上げる。

そうして、男を咥え込んだ中の反応を楽しみながら、ティエトゥールは交互に、アシェリーの愛らしい胸の実を味わった。乳輪を辿るように舐め、腫れた乳首を舌で押し潰すと、アシェリーが切なげに下肢を回す。

「ああ……ん、あ……ん、ふ」

肉襞を蹂躙する怒張を味わうように、アシェリーはねっとりとした仕草で、腰を回した。

「……すごいな」

意識のない身体は貪欲に、快楽を貪ろうとする。見下ろすと、さっきあれほど激しく達した花芯が、またあらたな蜜を蓄えていた。

ティエトゥールは濡れてそそり立つ花芯を眺めながら、秘孔の奥に隠されたアシェリーの弱みを、グイと抉った。

「あぁぁぁぁ――っっ……」

ヒクン、と花芯が反り返る。とっさに根元を摑み、ティエトゥールは放出を塞き止めた。

「やっ……ぁ、なに……あぁっ」

激しい快感に襲われ、アシェリーが意識を戻した。溢れる声をこらえようと、投げ出されていた手が唇を押さえる。

「いや……や、これ……あ、あ…ティエトゥール様……っ」

「いい子だから、アシェリー。もう少しだけ……くっ」

ティエトゥールの額から、汗が滴り落ちる。揺さぶられながら、アシェリーが必死にティエトゥールについてこようとする。

いとしい、可愛い恋人だった。

「あっ……あぁ、んっ……あ、ふ……んぅ……あっ」

ガクガクと、アシェリーは腰を揺らした。それを突き上げるように、ティエトゥールが激しく中を抉る。奥を突き上げられるたびに、アシェリーの声が跳ね上がった。

しだいに、愛する人の息遣いが荒くなっていく。その身体を強く、ティエトゥールは抱き竦めた。

「アシェリー……っっ！」

アシェリーの極みで、ティエトゥールの怒張が膨れた。

「あぁぁぁぁっっ――っっ！」

奥を激しく抉り、熱い樹液で深い部分までアシェリーを犯す。

気がつくと、再びアシェリーの花芯から飛び散った花蜜が、互いの胸を顎を濡らしていた。

アシェリーの目の焦点が失われていく。ひくつく身体は、まだ蜜を滴らせていた。

「あぁ……ティエトゥール様……」

二度めの放埒で、アシェリーは再び意識を失った。

弛緩する身体を、ティエトゥールは抱きしめた。アシェリーの極上の襞はビクビクと、ティエトゥールの怒張に絡みついている。そのせいで、樹液を放ったばかりなのにまた、ティエトゥールの雄芯は力を漲らせ出していた。

だが今は、弛緩しながらもひくつくアシェリーを、抱きしめていたかった。

「――いい夢を見ているか、アシェリー」

訊ねるが、答えは返らない。

けれど今だけは、快楽に自失している今だけは、アシェリーの心を煩わせるなにものも、その脳裏から消えているはずだ。

繋がったままのアシェリーを抱き竦め、ティエトゥールはそっとその髪を撫でた。金の髪に頰を埋め、何度も何度も髪を撫でる。

ようやくこの手に取り戻したティエトゥールの唯一無二の宝石。死神からすらも、奪い返した大切な恋人。

たとえこの先なにがあろうとも、もう二度と手放さない。死ぬ時も、魂が神々の元に還るその時も、永遠に一緒だ。

「離さないよ。アシェリー。けして逃がさない……」

それが、アシェリーとティエトゥールに定められた運命だった。誰にも――たとえアシェリー自身にも、邪魔させない運命だった。

終わり

あとがき

こんにちは、いとう由貴《ゆき》です。

えー、今回のお話は、以前出させていただいた『月影の雫』と同じ世界のお話になります。ただし、時代は前回よりちょっと前ですね。

お話としては独立したものになっていますので、『月影の雫』を読まれていない方でも全然大丈夫になっております♪　どうぞ、気楽にお手に取っていただけると嬉しいです。

そして、今回も千川夏味《せんかわなつみ》先生に素敵なイラストを描いていただきました。作中、登場人物が成長する話になっておりまして、出会った頃と大人になってからの両方のラフを見せていただき、とっても眼福でございました。アシェリーが可愛いから美人になっているのがもう！　素敵なイラストを描いていただき、千川先生には頭が上がりません。ありがとうございました。

それから、担当様。もはや言葉もございません(涙)。ただただ、一刻も早く真人間になりたい……それだけです、ううう。こんなダメ人間に根気よく付き合って下さり、本当にありがとうございました。成長したい……。

最後に、この話を読んで下さった皆様。読んでいる間、少しでも楽しい時間が過ごせるといいなぁと願っています。これからじめじめした季節に入りますが、元気にお過ごし下さいませませ〜。

最近うちのワンコが少しずつ利口になっていてビックリのいとう由貴

初　出

碧落の果て	商業誌未発表作を加筆修正

月影の雫《つきかげのしずく》

いとう由貴
イラスト：**千川夏味**
本体価格870円+税

黒髪と碧い瞳を持つジュムナ国貴族のサディアは、国が戦に敗れ死を覚悟していたところを、敵国の軍人・レゼジードに助けられる。血の病に冒されていたせいで、家族にも見捨てられ孤独な日々を送っていたサディアにとって、レゼジードが与えてくれる優しさは、初めて知る喜びだった。そして次第にレゼジードに惹かれていくサディアは、たとえその想いを告げられる日が来ないとしても、彼のためにすべてを捧げようと心に誓い…。

リンクスロマンス大好評発売中

山神さまと花婿どの《やまがみさまとはなむこどの》

向梶あうん
イラスト：**北沢きょう**
本体価格870円+税

生まれてすぐに両親を亡くし、村の片隅でひっそりと暮らしていたミノルは、ある日、村長が雨乞いのために山神への生贄を捜しているという話を聞く。天涯孤独の自分の身が役に立つならと、自ら生贄として山へ分け入ったミノルの前に現れたのは、目も覚めるような美しい白い毛並の大きな狼だった。「おれこそが山神だ」と名乗る狼は、人を喰らう恐ろしい存在だという村での噂とは裏腹に、ぶっきらぼうだがどこか優しく、初めて自分の居場所を見つけられた気がしたミノルは…。

雪下の華

せっかのはな

いとう由貴

イラスト：**海老原由里**

本体価格855円+税

戦国時代。慎ましく暮らしていた僧侶の雪渓のもとに、国主の中井から仏典の講義依頼が舞い込んできた。父親を殺害し領主の座に収まった中井に対し、警戒心を抱いていた雪渓だったが、噂ほど酷い領主でない中井に安心する。しかし、気を許したのも束の間『講義』と称し、強引に犯されてしまう。男であり俗世を離れた僧侶であるにもかかわらず、雪渓を閉じ込め欲望をぶつけてくる中井。拒絶する心とは違い、中井の手管に快楽を感じはじめた雪渓は…。

リンクスロマンス大好評発売中

花を恋う夜

はなをこうよる

いとう由貴

イラスト：**かんべあきら**

本体価格855 円+税

戦乱の世、国主の弟である政尚は、敵国の国主・康治に囚われた。脆弱な己を不甲斐なく思う政尚は、幼い頃親しかった康治の慈悲に縋って侍り、敵情を探ろうとしたのだ。俘虜となることを覚悟していた政尚を、康治は恋う姫へするかのように優しく遇する。ならばと肌を許すが、身体を繋げて真の想いを知る度に、心までも繋がれるようで切なさが募っていく。だが、敵将である康治の求めるのは国への裏切り。苦悩しつつも、責務を果たそうとする政尚だったが…。

はつ恋ほたる《はつこいほたる》

宮本れん
イラスト：千川夏味

本体価格870円+税

伝統ある茶道の家元・叶家には、分家から嫁を娶るというしきたりがあった。男子しかいない分家の六条家には無関係だと思っていたものの、ある日本家の次男・悠介から、ひとり息子のほたるを許嫁にもらいたいとの申し出が舞い込んでくる。幼いころ周りの大人に身分違いだと叱られるのも気にせず、なにかと面倒を見てくれた悠介は、ほたるの初恋の人だった。しきたりを守るための形式上だけと知りながらも、悠介にまるで本物の許嫁のように扱われることに戸惑いを隠せないほたるは…。

リンクスロマンス大好評発売中

蒼銀の黒竜妃《そうぎんのこくりゅうひ》

朝霞月子
イラスト：ひたき

本体価格870円+税

世に名立たるシルヴェストロ国騎士団――そのくせ者揃いな団員たちを束ねる、強さと美貌を兼ね備えた副団長・ノーラヒルデには、傲慢ながら強大な力を持つ魔獣王・黒竜クラヴィスという相棒がいた。竜でありながら人の姿にもなれるクラヴィスと、人間であるノーラヒルデ、種族を越えた二人の間には、確かな言葉こそないものの、互いを唯一大切な存在だと思い合う強い絆があった。そんななか、かつてシルヴェストロ国と因縁のあったベゼラ国にきな臭い動きが察知され、騎士団はにわかに騒がしくなりはじめる。ノーラヒルデは事の真相を探りはじめるが…。

箱庭のうさぎ《はこにわのうさぎ》

葵居ゆゆ
イラスト：**カワイチハル**
本体価格870円+税

小柄で透き通るような肌のイラストレーター・響太は、中学生の時のある出来事がきっかけで、幼なじみの聖が作ってくれる以外のものを食べられなくなってしまった。そんな自分のためにパティシエになり、ずっとそばで優しく面倒を見てくれている聖の気持ちを嬉しく思いながらも、これ以上迷惑になってはいけないと距離を置こうとする響太。だが聖に「おまえ以上に大事なものなんてない」とまっすぐ告げらて…。

リンクスロマンス大好評発売中

第八王子と約束の恋《だいはちおうじとやくそくのこい》

朝霞月子
イラスト：**壱也**
本体価格870円+税

可憐な容姿に優しく誠実な人柄で、民からも慕われている二十四歳のエフセリア国第八王子・フランセスカは、なぜか相手側の都合で結婚話が破談になること、早九回。愛されるため、良い妃になるため、嫁ぐ度いつも健気に努力してきたフランは、「出戻り王子」と呼ばれ、一向にその想いが報われないことに、ひどく心を痛めていた。そんななか、新たに婚儀の申し入れを受けたフランは、カルツェ国の若き国王・ルネのもとに嫁ぐことになる。寡黙ながら誠実なルネから、真摯な好意を寄せられ、今度こそ幸せな結婚生活を送れるのではと、期待を抱くフランだったが——。

月神の愛でる花
〜蒼穹を翔ける比翼〜

つきがみのめでるはな〜そうきゅうをかけるひよく〜

朝霞月子
イラスト：千川夏味

本体価格870円+税

異世界サークィンにトリップした高校生・佐保は、皇帝·レグレシティスと結ばれ、幸せな日々を過ごしていた。臣下たちに優しく見守られながら、皇帝を支えることのできる皇妃となるべく、学びはじめた佐保。そんな中、常に二人の側に居続けてくれた、皇帝の幼馴染みで、腹心の部下でもある騎士団副団長·マクスウェルが、職務怠慢により処分されることになってしまう。更に、それを不服に思ったマクスウェルが出奔したと知り……!?
大人気シリーズ第9弾！　待望の騎士団長＆副団長編がついに登場!!

リンクスロマンス大好評発売中

月神の愛でる花
〜鏡湖に映る双影〜

つきがみのめでるはな〜きょうこにうつるそうえい〜

朝霞月子
イラスト：千川夏味

本体価格870円+税

ある日突然、異世界サークィンにトリップした日本の高校生・佐保は、皇帝・レグレシティスと結ばれ幸せな日々を送っていた。暮らしにも慣れ、皇妃としての自覚を持ち始めた佐保は、少しでも皇帝の支えになりたいと、国の情勢や臣下について学ぶ日々。そんな中、レグレシティスの兄で総督のエウカリオンと初めて顔を合わせた佐保。皇帝に対する余所余所しい態度に疑問を抱くが、実は彼がレグレシティスとその母の毒殺を謀った妃の子だと知り……。

LYNX ROMANCE イラストレーター募集

リンクスロマンスでは、イラストレーターを**随時募集**いたします。

リンクスロマンスから任意の作品を選び、作品に合わせた
模写ではないオリジナルのイラスト（下記各1点以上）を描いてご応募ください。
モノクロイラストは、新書の挿絵箇所以外でも構いませんので、
好きなシーンを選んで描いてください。

1 表紙用 カラーイラスト

2 モノクロイラスト（人物全身・背景の入ったもの）

3 モノクロイラスト（人物アップ）

4 モノクロイラスト（キス・Hシーン）

募集要項

＜応募資格＞

年齢・性別・プロ・アマ問いません。

＜原稿のサイズおよび形式＞

◆Ａ４またはＢ４サイズの市販の原稿用紙を使用してください。
◆データ原稿の場合は、Photoshop（Ver.5.0 以降）形式でＣＤ－Ｒに保存し、
出力見本をつけてご応募ください。

＜応募上の注意＞

◆応募イラストの元としたリンクスロマンスのタイトル、
あなたの住所、氏名、ペンネーム、年齢、電話番号、メールアドレス、
投稿歴、受賞歴を記載した紙を添付してください（書式自由）。
◆作品返却を希望する場合は、応募封筒の表に「返却希望」と明記し、
返却希望先の住所・氏名を記入して
返送分の切手を貼った返信用封筒を同封してください。

＜採用のお知らせ＞

◆採用の場合のみ、６カ月以内に編集部よりご連絡いたします。
◆選考に関するお電話やメールでのお問い合わせはご遠慮ください。

宛先

〒151-0051 東京都渋谷区千駄ヶ谷 4−9−7
株式会社　幻冬舎コミックス
「リンクスロマンス　イラストレーター募集」係

この本を読んでの
ご意見・ご感想を
お寄せ下さい。

〒151-0051
東京都渋谷区千駄ヶ谷4-9-7
(株)幻冬舎コミックス　リンクス編集部
「いとう由貴《ゆき》先生」係／「千川夏味《せんかわなつみ》先生」係

リンクス ロマンス

碧落《へきらく》の果て

2017年5月31日　第1刷発行

著者……………いとう由貴《ゆき》
発行人…………石原正康
発行元…………株式会社　幻冬舎コミックス
〒151-0051　東京都渋谷区千駄ヶ谷4-9-7
TEL 03-5411-6431（編集）
発売元…………株式会社　幻冬舎
〒151-0051　東京都渋谷区千駄ヶ谷4-9-7
TEL 03-5411-6222（営業）
振替00120-8-767643
印刷・製本所…株式会社　光邦
検印廃止

ISBN978-4-344-83997-7 C0293
Printed in Japan

幻冬舎コミックスホームページ　http://www.gentosha-comics.net

本作品はフィクションです。実在の人物・団体・事件などには関係ありません。